教育部人文社会科学研究项目资助（12YJA751036）

走向交融共生的民族文化张力
——当代汉族作家的民族叙事研究

蔺春华 ◎ 著

中国社会科学出版社

图书在版编目（CIP）数据

走向交融共生的民族文化张力：当代汉族作家的民族叙事研究／蔺春华著.—北京：中国社会科学出版社，2015.12
ISBN 978-7-5161-7437-1

Ⅰ.①走… Ⅱ.①蔺… Ⅲ.①汉族-作家-叙事文学-文学研究-中国-当代 Ⅳ.①I206.7

中国版本图书馆 CIP 数据核字（2015）第 309463 号

出 版 人	赵剑英
责任编辑	任　明
责任校对	张依婧
责任印制	何　艳

出　　版	中国社会科学出版社
社　　址	北京鼓楼西大街甲 158 号
邮　　编	100720
网　　址	http://www.csspw.cn
发 行 部	010-84083685
门 市 部	010-84029450
经　　销	新华书店及其他书店

印刷装订	北京市兴怀印刷厂
版　　次	2015 年 12 月第 1 版
印　　次	2015 年 12 月第 1 次印刷

开　　本	710×1000　1/16
印　　张	12.25
插　　页	2
字　　数	207 千字
定　　价	58.00 元

凡购买中国社会科学出版社图书，如有质量问题请与本社营销中心联系调换
电话：010-84083683
版权所有　侵权必究

目 录

上编 创作篇

绪论 交融与共生：20世纪90年代中国的文化语境与汉族作家民族
　　　叙事的崛起 …………………………………………………（3）
第一章 当代汉族作家民族叙事综论 ……………………………（10）
　第一节 汉族作家民族叙事的历史和现实 ……………………（10）
　第二节 汉族作家民族叙事的主题变奏 ………………………（15）
　第三节 汉族作家民族叙事的审美构成 ………………………（30）
第二章 当代汉族作家民族叙事的形态类型 ……………………（36）
　第一节 表现人与自然关系的叙事形态 ………………………（36）
　第二节 表现汉民文化关系的叙事形态 ………………………（43）
　第三节 展示民族民间资源的叙事形态 ………………………（49）
第三章 行走在中心与边缘之间：汉族作家的跨文化体验 ………（58）
　第一节 汉族作家的民族语言文化体验 ………………………（62）
　第二节 汉族作家的宗教文化体验 ……………………………（67）
　第三节 汉族作家的跨文化体验与创作心理 …………………（74）

下编 作家篇

第一章 多民族文学视野下的红柯创作论 ………………………（85）
　第一节 "文化夹居者"的精神之旅：当代多民族写作与红柯的
　　　　　少数民族叙事 …………………………………………（85）
　第二节 草原民族的浪漫歌者：红柯与张承志创作比较论 ……（94）

第二章　迟子建民族叙事的成就与限度 ……………………（106）
第一节　童年经验与迟子建的文学起点 ………………（106）
第二节　《额尔古纳河右岸》与迟子建的文化立场………（109）
第三节　《额尔古纳河右岸》的叙事视点和叙事细节……（114）

第三章　时代性与民族性的交融：王蒙少数民族叙事论 …（130）
第一节　纪实与虚构——"文革"时期的少数民族镜像 ……（130）
第二节　政治叙事与日常生活叙事的抵牾与互动 ………（138）
第三节　性别与族别视域下的少数民族女性形象 ………（145）
第四节　别具一格的话语系统 ……………………………（149）

第四章　行吟在滇藏大地：文学地理学视镜下的范稳少数民族写作 ……………………………………………………（153）
第一节　范稳民族叙事的自然地理背景 …………………（155）
第二节　范稳民族叙事对滇藏自然地理的文学呈现 ……（161）
第三节　滇藏文化地理对范稳创作个性的模塑 …………（175）

结语 …………………………………………………………………（183）
后记 …………………………………………………………………（189）

上编

创作篇

绪论

交融与共生：20世纪90年代中国的文化语境与汉族作家民族叙事的崛起

中国自古以来就是一个多民族国家。在历史上，汉族和各少数民族一起缔造了光辉灿烂的古代文化。近现代以来，特别是"五四"新文化运动之后，中国新文学的发展和壮大以及现代国家民族意识的逐渐深入人心，不仅带动了少数民族文学的起步和发展，也催生了汉族作家对少数民族生活和文化的兴趣与书写。新中国成立之后，各少数民族人民在政治上、经济上、文化上得到翻身解放，少数民族文学的发展随之进入了一个伟大的新时代，一大批少数民族作家融进了中国文学的发展队伍中，和汉族作家一起，为实现我国多民族文学的成长和壮大做出了重要的贡献。与此同时，汉族作家的少数民族书写也进入了日趋成熟与完善的时期，取得了醒目的创作实绩。这条文脉虽然因"文化大革命"的爆发中断了十多年，但在新时期之初就因王蒙《在伊犁》系列小说的发表得以衔接和续写。汉族作家的少数民族叙事在老中青几代作家手中薪火传承，它着意于少数民族对现代国家的想象和认同，又兼顾了少数民族与以汉族为主体的中华民族文化的融合历程。在超过半个世纪的发展历程中，汉族作家的民族叙事以其构成的复杂性、多样性和非规约性，成为当代文学的一个重要文学现象。让我们先从一个文学现象说起，进入本论题的核心。

1997年，《人民文学》以"红柯小说"为题发表了陕西作家红柯（原名杨红科）的一组小说：包括《美丽奴羊》（三篇）和《过冬》（一篇）共四篇，使红柯这个名字产生了广泛影响，其中《美丽奴羊》被评为"1997年全国十佳小说"。事实上此前红柯已有十几年的写作经历和近百万字的作品发表，但一直未能引起文学界的关注。1999年7月，由陕西省作协、陕西省文联和红柯当时供职的单位宝鸡文理学院主办的"红柯作品研讨会"在西安召开，陕西和来自京津的40余位评论家及有关人士参加了研讨会。有评论家指出，短时间内，红柯的小说"从中国绝大多数文学期刊上席卷而过，形成了一个小小的冲击波，给文坛，给九十年代小说创作带来了一种风暴，一种新的惊喜"。① 可以说，《美丽奴羊》（三篇）和《过冬》对于90年代末的中国文坛和红柯的创作生涯都具有特别的意味，它们由此被视为红柯的成名作。值得注意的是，由《屠夫》《牧人》《紫泥泉》三个独立的短篇构成的《美丽奴羊》，背景都在新疆草原或大漠深处。《屠夫》娓娓描写了草原上屠夫宰羊的诗意；《牧人》中放牧的老牧人最后被羊放了；《紫泥泉》的隐喻色彩最明显。小说写一个"来自江南的文弱书生"，被派到戈壁深处的"种羊场"担任技术员，接替苏联专家培育种羊。初到"种羊场"的汉族技术员发现自己仅仅比苏联羊强一点儿，与能翻山越岭、不畏严寒的哈萨克土羊不可同日而语，这似乎含有红柯自身对新疆的体验，一个关中子弟初到西域的体验，有非常鲜明的异质性的东西。正是这种异质性促使红柯在新疆边陲（少数民族文化）与内地（汉儒主流文化）之间寻找一种关系，他不想成为一个普通的外来居住者和西域文化精神上的疏离者，他迫切地希望融进这片土地，寻找到完全不同于中原文明的草原文明的精髓。这是红柯的写作需求，也是他的生活需求。而《紫泥泉》里的汉族技术员在与哈萨克牧民朝夕相处的日子里，同吃羊粪堆里烤出的馍馍、一起喝羊奶、一起登上天山之巅，逐渐认识到哈萨克民族是最爱大地的民族，是把牲畜和牧草视为命根子的民族，他迫切希望能够像哈萨克汉子一样骑着伊犁马感受豪迈的王者之气。最终技术员亲手培育出了美丽奴羊，他也终于成为哈萨克族牧民眼中的巴图鲁（英雄）。自然，《美丽奴羊》不是红柯寻找的起点，但却是文坛对他的寻找产生认同的起点，从某种意义上传递出当代文学在经历了80年代的狂欢和90年代的失重之后，整装出发、另辟蹊径的讯息。它"一方面反映出'礼失而求诸野'的中国传统思维方式，又一次惯性地作用于当代作家身上"。② 另一方面也表达了作家们意欲挣脱全球化语境下强有力的西方话语霸权的制约，回归本土和民间写作的渴望。

1992年，邓小平的南方谈话进一步确立了社会主义市场经济体制，

---

① 李敬泽语，引自《回眸西部的阳光草原——红柯作品研讨会纪要》，《小说评论》1999年第5期。

② 雷鸣：《突围与归依：礼失而求诸野的精神宿地——论新世纪长篇小说的边地书写》，《当代文坛》2010年第1期。

改革开放进一步深化。经济体制、社会机制和金融体制的大幅度改革，不仅促进了生产、贸易和市场竞争力，也带来了文化的转型变化，大众文化、市民文化成为新的时代文化的主流，传统精英文化退居边缘。以现代媒体为手段，以社会大众为消费对象的文学成为文坛主角，主流文学被虚置。显然，商品经济意识已经渗透到社会生活和精神状态的各个角落，"文化商品化""商品符码化"已成为不争的事实。这一时期迅速飙升的金庸热、琼瑶热、王朔热则进一步透示了文学商品化、娱乐化甚至媚俗化的发展态势。面对自由主义的泛滥和社会价值的失衡，一些人文学者进行了极为沉重的思考，钱锺书就明确指出："真正的艺术，均具有非商业化的特质，强求人类文化的精神精粹，去适应某种市场价值的规则，只会使科学和文艺都'市侩化'，丧失进步的可能与希望。"[①] 另一些有识之士认为，"90年代以来特别是90年代中期以来的中国社会，在很大程度上已经是一个新的社会"。[②] 显然，与80年代相比，90年代相对宽松的政治环境和商品经济大潮的持续涌动，都带来了开放多元的文化氛围。"新儒家"的复兴、国学热的升温、后现代文化的喧嚣等，特别是1993年的"人文精神"大讨论更是知识界多元价值立场和文化姿态的一次集中呈现，在很大程度上既折射出90年代中国社会众声喧哗的现实文化语境，又表达了知识界对中国当下文化状况的忧思。"这一讨论是对80年代的改革成果的检讨，更是对现代化进程的反思"，[③] 在20世纪的最后十年间，中国文化也广泛地卷入了全球文化想象之中，已经被多重历史力量分解、误置和重新整合，呈现为多元、失范、混乱的状态。其中一个重要的文化现象或文化事件就是后现代主义开始由欧美向亚洲地区播撒，并很快成为影响当代中国文坛的一股重要的文化力量。"'后现代'是一个想象中的历史社会概念，有的理论家用它来指代第二次世界大战以后出现的后工业社会或信息社会，有人认为它是资本主义发展的新阶段。而与此相关，'后现代主义'是这一社会状态中出现的一种文化思潮，可以说后现代是后现代主义产生的时代土壤，后现代主义是后现代社会的文化表

---

① 钱锺书：《商潮下的作家心态》，《光明日报》1993年6月17日。
② 孙正平：《失衡——断裂社会的运作逻辑》，社会科学文献出版社2004年版，第18页。
③ 卢衍鹏：《文化语境的嬗变与生产主体的选择——论20世纪90年代文学生产机制的建立》，《中南大学学报》2012年第5期。

征。"①在后现代理论家的论述中,后现代主义文化的特征也不尽相同。哈桑认为其具有"不确定的内向性"、让·鲍德里亚提出了"仿真、内爆与超真实"的概念,在中国产生广泛影响的美国学者詹姆逊则以"平面化,主体破碎、拼贴,历史感消失,审美通俗化"②等描述了后现代文化的特征。由此可以看出,后现代主义作为西方社会后工业化时代的思想产物,进入90年代后在西方衰落的同时却在中国开始勃兴,与90年代经济的快速发展和喧嚣的文化语境密切相关。后现代主义对宏大体系的遗弃、解构和嘲弄,对传统价值观念的激进反思,对大众化、平面化的推崇和接纳等精神渊源在一些文学创作思潮中得到了延伸和渗透,最为典型的是新历史主义创作思潮的迅速崛起。客观地看,新历史主义创作思潮是在西方哲学观、历史观和方法论的激发下,追求在创作中凸显民间历史、民间文化的本来面目,营造民间历史话语的美学意境。但在日后的发展中却"离历史客体愈来愈远,文化意蕴的设置愈加稀薄,娱乐与游戏倾向愈来愈重,超验虚构的意味也愈来愈浓",③不得不陷入进退维谷、别无选择的尴尬处境。与此同时,伴随着经济的全球化,文化的全球化时代已然来临,一方面,"基于多样性和差异性的多元文化主义似乎正受到全球趋同性的威胁",④在很多人看来,所谓全球化就是西方文明的世界化。另一方面,全球化带来的世界经济一体化、互联网和全球资源的共享和传播,使全世界每个国家和民族的命运都与全人类的命运休戚相关,这就为一些相对边缘和弱小的国家及民族提供了一个契机:如何以世界文化为参照,重新认识自己国家和民族文化的个性和价值,使本国本民族的文化在世界文化的大合唱中发出自己的声音,从而得到世界的承认,同时也能在进入21世纪之后在本土得到进一步的发展。此外,我们还应该看到,面对西方文化的全球性传播和影响导致的"那些为少数民族群体最为直接认同的文化特征的衰败"⑤。世界范围内的种族主义和极端民族主义势力活动也极为猖獗,主要表现为"少数民族或非主体民族极端地抹杀以往历史

---

① 刘象愚等主编:《从现代主义到后现代主义》,高等教育出版社2002年版,第261页。
② 同上书,第262—263页。
③ 张清华:《十年新历史主义文学思潮回顾》,《钟山》1998年第4期。
④ [英]C. W. 沃特森:《多元文化主义》,叶兴艺译,吉林人民出版社2005年版,第68页。
⑤ 同上书,第70页。

上民族友好、和睦的关系，把历史积怨和对现实的不满交织在一起，煽动民族情绪，并使之狂热化，引发民族间各种纠纷和争端，带有明显的民族分离、民族利己主义倾向"①，直接影响了世界的和平与安宁。中国作为一个多民族国家，受历史和现实因素的影响，民族和民族问题不仅具有国际性特点，也历来是关系国家命运的重大问题。在20世纪的最后十年里，狭隘的种族民族主义情感与意识一度甚嚣尘上，这里既有极端汉文化民族主义思潮，也有少数族裔民族文化本位认同向着自身族裔靠近的趋势，前者导致了汉族与少数民族关系的疏远甚至恶化，后者则表现为观念上的保守、封闭、排外和现实生活中对他民族的猜疑、偏见和对他民族同化性的敏感，凡此种种都使中华民族认同被严重瓦解。

　　就是在这样一个特定而又复杂的文化语境下，一批汉族作家以他们的少数民族创作汇成了文坛一股引人注目的创作潮流——汉族作家的民族叙事。他们的作品让读者倾听到来自各民族的声音，也有助于不同民族之间的文化交流。显然，在当代文学的视域内，这是一个十分独特却又源远流长的创作思潮，它在90年代后期创作力量逐渐壮大、创作实绩日趋丰厚，显然有其历史的必然。可以说，世纪末光怪陆离的文化景观，为汉族作家民族叙事的兴起提供了一个可遇不可求的契机。一方面，作为主流文化的优秀代表，特别是红柯、迟子建、姜戎、范稳等一批来自农耕汉地的作家，以他们的《西去的骑手》《额尔古纳河右岸》《狼图腾》《水乳大地》等一系列作品，书写少数民族的民族文化和民族存在，表达了他们意欲将少数民族的文化资源纳入世界视野，与世界文化对话、交融的强烈愿望。汉族作家强调尊重不同民族特别是少数民族文化的独特价值，他们文化身份的流动性和复合性，使他们的文化认同有别于同时代的其他作家，呈现出多元、复杂的特征，在他们的创作中表现得十分明显。所谓"文化身份（Cultural identity）又可译作文化认同，是特定文化中的主体对自己文化归属和文化本质特征的确认"②通常被看作是某一特定的文化所特有的，同时也是某一具体的民族与生俱来的一系列特征。由于人类存在于不同的文化体系中，文化认同或文化身份也因文化的不同而各异。对不同

---

　　① 赵萍：《克服狭隘民族主义情绪树立马克思主义民族观》，《西藏发展论坛》2000年第1期。

　　② 刘俐俐：《汉语写作如何造就了少数民族的优秀作品——以鄂温克族作家乌热尔图的作品为例》，《学术研究》2009年第4期。

文化的认同过程，也是自身文化身份的建构过程。比如迟子建出生的黑龙江漠河，就有汉、蒙古、回、满、朝鲜、鄂温克、鄂伦春、锡伯、土家等数十个民族，使汉族出身的迟子建从小获得了与这个多民族地域文化相认同的情感积淀，接受着这个多民族文化环境对她的濡染，因此，迟子建以小说《额尔古纳河右岸》书写鄂温克族的过程，实际上也是自己多重文化身份的建构过程，这使得她的创作具有一种包容多元、认同多元的宏阔胸襟。在《额尔古纳河右岸》等小说中，作者由衷赞美了鄂温克族原始、素朴的文化状态，但儒家文化赋予她的感时忧国的情怀，又使她对鄂温克文化在现代社会中无力与主流文化相抗衡而濒临绝迹的现状表现出清醒的认识和深刻的忧虑。出生在陕西关中地区的红柯，最初的文化积淀也来自于传统的儒家文化，他的很多作品氤氲着一种平和之境，笔下的人物也时常体现出以"和合"为本的宽厚、慈善之美。在天山北麓的十年生活，使红柯不仅对少数民族文化产生了强烈的情感认同，也开始有意识地将传统农耕文化和草原游牧文化进行比较的审视，尤其是重返内地后，红柯感到"有了比较，有了距离，有了反差，西域、中亚、西亚的文化，包括回族的伊斯兰文化与汉文化相比，优点就更突出了"。而"不论是中亚、西域的文化，还是回族文化、蒙古族文化，在生态上对中国文化都是一种平衡、一种丰富，是非常有益的，文化的多样化对人类非常重要"。[①] 汉族作家开放的文化视野和自身多重文化身份的建构以及他们的作品表现出的崭新的生命活力和气象，不仅搭建起全球化语境中沟通主流文学与少数民族文学的桥梁，也有助于扩大少数民族文学文化的生存空间。另一方面，汉族作家的民族叙事，直接关涉中国当代文学未来的发展方向，即如何以平等的态度对待各种不同的文化传统，在诸多差异甚至矛盾的多元文化中寻求张力，使中国文学真正以巨人的姿态屹立于世界文学之林。2004年，作家范稳凭借《水乳大地》的发表在文坛声名鹊起之后，人们总是将他的名字和作品与加西亚·马尔克斯的《百年孤独》联系起来，显然，前者受后者的影响以及对后者的借鉴和模仿是明显的，范稳对此也并不否认，他说："我当然也十分努力地学习、借鉴过魔幻现实主义的一些创作手法。因为我一直在从事藏民族文化与历史的写作，我发现在藏民族文化中，有许多跟过去拉美作家在魔幻现实主义作品中表现的东西相近。比如

---

① 李建彪：《绝域产生大美：访著名作家红柯》，《回族文学》2006年第3期。

藏民族独特的宗教文化，神灵故事与传说，民风民俗等。"① 但范稳更倾向于将自己的"藏地三部曲"（《水乳大地》《悲悯大地》《大地雅歌》）定义为"神灵现实主义"，他告诉人们：在西藏这片土地上，人人都是神灵世界的作家和诗人，这份才能与生俱来，与秘境一般的大地有关。以民族叙事的长篇小说《这边风景》荣获第七届茅盾文学奖的文坛宿将王蒙，在80年代曾被视为"意识流在中国的代理人"，是"现代派的风筝"，"是新潮的保护人"，但写于1974—1978年②的《这边风景》，虽然在叙事形式、抒情形态、价值取向上都不可避免带有"文革文学"的明显印记，但通观小说文本，作者始终坚持的是对维吾尔族乡村日常生活状态的关注与表现，他通过讲述维吾尔族人生活中一个个平凡而又真切的故事，使它们成为具有独立意义的审美表达对象，字里行间氤氲着作家对维吾尔族民间生活的不可思议的热爱，就像王蒙期望读者的那样："你们看到的、你们感兴趣的，大概不仅是异乡奇俗、边陲风景，也许你们更会体认到那些境遇、教养、身份乃至语言文字、宗教信仰全然不同的维吾尔农民以及一切善良者的拳拳之心。"③ 王蒙的民族叙事小说因此而具有了更为自由和开阔的叙事空间，凸显着维吾尔族民间生活蕴含的独特诗意和浪漫风情。诚如丹纳那段著名的论述："外来影响是暂时的，民族性是永久的；它来自血肉，来自空气与大地，来自头脑与感官的结构与活动；这些都是持久的力量，不断更新到处存在，决不因为暂时钦佩一种高级的文化本身就消失或者受到损失。"④ 汉族作家的民族叙事就是在各民族文化的润泽下，构筑了中国当代多民族文学乃至当代多民族文化的艺术和精神的双重高地。

---

① 范稳：《和余梅女士关于"藏地三部曲"的访谈》，http://blog.sina.com.cn/s/blog_4b5619680100dhbz.html。

② 虽然2013年出版之前，作者进行了必要的修改，但"基本保持"原貌。参见《这边风景》腰封。

③ 王蒙：《在伊犁·台湾版小序》，《王蒙文存》第21卷，人民文学出版社2003年版，第117页。

④ ［法］伊波利特·丹纳：《艺术哲学》，上海译文出版社1980年版，第208—209页。

第一章

当代汉族作家民族叙事综论

第一节 汉族作家民族叙事的历史和现实

自"五四"新文学发端以来,以鲁迅为代表,郭沫若、茅盾、巴金等著名作家都十分关心弱小民族文学的现状和发展,20世纪20年代,茅盾主持的《小说月报》上就有"被损害的民族文学"专号,鲁迅还撰文对波兰作家密茨凯维支、显克维支,菲律宾诗人何塞·黎萨尔进行介绍和评价。虽然这一时期新文学作家们的目光首先投向域外的弱小民族,他们的文学活动也主要集中在翻译介绍方面,但其崭新的现代思想理路深深地影响了日后主流文学与边缘文学的交流和互动。1934年,只身奔赴云南西双版纳原始森林的文学青年蔡希陶,相继发表了三篇小说《普姬》《四十头牛的惨剧》和《爬梯——一个赶马人的日记》,塑造了白族、苗族、黎苏族(傈僳族)等令人耳目一新的少数民族形象[①]。次年,作家艾芜出版了他的短篇小说集《南行记》,勾画出西南边地少数民族一幅幅悲凉艰难的生活图画,在普罗文学占据主流的时代,《南行记》以其独有的异域情调引起了文坛注意,成为现代汉族作家民族叙事影响最大的作品之一,已经被载入我国多民族文学的史册。三四十年代的中国,战争频仍、民生涂炭,除了蒙、藏、维、哈、朝等几个少数民族拥有本民族文字创作外,其余多数民族都还处于口头文学阶段,基本上没有产生自己民族的作家文

---

① 遗憾的是蔡希陶最终没有选择文学而成为一名植物学家。参见张直心《"南行"系列小说的诗化解读——一些连通现代文学与当代文学的思绪》,《中国现代文学研究丛刊》2013年第12期。

学。汉族作家的民族写作在当时是作为主流文学的组成部分，开启了一扇透视少数民族生活和文化的窗口，一方面使少数民族的形象进入了现代中国文学的视野，另一方面也将"五四"新文学的启蒙话语和现代意识注入了边地少数民族文学。比如1942年，郭沫若创作的话剧《孔雀胆》，讲述的是元代末年发生在云南昆明、大理的一段国恨家仇和儿女情长，剧中不仅交织着阴谋与爱情以及汉蒙民族团结的矛盾线索，隐含了作家在民族危急之际对忠奸斗争、悲欢离合、善恶美丑等人性的深刻思考。郭沫若还以"五四"的平等、自由和博爱精神来观照阿盖这个蒙古族女子的形象，着力刻画了阿盖的"贤淑""十分贤德"，突出她对丈夫段功的妻爱和对并非己出的两个孩子的母爱。阿盖最终不惜以自己的死捍卫了她心中的善和爱，由此闪烁出人性美的光彩。

在此后的半个多世纪里，汉族作家的民族叙事经历了两个重要的发展阶段，并在世纪末汇成了当代中国文学的一道独特的风景。第一个阶段是新中国诞生后的"十七年"时期。新生共和国的成立，结束了我国历史上长期存在的民族压迫制度，使许多处于社会底层的民族登上了历史舞台，开始了一个民族团结和民族平等的新时代。短短的几年间，党领导全国各族人民有步骤地实现了从新民主主义到社会主义的转变，在绝大部分地区基本上完成了对生产资料所有制的社会主义改造，开始了全面的大规模的社会主义建设。我国各族人民经历了历史上最伟大、最深刻的变革，有的少数民族甚至跨越了几个社会发展阶段，进入了社会主义社会。与此同时，少数民族文学的发展引起了人们的重视，第一任文化部长兼作协主席茅盾就明确指出："开展国内各少数民族的文学运动，使新民主主义的内容与各少数民族的文学形式相结合，各民族间互相交流经验，以促进新中国文学的多方面的发展。"① 很快（1953年9月），全国作协章程就将茅盾的重要指示收入其中，成为当时文学创作的指导性纲领。1954年，我国《宪法》明确规定，各民族都享有传统文化被尊重的权利。党和政府先后帮助藏、彝、傣、蒙、朝等少数民族改进或创制了13种民族文字，极大地促进了少数民族传统文化的继承和民族文学的创作。新中国有了第一代少数民族作家，据不完全统计，"文化大革命"前从事文学创作的职

---

① 《人民文学》第1卷，第1期《发刊词》。

业或半职业的民族作家、诗人已超过千人，① 不仅使少数民族文学逐渐植根于中华多民族文学的土地上，客观上也促进了不同民族文化的融合。由于50—70年代特殊的政治文化语境，少数民族的民族属性让位于社会主义制度下的政治属性，一些真正显示出自身民族性格的作品受到了不同程度的压制和谴责，比如玛拉沁夫的具有浓郁的草原民族气质的《在茫茫的草原上》，曾被认为宣扬了狭隘的民族主义情绪，甚至有批评者指责玛拉沁夫是用民族主义代替党的领导②，这极大地削弱了刚刚起步的少数民族文学在构建多民族文学版图中的主动性和积极性，阻滞了少数民族文学的健康发展和壮大。与此同时，"有一批汉族知识分子（包括一些已成名的作家），或随军、或屯垦、或'支边'、或以记者身份长驻塞外，或因政治运动'流放'边地，或为文学写作深入生活"③，他们积累了丰厚的创作素材，在小说、诗歌、电影、戏剧等领域都取得了十分显著的创作成果。如高缨的短篇小说《达吉和她的父亲》，徐怀中的短篇小说《松耳石》、长篇小说《我们播种爱情》，闻捷的诗集《天山牧歌》和长诗《复仇的火焰》、电影《回民支队》（冯一夫编剧）、《刘三姐》（乔羽编剧）等都产生了广泛影响，受到各族人民的欢迎和好评。还有以白桦、公刘为代表的活跃在西南边陲的"西南军旅诗人群"、以梁上泉等为代表的"蜀中诗人群"创作的大量的边地诗歌，都为"十七年"文坛带来了鲜活而又奇异的气息。这些作品不仅视野开阔，既涉及了西部民族地区维、哈、回、藏等民族的生活，也延伸到分布于桂、滇、黔、湘等地以壮、彝、苗、白、傣等为代表的南方少数民族。这一时期从事民族写作的汉族作家，都有极为丰富的政治文化阅历和创作经验，他们的作品时常将少数民族的生活斗争叙事纳入中国革命历史的叙事轨道，以潜在的结构形态表现自身的审美追求，他们所建构的各民族的人物形象基本上符合主流意识形态审美理想的需要，由此展示了中国文学的多样性和不同民族文化传统的意义。汉族作家的民族叙事因此获得了合法的但远非独立的叙事地位，成为沟通主流文学与少数民族文学的一座桥梁。

---

① 参见杨亮才、陶立璠、邓敏文《中国少数民族文学》，人民出版社1985年版，第248—298页。

② 参见张玲燕《大草原——玛拉沁夫论》，《新中国成立六十周年少数民族作品选》（理论批评卷），作家出版社2009年版，第659页。

③ 於可训：《当代文学史著的新收获》，《文艺报》2007年2月1日。

进入新时期以后，我国多民族文学的发展始终遵循着以维护各民族人民最基本的和平相处的权利、丰富发展多元一体的中华多民族文学为主的创作宗旨，取得了日趋繁荣的创作成果并逐渐形成了一支由不同代际、不同族别、不同地域作家所构成的创作队伍，他们多向度的文学写作努力打通中心与边缘区域间的文化隔膜，让边缘异质话语不断融入主流话语，其多姿多彩、不拘一格的文学气质不断显现出"边缘的活力"（杨义语），为当代文学提供了广阔而自由的天地。一大批富有才华的少数民族文学新人正在茁壮成长，仅1981年举办的全国少数民族文学创作评奖（1977—1980）的获奖作品，就有用蒙古文、维吾尔文、藏文、哈萨克文、朝鲜文、傣文、傈僳文、景颇文、柯尔克孜文、锡伯文、汉文等11种文字创作的包括数十种文学样式的作品140（篇）。伴随着少数民族文学的发展和壮大，汉族作家的民族叙事也进入了自身发展的重要阶段，作为真正意义上的"他者镜像"[①]，具备了与少数民族文学相互参照的功能。特别是在批判极"左"路线对人性的压抑、表现知识分子的反思与忏悔的时代潮流中，一批在50年代成长起来的汉族作家成为新时期民族叙事的主力军，率先发表了他们书写不同地域、不同族群的民族叙事佳作，张贤亮的《绿化树》将笔触伸向民族杂居的西部地区，在粗犷、原始的爱情歌谣的回声中和似有若无的宗法礼教观念下，塑造了美丽率性、大胆追求爱情的回族妇女马缨花的形象，将一种自由自在、不拘一格的生命态度和中亚细亚民族所特有的奔放性格呈现在当代文坛。刘兆林的《啊，索伦河谷的枪声》虽然以军事题材著称，但小说的故事发生在汉族、蒙古族、鄂温克族和满族杂居的索伦河谷，弥漫在作品中的鲜明的地域特点引起了文坛的广泛关注。王蒙以《淡灰色的眼珠——在伊犁》系列小说传达了他对当代中国少数民族农村社会情状与走势的主体认知和整体概括。维吾尔族民间的道德伦理以及下层民众相对稳定的观念形态构成了王蒙民族叙事的动力，活跃在他笔下的维吾尔族农民的形象都洋溢着一种前所未有的崭新的人生境界。2013年，王蒙又发表了写于1974—1978年的长篇小说《这边风景》，将"文化大革命"时期特定社会历史境遇的展示和维吾尔族人日常生活的诗意描写互相融合，立体地反映了少数民族人民是以怎样的心

---

① 参见巴柔《形象》，载孟华主编《比较文学形象学》，北京大学出版社2001年版，第157页。

态、体验和情感介入了"文化大革命"时期的政治生活。1985年,年轻的马原以他的《冈底斯的诱惑》在文坛名噪一时,成为日后形成的先锋小说的代表性人物。但《冈底斯的诱惑》作为一部表现藏族人狩猎放牧基本生存形态的小说,本身所具有的原始风情和传奇色彩都使它成为汉族作家民族叙事发展进程中的重要作品。新时期汉族作家的民族叙事在90年代末期进入了一个较为繁荣的阶段,它以超族别、跨族别、多族别叙事的姿态,展现了汉族作家统一的多民族国家意识。一批"60后"作家开始在这个领域大显身手,像红柯的《西去的骑手》,姜戎的《狼图腾》,迟子建的《额尔古纳河右岸》,范稳的《水乳大地》、《悲悯大地》和《大地雅歌》等,都从不同角度展示和发掘了各少数民族文化的优势和特点,同时,他们"对少数民族文化精神的重新发现又是与少数民族文化正在面临着现代化浪潮的冲击的态势形成了鲜明的对照。因此,他们对少数民族文化的重新发现,也具有了保护文化多样性的积极意义"。[①] 这些作品一经发表便引起了读者的追捧和文学评论界的瞩目,其中红柯的《西去的骑手》、范稳的《水乳大地》都先后获茅盾文学奖提名,迟子建的《额尔古纳河右岸》斩获了第五届茅盾文学奖,王蒙的《这边风景》获得了第七届茅盾文学奖。此外,凌力的《北方佳人》和冉平的《蒙古往事》都以草原民族为书写对象,前者以大开大阖的视野,展示了蒙古族退出大都、分裂为东西蒙古多个部落的历史场景,反映了草原人民割不断的血脉亲情和他们对和平、安宁生活的强烈渴望。后者将叙述视角对准了一代天骄成吉思汗,用作者自己的话来说就是"胸怀诗史的野心,写出一个叱咤风云的世界征服者"。成为以汉族身份书写蒙古族历史题材的又一力作。

然而,汉族作家的民族叙事作为当代文学的一个重要创作现象,它的文学归属和定位至今仍是模糊和尴尬的。在学术界争论不休的文学作品的民族属性问题上,少数民族文学通常指的是出身于少数民族的作家所创作的以反映少数民族生活题材为主的文学作品,这已成为汉族和少数民族作家的共识,比如早在60年代,何其芳就提出"判断作品所属民族一般只能以作者的民族成分为依据",[②] 进入新时期之后,回族文艺批评家白崇

[①] 樊星:《"改造国民性"的另一条思路——论当代作家对于少数民族文化的发现与思考》,《文学评论》2008年第4期。

[②] 何其芳:《少数民族文学史编写中的问题》,《文学评论》1961年第5期。

人也明确指出:"汉族作家反映少数民族人民的生活是值得欢迎的,这表现了这些汉族作家特殊的美的追求和对少数民族人民的情谊,但这些作品不属于少数民族文学。因为任何一个民族的文学都不能由另外民族的人来越俎代庖。"① 另一位蒙古族作家和批评家玛拉沁夫有更为具体的表述:"作者的少数民族族属、作品的少数民族生活内容、作品使用的少数民族语言文字这三条,是界定少数民族文学范围的基本因素;但这三个因素并不是完全并列的,其中作者的少数民族族属应是前提。"② 毫无疑问,上述已经成为共识的定论,将汉族作家的少数民族叙事作品排除在少数民族文学范畴之外。但是,汉族作家的民族叙事侧重以少数族裔的文化和传统为叙事资源,已经形成了有别于汉族主流文学的文本形态、价值立场及审美特质,唯有将其置于中国多民族文学的视镜下,才能较为客观、深入地认识它的价值。

第二节 汉族作家民族叙事的主题变奏

一 政治话语下的社会主义民族大团结想象

纵观中国历史,无论是汉族还是少数民族,都以自己建立的中央政权为中华正统,都把实现多民族国家的统一作为最高政治目标。新中国的成立,标志着民族团结和民族平等的社会主义制度的初步形成。鉴于当时一些边远的少数民族地区仍有负隅顽抗的反动残余,为了最大限度地维护共和国的稳定和繁荣,使各少数民族尽快融入中华多民族大家庭,同仇敌忾,使国家真正实现长久的和平和统一。当时的最高领导人毛泽东审时度势,把消除历史上遗留下来的民族隔阂,疏通民族关系,加强汉族人民与少数民族人民的联系,建立新民族团结的重要性提到了与中国革命和建设事业攸关的高度。毛泽东指出:"国家的统一,人民的团结,国内各民族的团结,这是我们的事业必定要胜利的基本保证。"③ 在另外一些场合,

---

① 白崇人:《"少数民族文学"的提出及其意义》,《中央民族学院学报》1984年第3期。
② 转引自杨玉梅《少数民族文学评论的理性自觉——全国少数民族文学中青年评论家交流会综述》,《民族文学》2011年第1期。
③ 《毛泽东文集》第7卷,人民出版社1999年版,第204页。

毛泽东还精辟分析了历史造成的民族之间的隔阂，多次批判了大汉族主义思想，强调了各民族之间的互相帮助和共同发展。这一时期的政治形势和现实需求，都为文学提出了刻不容缓的前进和发展的方向。如何利用文学的影响力，在统一的多民族国家框架下想象和讲述少数民族，实现宣传民族政策、团结少数民族的政治目的，既是一批有过革命经历的红色作家的自发行为，也是中国共产党自上而下引导的自觉结果，势必成为"十七年"汉族作家民族叙事的重要旨归。他们或表现汉族对少数民族的团结和关怀，或赞美汉族与少数民族之间的爱情友情、讴歌少数民族人民的人性人情美，或批判和摒弃狭隘的民族主义，用一幅幅图景的汇合实现了民族叙事的殊途同归：构建出新生的国家民族大团结的宏大场景。

在汉族作家笔下，少数民族是作为新中国历史的参与者和见证者而出现的，是新生的共和国使少数民族获得了和汉族平等的政治地位和社会地位，少数民族的政治认同成为多民族团结的重要前提。汉族作家对少数民族形象的书写被纳入对多民族国家整体形象的塑造中，他们的民族叙事也因此获得了合法的叙事地位。进一步说，多民族团结是建立在汉族和少数民族的平等关系之上的，这是一种新型的民族关系。在汉族作家笔下，这种新型关系的建立，除了离不开汉族对少数民族的政治启蒙。对于少数民族而言，他们所经历的新旧社会的对比、进步与落后的变化也增强了他们对共产党和新社会的认同感。这一时期的民族叙事作品中，无论是少数民族的上层精英人士还是底层民众，都以自己的方式表述着对民族大团结的认同。名噪一时的短篇小说《达吉和她的父亲》（高缨），围绕着汉、彝两族之间的亲情、血缘和民族隔阂展开了故事，高缨深知，强调少数民族的政治地位，既是形成其政治认同的重要策略，也是实现小说主题的重要保障。作者笔下彝族奴隶出身的达吉的养父马赫尔哈，在民主政权的关怀和培养下，担任了人民公社的社长，从此他"一夜晚就是做十二个梦，十二个梦里都见到毛主席"。同样，他身边的汉族干部也都时刻提醒自己："我是共产党人，是中华各民族人民的儿子。"显然，作者在马赫尔哈身上寄予了获得政治解放之后的少数民族对回归中华民族大家庭的情感诉求。

关于新旧社会变更为少数民族带来的命运变化在徐怀中的长篇小说《我们播种爱情》里有更为直接的表现：旧社会做过喇嘛的藏民洛珠，被国民党反动派打伤成了跛子，临近新中国成立儿子又被抓走。年老的洛珠无依无靠，冻僵在农业站的门口。党工委书记苏易收留了他，帮助他摆脱了贫病交加的处境和命运。这个生活在最底层的藏民从此把党视为比他的亲生父母还温暖的依靠，他把对党和社会主义的认同化为自觉自愿的行动：夜间为农业社巡逻，保卫社会主义的成果。在徐怀中笔下，党和新政府的政治关怀同样渗透到藏族上层人士当中，女土司格桑拉姆最终决定走出她多年未离开的深宅大院，出席新政府的通车典礼，是因为西藏和平解放之后，党和政府不仅邀请她参政议政，还按月发放薪资。与此形成鲜明对照的是她属下的头人个个野心勃勃、暗藏杀机。参加通车典礼作为一种仪式，表达了格桑拉姆对共产党和新政府的拥护和向往，也开始了她迈向新生活的第一步。老作家艾芜的《南行记续篇》通过西南边疆少数民族新中国成立前后生活的鲜明对比，反映了傣族、景颇族等少数民族劳动人民翻身当家做主后的幸福生活。在作者笔下，随处可见各族人民团结劳动的祥和景象："不远的田野里，社员们都在休息了，许多男女高声合唱起来，那种宛转悠扬而又愉快的歌声，显得生活多么地热闹和欢乐。晴朗的天空，以及阳光灿烂照着的田野、山坡、村寨、竹林，都像增加了无限的生趣和喜气。"（《芒景寨》）这是继《南行记》之后，艾芜少数民族书写的又一力作。

在汉族作家以民族团结作为精神诉求的叙事中，书写汉族与少数民族之间的爱情对构建国家民族大团结的形象具有十分重要的作用。在中国文学史上，表现爱情与种族情感冲突的作品并不少见，如《王昭君》《蔡文姬》等，就是这类作品中的佼佼者。在国共两党对垒、民族矛盾激烈的40年代，郭沫若曾经创作了话剧《孔雀胆》，并宣称"我的注重点是在民族团结，这凝结成为阿盖的爱"。①话剧通过蒙古族公主阿盖与异族人段功的"和亲"故事，将爱情与亲情、爱情与种族的复杂冲突以及由此引发的人性善与恶的较量交织在一起，上演之后产生的影响远远超出了作家的预设目标，也为民族叙事题材拓展了一个广阔的空间。进入五六十年代之后，文学与政治一体化的现实语境，使作家们坚定不移地认为"写爱情，也能反映时代的色彩"。②爱情不再是青年男女之间的两情相悦，

---

① 郭沫若：《〈孔雀胆〉的润色》，《郭沫若全集·文学编》，科学出版社2003年版，第274页。

② 闻捷：《红装素裹》，《人民日报》1961年4月20日。

而是与祖国的和平稳定和社会主义建设休戚相关的事情。"从解放区到当代中国的边疆,青年女性无一例外地爱上了英雄模范,这与话语讲述的年代并无关系,与之相关的是讲述话语时代作家心态的一致导致了统一的爱情选择尺度。青年女性讲述的并不是内心隐秘的个人情感欲望,个人性的话语在这里显然被抑制,她们传达的是时代倡导的公共情感向往,而这一情感向往的话语行使权是掌握在作家手里的。"① 所以,汉族作家对少数民族的爱情书写不仅要有鲜明的民族特色,更要富有时代感。著名诗人闻捷的《吐鲁番情歌》(组诗)堪称这个时代的爱情经典。在《种瓜姑娘》中诗人借种瓜姑娘枣尔汗唱出的一首短歌:"枣尔汗愿意满足你的愿望/感谢你火样激情的歌唱/可是,要我嫁给你吗?/你衣襟上少着一枚奖章。"表达了"维吾尔族姑娘新的恋爱观念和婚嫁理想,而这种观念和理想,在旧时代的爱情生活中,是不会产生的"。② 在这些或奔放或委婉的诗作中,闻捷将爱情与社会主义建设和劳动熔为一炉,生动地体现了新时代少数民族人民的爱情和婚嫁理想。在诗中,爱情是与少数民族的解放、男女平等紧密联系在一起的。同样,在《我们播种爱情》里,活泼美丽、直率热情的藏族少女秋枝同时爱上了拖拉机驾驶员朱汉才和叶海,并宣布要嫁给这两个汉族青年,这在当时的藏族风俗是允许的,两个汉族青年虽然都爱着秋枝,却只能有一个人可以收获这纯洁的爱情。小说赞美了朱汉才为成全对方而选择退出的牺牲精神,但精彩之笔却落在藏族姑娘秋枝自由选择对象、挑选配偶、不受门第和民族的限制上面,这种新社会才有的汉藏之间的新型爱情关系,表现了汉藏民族之间的交融,从一个侧面阐释了民族团结的主题。小说还具体地展示了新社会下的新型汉藏关系,农业站的汉族知识分子热情帮助老藏民斯朗翁堆播种冬小麦、使用新步犁,斯朗翁堆从开始的冷淡怀疑到最后的欣喜接受,生动再现了西藏人民对党、对社会主义的逐步认识和热爱,表现了西藏同伟大祖国一同前进的步伐。在《达吉和她的父亲》中,高缨从现实和历史的双重角度出发,看到了漫长的奴隶制社会给彝族人民带来的精神上因袭的重负,他没有回避生活在底层的民众性格中旧社会苦难的阴影:其中不乏狭隘、自私甚至野蛮的因素,也有对大汉族的隔膜和仇视。因此,当彝族父亲马赫尔哈面对前来

---

① 孟繁华:《梦幻与宿命》,广东人民出版社1999年版,第48页。
② 周政保:《论闻捷爱情诗的时代感和民族特色》,《新疆大学学报》1981年第3期。

认领女儿的、达吉的亲生父亲——汉族技师梁秉清时,他以强悍的态度阻止亲生父女相认和团聚,其中夹杂着一个经历过旧时代的弱小民族的农民对汉族的敌视和猜忌心理,也混合着亲情、血缘和民族隔阂的情感角逐。然而,对达吉的爱终于使马赫尔哈战胜了人性中自私、狭隘的一面,他决定让达吉跟随亲生父亲回家。而达吉的汉族父亲也被马赫尔哈对养女的真情所打动,反过来要女儿留在彝族养父身边。在作者笔下,达吉就像一条红线,把汉族和彝族永远连接在一起。但促进民族团结的主观愿望,使小说对亲情的描写留下了刻意追求和雕琢的印记。其实,在《达吉和她的父亲》发表之初,就有论者敏锐地觉察到这部作品隐含的两种声音:"一种声音是头脑里的声音;一种声音是心灵里的声音。前一种声音宣讲旧社会的罪恶,促使民族团结;后一种声音则为爱讴歌。"① 即便今天看来,这两种声音也并不矛盾。促进民族团结的主观愿望,是为了与主流意识形态话语保持高度的一致;而讴歌普通劳动者,特别是长期生活在底层的少数民族民众人性中的大爱,说明作者在明确的政治化的创作意图之下,并没有放弃或者说淹没他的敏锐的艺术感受力。作者没有回避长期处于奴隶制压迫之下的彝族性格中旧社会的苦难阴影,也并非以刻画马赫尔哈的性格为主旨,但通过这个人物从开始拒绝养女被亲生父亲认领到最后同意女儿跟汉族父亲回家的变化,表现了一个昔日的彝族奴隶的倔强、坚忍、知恩图报等品格,客观上诠释了彝族人民在进入新时代之后出现的崭新变化。

二 "文化热"潮流中的边缘民族文化想象

1976年10月,随着"四人帮"反革命集团的彻底覆灭,长达十年的"文化大革命"政治动乱宣告结束,中国社会开始进入崭新的历史时期。1978年5月《光明日报》发表的《实践是检验真理的唯一标准》,引发了全国范围的大讨论,标志着理性的光芒终于穿破了现代迷信的阴霾,随之兴起的思想解放运动,为中国社会的转型做了思想上的准备。1981年《中国共产党中央委员会关于建国以来党的若干历史问题的决议》提出"我们党在新的历史时期的奋斗目标,就是要把我们的国家逐步建设成为

---

① 杨田村:《谈小说〈达吉和她的父亲〉的思想内容——兼与冯牧同志商榷》,《四川文学》1961年第9期。

具有现代农业、现代工业、现代国防和现代科学技术的，具有高度民主和高度文明的社会主义强国"。宣告了新的历史时期主流政治告别过去（传统）走向未来（现代）的出发点；也开启了整个国家意识形态由五六十年代的革命意识形态向新时期的现代化意识形态的转型历程。在整个80年代的语境中，现代化的最终指向就是在经济和文化上"与世界接轨"和"达到世界先进水平"。1985年，美国学者杰姆逊对北大的访问，将西方的文化研究引入中国，随之后现代主义、新历史主义、后殖民主义、东方主义、女权主义、种族理论等在短时间内风靡我国理论界，人文社会科学的各个领域都迅即出现了一股"文化热"。其中，如何认识、估价西方文化与中国传统文化的关系，以求在文化反思中寻找更加适应改革开放与重新塑造民族灵魂的新的文化意识和价值观念，成为"文化热"中的热点，也为文学走出一片新天地提供了契机。高举"文化寻根"大旗而来的声势浩大的"寻根文学"成为当时最有影响力的文学潮流，在它的内部起伏着汉族作家民族叙事的暗涌。"寻根文学"潮流从一开始就与少数民族叙事产生了外在的事实联系和内在的精神联系，厘清这二者之间的关系显然有助于认识汉族作家民族叙事生成的历史必然和现实需求。首先，"寻根"一词最早出现在达斡尔族作家李陀与鄂温克族作家乌热尔图的通信中；"寻根文学"的许多重要作家，也是新时期最早从事少数民族叙事的汉族作家，比如韩少功小说对古代楚地苗族文化的描写，郑万隆的"异乡异闻"系列中汉族淘金者和鄂伦春族猎人杂居的大兴安岭地带的生活等。其次，"寻根文学本来并不是一个少数民族文学概念，只是强调文学创作要重视作家所属的文化传统。然而，一旦谈到文化传统，则不可避免地涉及地域文化和少数民族文化。……而对于具有少数民族身份的作家，则更容易关注少数民族文化"。[①] 在被广泛引述的李陀与鄂温克作家乌热尔图的通信中，李陀写道：

> 从我的民族来说，我也应该算作是一个少数民族的作家。然而由于多年来远离故乡，远离达斡尔族的民族生活，我却未能为自己生身的民族，为少数民族文学的事业做出一点点实际的事。这常常使我不安。我近来常常思念故乡，你的小说尤其增加了我这种思念。我很想

---

① 黄伟林：《转型时期民族文学的国家责任》，中国作家网，2014年1月2日。

有机会回老家去看看，去"寻根"。我渴望有一天能够用我的已经忘掉了许多的达斡尔语结结巴巴地和乡亲们谈天，去体验达斡尔文化给我的激动。①

虽然日后韩少功等人对"寻根"有更加明确的阐述，但李陀的族别无疑使"寻根"的指向率先与边缘族群及其地域文化联系在一起，其中隐含着少数民族作家的家园归依意识和对本民族文化的认同意识。通信的另一位主角乌热尔图是新时期炙手可热的鄂温克族作家，"他通过文学作品揭示了这个仅有一百余人的国内唯一的鄂温克族狩猎部落的生产方式、社会结构、宗教信仰、风土人情和独特的民族心理素质，塑造了一系列鄂温克猎人形象"，乌热尔图的作品"使这个只有语言没有文字的鄂温克族有了自己成熟的鄂温克族文学，形成了自己独特的语言风格"。② 乌热尔图的作品对鄂温克族因现代性的日益进逼带来的生存困境与民族出路难题表示了深切的忧虑，这也是一些与鄂温克族处境命运相似的少数民族面对的共同困境。所谓现代化对于少数民族来说，首先意味着物质的现代化。在实现现代化的进程中，从国家保证各民族共同繁荣的民族政策到旨在促进边境地区经济社会发展的一些兴边富民行动，都导致了少数民族固有的传统生活方式和价值观念的式微或丧失，甚至导致了他们失却家园的痛苦。对于受过现代文化熏陶、处于主流文化圈的少数民族知识分子如李陀、乌热尔图等，寻根首先意味着他们民族意识的觉醒。民族意识本质上是"对自己民族归属和利益的感悟"，③ 是"人们对本民族生存发展、兴衰、融入、权利与得失、利害与安危的认识、关切和维护"。④ 因此，在这一时期的少数民族创作中，对本民族历史的探寻和眷顾、对民族寻根情结的认同与理解表现得尤为迫切。最典型的莫过于回族作家张承志，他最初是以《骑手为什么歌唱母亲》《阿勒克足球》《大坂》《黑骏马》等一系列反映内蒙古乌珠穆沁草原生活的小说享誉文坛。作为一个身处主流文化区域的回族人，张承志正是被寻根文化的大潮激活了身上流淌的那种"寻念想"的民族母血，他从对"河"的寻找与追溯（《北方的河》）转

---

① 李陀、乌热尔图：《创作通信》，《人民文学》1984年第3期。
② 奎曾：《内蒙古举行乌热尔图作品讨论会》，《民族文学研究》1985年第3期。
③ 王希恩：《民族认同与民族意识》，《民族研究》1995年第6期。
④ 熊锡元：《试论制约民族发展的几个重要因素》，《民族研究》1993年第1期。

而奔向了"残月"(《残月》)下"黄泥小屋"(《黄泥小屋》)和"九座宫殿"(《九座宫殿》),最终全方位皈依了伊斯兰教的文化和信仰,他的作品蕴含着迫切的民族自省意识和归属情结,以及对民族文化的深刻参悟和多维观照。

对于文学寻根的代表人物(这里主要针对汉族作家)而言,寻根的意味则更为复杂。韩少功认为:"文学有'根',文学之'根'应深植于民族传说文化的土壤里,根不深,则叶难茂。"① 他还说:"巫楚文化主要分布在中国西南以及东南亚的少数民族中间,历史上随着南方民族的屡屡战败,曾经被以孔孟为核心的中原文化所吸收,又受其排斥,因此是一种非正统非规范的文化,至今也没有典籍化和学者化,主要蓄藏于民间。"② 这里的民间不是与官方对应的底层民间,而是地域上的边缘,寻根文化的倡导者们所要寻的"根"是被主流(中原)正统(孔孟)文化所排斥的"规范之外的根"(李杭育语),"即那些尚存活于独特地域或族群中的风俗、世情和生存样态",具有"族群和地域上的双重边缘化特征"③。因此,"寻根文学"主要将笔触伸向多民族国家的领土边界即汉族以外的少数民族文化区域,探寻主流文化业已缺失的诸多品性和价值观,这同样是80年代汉族作家民族叙事的题中应有之义。与"十七年"汉族作家在民族叙事中讴歌社会主义制度下的民族大团结不同,这一时期汉族作家的民族叙事以对边缘民族的文化想象为起点,建构起了汉族对少数民族、主流文化对边缘文化的想象空间,在维护少数民族地域文化的独立性与自主性的前提下,也蕴含着文化批判和文化反思的意义。

首先,汉族作家对少数民族原始宗教文化的神秘力量进行了想象和挖掘。所谓原始文化主要指先民们还未摆脱原始思维模式的情况下创造的文化,由于种种历史和社会原因,中国各民族的社会历史发展极不平衡,像高缨的《达吉和他的父亲》中写到的四川凉山彝族,在新中国成立后还处于奴隶制社会,像云南的独龙族、基诺族、傈僳族、怒族、布朗族等居住在山区的少数民族,甚至还处在原始社会末期向阶级社会过渡的历史阶段。这就造成了原始宗教在少数民族生活中内容丰富、形态多样和各具特

---

① 韩少功:《文学的根》,《作家》1985年第4期。
② 韩少功:《胡思乱想》,海南出版社1994年版,第2—3页。
③ 贺桂梅:《"叠印着〈古代与现代〉两个中国":1980年代"寻根"思潮重读》,《上海文学》2010年第3期。

色的局面。直到物质文明和精神文明高度发展的今天,部分少数民族中还程度不同地保存着原始宗教的内容和习俗。比如在西藏,苯教的原始思维和佛教的轮回观念使藏民"大约一直生活在被弗雷泽称之为'幻想的梦境'的现实环境里"。① 原始宗教作为原始民族、古代民族或者处于低级文化阶段的人的哲学基础,从"万物有灵"的思维出发,表现了少数民族先民为挣脱自然的制约和束缚,获得征服和控制万物自由的美好想望。汉族作家在关于少数民族的想象中,不断展示着原始宗教文化力量对各民族生活的影响。在韩少功、郑万隆、马原、迟子建等作家笔下,原始巫文化、萨满文化都以一种泛宗教文化精神渗透在不同少数民族人民的日常生活中,深刻影响了他们的精神和情感。巫文化"通过一种虚构的行为方式满足人们的精神欲望,以使人们在困难面前始终保持一种积极乐观的精神状态"。② 早在30年代,沈从文的《阿黑小史》等作品中就有对神人合一的巫师和场面宏大的巫术活动的描述,表达了他对原始信仰的热爱和对大自然的尊重。同样接受过楚文化润泽的韩少功,也对原始神巫宗教在楚地苗人中的流行做了饶有兴味的挖掘。在《爸爸爸》中,鸡头寨人日常生活的一个重要仪式就是唱巫歌;遇到天意难测的事件,通常是要备下一桌肉饭,请来巫师指点。而村人的思维方式更是有明显的巫文化思维的痕迹,小说写道,关于丙崽为何生下来就痴傻,村里有一个传说,说是丙崽娘多年前在灶房里码柴,"弄死了一只蜘蛛。蜘蛛绿眼赤身,有瓦罐大,织的网如一匹布,拿到火塘里一烧,臭满一山,三日不绝。那当然是蜘蛛精了,冒犯神明,现世报应,有什么奇怪的呢?"具有明显的巫术的逻辑思维方式,它的直接目的就是让人有所禁忌。用现代科学的眼光看,这当然源于人们对无法解释的事情通过想象得出的错误结论。云南作家黄尧将目光伸向云南西北部曾经隐秘的红土地,展示那里的宗教、信仰以及与中原范式相悖的文化精神。他笔下的女山(《女山》)作为美丽丰饶的女神的化身,操纵着一切。而女性的膜拜充满了奇异的色彩,比如白色公羊的睾丸,泥塘里的黑背泥鳅等都被认为是具有神灵的物体。

其次,汉族作家对广泛存在于少数民族生活中的各种民间仪式、民间禁忌等进行了具体生动的展示,借此揭示不同宗教信仰、不同社会经历和

---

① 马丽华:《雪域文化与藏族文学》,湖南教育出版社1998年版,第16页。
② 王继英:《巫术与巫文化》,贵州民族出版社1993年版,第6页。

民族精神在民俗生活中的表现，促进各民族之间的相互理解，对认识不同的民族性格具有重要的意义和价值。仪式作为人类社会活动中的某种必然性的象征意义标志，"无论官方、亚官方抑或民间，不管何种社群或者族群，人类只要进入社会活动程序就必须与之相适应地伴之以仪式，仪式不仅是文化的重要组成部分而且还是文化过程中的最重要象征符号"。① 因此，在黄尧的《女山》、王蒙的《淡灰色的眼珠——在伊犁》《这边风景》，迟子建的《额尔古纳河右岸》，范稳的《水乳大地》《悲悯大地》等小说中，作家们都描写了不同民族的各种仪式，展示多元文化的因子，反映各种宗教信仰、民间精神在生活中的力量。《女山》着力于观照人类的原始信仰和情操，作者不厌其烦地描写了摩梭女人用于弘扬她们博大的原始生命力而产生的种种神秘、奇异的仪式，呈现出人类早期还未受到任何文明制约时的纯自然状态，极大地张扬了摩梭女性的生命潜能。《淡灰色的眼珠——在伊犁》（以下简称为《在伊犁》）对贯穿在普通维吾尔族人生活当中，比如送别、婚嫁、丧葬时的"乃孜尔"（维吾尔语祝祷仪式的意思）有十分精彩细致的描写。维吾尔族老人穆敏老爹（《虚掩的土屋小院》）打算去南疆探望阔别30年的异母弟弟，村里为他举行了盛大的上路"乃孜尔"，隆重的仪式反映了维吾尔族人在庸常人生中对传统伦理道德观念的坚守。在《这边风景》中，王蒙多次写到伊斯兰教的祈祷日——主麻日——当天清真寺的盛况，穿着老式民族服装的信徒们在拥挤中井然有序又不失庄严，从中既可窥出伊斯兰教几百年来对维吾尔族人生活的规范作用，又可见出在极"左"政治愈演愈烈的年代里宗教信仰给予维吾尔族人的精神抚慰与生命尊严。《额尔古纳河右岸》中具体描写了鄂温克族的各种风葬仪式，有为逝去的亲人举行的风葬仪式，也有为迫不得已猎杀的动物举行的仪式。最常见的是每次猎杀了熊之后，族人总是要在萨满的希愣柱（鄂温克人在营地搭建的类似帐篷的居所）前做一个三角棚，取下动物的头挂上去，头要朝着他们搬迁的方向。即便是宰杀一只山鸡，也会把它的头、翅膀和尾巴切下来，用柔软的树条捆扎后挂在希愣柱的外面，为山鸡举行风葬仪式。仪式是鄂温克人生活中的重要事件，不仅关乎他们对自然生命的敬畏，还吸引了鄂温克男女的广泛参与，成为具有某种象征意义的民间表演活动。在迟子建笔下，鄂温克人的仪式大都伴

---

① 王列生：《论民间仪式的文艺承载》，《深圳大学学报》2006年第6期。

随着萨满的神歌演唱和猎民们的舞蹈。而汉族作家对少数民族生活禁忌的描写，则反映了更为复杂的民族文化心理。一方面，民族禁忌规范了人们的日常行为，使人们适应自然界，保护自然界。例如王蒙写到了维吾尔族人不许捣毁鸟巢的禁忌在日常生活中的渗透，这个禁忌养成了维吾尔族人善待自然生灵的习惯，他们还由此认定，燕子在谁家的房梁上筑了巢，房屋的主人便被认定是善良的人，他会因此受到人们的善待。禁止捣毁鸟巢在客观上起到了保护自然环境的作用，在农事生活中飞鸟的存在又可以减少害虫。另一方面，如日本民俗学家后藤兴善所说："禁忌是事前准备避免某些不祥，比如在可能遇险的情况下，尽力使之不会发生。可以说是消极的对策。"[1] 它是少数民族在思维观念极为低下的时候面对自然力的制约压迫，因恐惧、愚昧而形成的产物。在《额尔古纳河右岸》中，迟子建写了许多鄂温克族的禁忌，特别是针对女性的禁忌，比如不许女孩跟随出猎、不许妇女从斧子上跨过，等等，它们多少隐含着对女性的歧视，有的还直接戕害了女性的身心健康，也助长了男女之间的不平等关系。比如小说中的杰芙琳娜，因为无意中抱着柴火从放在地上的斧子上面跨了过去，她怀孕后婆婆便认定这个孩子已经被诅咒，生出来一定是个傻子。杰芙琳娜被迫爬上一座山坡，从上面滚下来流产了。这些禁忌习俗的消极作用由此可见一斑。

三 全球化语境下的"多元一体"文化想象

"全球化"（globalization）是一个有着多极意义指向的概念。它首先是作为政治经济学概念出现的，在那里，它指称着经济全球化所带来的一种前所未有的新的国际秩序。进入 21 世纪以后，全球化浪潮不仅席卷了中国的经济和金融，也直接影响了中国的民族和文化认同问题。与此同时，全球化语境下的中国当代文学和文化问题，已经成为中国学者必须面对和关注的问题。早在 20 世纪 90 年代费孝通先生就提出了中华民族文化多元一体格局的著名论断，他多次引用"君子和而不同"的古训，主张各民族文化之间的相互理解和包容，他以"各美其美，美人之美，美美与共，天下大同"的十六字方针形象地阐释了全球化语境下各民族文化求同存异的相处之道。费孝通还将这一思想与"文化自觉"意识联系起

---

[1] 引自李绪鉴《禁忌与惰性》，国际文化出版公司 1994 年版，第 17 页。

来进行了思考,他说:"全球化过程中的'文化自觉',指的就是世界范围内文化关系的多元一体格局的建立,指的就是在全球范围内实行和确立'和而不同'的文化关系。"① 如果我们以费孝通的"和而不同"论审视全球化语境下我国多民族文化和文学,"其演绎的就是一幅各民族间(或称之为族群)'共生互补'的画卷",② 作为以少数民族为叙事对象的创作思潮,汉族作家的民族叙事试图将不同民族和地域、不同文化和宗教信仰、全球化和本土化等,交错并置、交流融合在一起,构成一个总体叙事模式,形成关于中华文化多元一体的话语言说方式,使多元一体的文化构想在全球化语境下获得历史延续性。

第一,展示异质文化的融合共生。汉族作家将笔触集中伸向西北新疆、西南滇藏,或者东北的大兴安岭地区,那里是中国地理版图的边缘,都属于经济文化相对滞后的区域,自古以来也是多民族混居之地。以文化地理学的视野考察,这些边缘地域的地理性、地缘性和社会性都异彩纷呈、生机盎然,能充分涵盖中华文化的多元性和兼容性。无论是马原笔下的西藏还是范稳笔下的滇藏,抑或是王蒙小说中的新疆伊犁,还是红柯追寻的新疆大漠,包括伊斯兰文化、藏传佛教文化、萨满文化等在内的各少数民族文化、儒家文化、道家文化等各种文化在这里交融碰撞,生活在这里的各少数民族人民的信念、意识、价值观和行为准则无不受到其他民族和各种外来文化的影响。汉族作家艺术地再现了各种不同宗教和文化从互相矛盾、冲撞到走向和谐交融的历史过程,也写出了狭隘的民族意识和观念对健全民族性格的制约。其中,范稳的"藏地三部曲"表现多元文化相互"砥砺与碰撞,坚守与交融"(范稳语)的意图最为明显。尽管已有学者表达了质疑,认为范稳的写作把西藏看作是一个精神性的西藏,"只在文化和宗教的意义上被我们瞩目和憧憬",而忽略了它的世俗性和肉身性。③ 但文学从来不是现实的同声传译,而是在对现实的颠覆中涅槃出的理想的文化和生存图式,或者说文学通常是为现实披上了理想的外衣,是现实生活中的伊甸园。范稳笔下的寺庙、喇嘛、教堂和峡谷深处的小村

---

① 费孝通:《费孝通文集》第15卷,群言出版社1999年版,第287—288页。
② 沈再新:《从"中华民族多元一体格局"到"共生互补"》,《湖北民族学院学报》2010年第3期。
③ 翟业军:《从"藏地三部曲"看西藏故事的西藏化趋向》,《重庆师范大学学报》2014年第1期。

庄，不仅折射出以康巴文化为主体的藏文化的悠久和灿烂，也是彝文化、纳西文化、羌文化、回族伊斯兰文化等多种文化的交流融汇之地。在《水乳大地》中，范稳曾经借五世让迥活佛之口表达了他对多种宗教文化共融的看法："辩论让我们彼此了解对方。我们是在不认知你们宗教的情况下和你们辩论，而你们并不了解历史悠久的藏传佛教对这片土地的意义。我认为我们或许应该尊重你们的宗教，但是你们也要尊重我们的宗教。我们都是替神说话的僧侣，尽管我们各自供奉的神是多么的不一样。但是我们对众生怀有同样的悲悯。"① 作者没有回避各民族之间在漫长岁月中的流血冲突，但他以更多的篇幅展示了在多种民族杂居、多元文化并存、多种宗教相互交织的村庄里，人们之间的相互宽容和尊重，特别是五世让迥活佛转世到东巴教祭司家中，九世松觉活佛转世到天主教民家中，藏民安多德做了天主教的神父等，这些耐人寻味的情节背后，都寄予了作者鲜明的人文指向。《大地雅歌》意在描写宗教对爱情和生命的拯救，依然以峡谷里百年来不同宗教文化之间的争端与冲突为背景，可是杜伯尔神父却表达了超越争端放弃冲突的意愿，希望"去开辟一条发现佛教中的基督这条新路"。藏传佛教的顿珠活佛也有着类似的感悟："实际上佛性和基督性，都是有信仰的人心中的一汪幽泉，只是我们更多地去论辩它们的相异，而没有去发现其本质的相同之处。"也许正是这种不同文化之间对信仰的本质的共鸣，才使范稳在他的三部曲中将多种文化诗意地融合并建构在一起。

第二，表达对中华文化多元一体格局的认同与追求。中华民族是"由许许多多分散孤立存在的民族单位，经过接触、混杂、联结和融合，同时也有分裂与消亡，形成一个你来我去、我来你去，我中有你、你中有我，而又各具个性的多元统一体"。② 文化是民族的重要特征，是一个民族的人们在长期历史发展过程中形成的物质文明与精神文明的结晶。在长期历史发展过程中，中华56个民族共同创造了博大精深的一体多元的中华民族文化。进入90年代以后，随着全球化浪潮的强势袭来，汉族作家的民族叙事作为一种跨族别跨文化写作，其中所表现的少数民族文化独特

---

① 范稳：《水乳大地》，人民文学出版社2004年版，第30页。
② 费孝通：《中华民族多元一体格局》（修订本），中央民族大学出版社1999年版，第1页。

的发展历史和承传体系成为醒目的文化文学选择，但是对于浸淫儒家文化成长起来的汉族作家来说，他们在创作中也反映和展示了少数民族文化在走向成熟过程中对中华文化的认同。正如费孝通先生所说的那样，在我国，民族"这个概念的首要含义就是中华民族的统一体"。所以，汉族作家是以一种大文化或者"中国文化"的胸襟看待汉儒文化及其与各民族文化之间的关系，他们始终恪守着中华民族文化的核心价值观念，这实际上是对中原文化立场的自我坚守和认同。红柯因小说《西去的骑手》名噪一时，人们对回族民间英雄马仲英在他这个汉族作家笔下得以复活表示惊叹之余，也已经发现马仲英其实经历了从"回族传奇人物"到"回族民间英雄"再到"西去的骑手"的被再发现、再塑造的过程。① 有回族学者也指出红柯在小说细节描写上的疏漏，比如马仲英的妻子出门远行之前向公婆行磕头礼，这与穆斯林所信仰的生活礼仪背道而驰，违反了生活的真实性。然而，细节的失真仅是一个表面现象，真正需要检视和考量的其实是隐藏在细节后面的作家的文化立场和倾向。身处主流文化圈的汉族作家，无论是他们的行为、思想方式、心理特点，还是世界观、人生观、价值观和审美情趣，都有自身鲜明、深刻的文化属性。他们在文化全球化时代以更自由更主动的文化选择，旨在通过鲜活的异质文化，去冲击、激活古老的已经羸弱、保守的汉儒文化。正是出于相同的心态和立场，迟子建在写作中也"聚焦于少数民族性格、习俗的'同'，而不自觉地忽略、遮蔽其间的'异'"，有明显的趋同避异的认同。她写《额尔古纳河右岸》固然是为鄂温克族百年历史作传，但"迟子建记取的依然是鄂伦春族带给自己的深刻记忆。在迟子建看来，鄂伦春族与鄂温克族都属于少数民族"。② 她在《额尔古纳河右岸》中借用了鄂伦春族关于鹿食草的神话传说："有个猎人在森林中遇见一只鹿，他射了两箭，都没有击中要害。那鹿流着血，边走边逃。猎人就循着血迹追踪它。……然而追着追着，猎人发现血迹消失了，鹿顺利地逃脱了。原来这是只神鹿，它边逃边用身下的草为自己治疗伤口。猎人采到了那种能止血的草，它就是'鹿食草'。"并且将这个源于鄂伦春族常用的止血药物鹿食草的神话自然而然嫁接到了

---

① 参见李敬泽、白草等《关于〈西去的骑手〉的笔谈》，《回族文学》2006 年第 3 期。
② 李旺：《民族、代际、性别与鄂温克书写——乌热尔图、迟子建比较论》，《民族文学研究》2013 年第 1 期。

鄂温克人的神话传说中。而上文所述红柯在细节描写上的疏漏，固然可以视为以儒家文化为背景的汉族作家在对多元边疆文化世界的文学想象与表述中容易出现的失误，但也可以理解为儒家文化的忠孝传统观念对穆斯林民众的教化和影响。被称作"宁马"的奠基人马福祥1927年曾写过一篇《戒子侄书》，提出八条戒令："一，传家之道，惟耕与读，其次商贾工作；二，孔子之昭弟子也，孝悌谨信爱众亲仁为要务；三，修职业；四，崇礼法；五，尚节俭；六，存忠厚，人人抱忠义之心，事事存厚道之想，己立立人，己达达人；七，慎交游，友直谅可以寡过，友多闻可以进德；八，遵教典，吾教认主独一，尽性复命。"① 其中不仅有对儒家文化理念的尊崇，还有现代文明的元素。所以，红柯塑造的民间英雄马仲英的形象，事实上超越了狭隘的民族意识和宗教信仰的局限，"他满脑子的三国水浒隋唐演义，瓦岗寨三十六好汉，罗成薛仁贵，他不知道格萨尔王"，这个人物的身上回荡着的是儒家文化"国家兴亡，匹夫有责"的豪迈之气。在他如疾风闪电般短暂的一生中，致力于"帮助桑梓的父老兄弟姐妹摆脱旧势力的压迫"，在外患日益逼近，内政日益腐败，卖国贼无耻地出卖祖国，日本帝国主义毫无忌惮侵占我国领土的危急关头，能够坚定不移地带领民众维护国家领土完整，抵御外国侵略，试图寻求一条真正的光明之路。红柯通过这个人物要表现的是"大西北的大生命"，他"要写那种原始的、本身的东西。对生命瞬间辉煌的渴望。对死的平淡看待和对生的极端重视"②，借以反思汉儒文化在进入现代以来的缺陷与不足。王蒙在《这边风景》中以他一贯幽默、诙谐的笔调叙写了维吾尔族农民对国家、对中华民族的认同。他们始终没有忘记，在新中国诞生前，历代统治者和外来入侵者在新疆的烧杀抢掠和对少数民族令人发指的蹂躏。直到1949年底以后，是毛主席派来的解放大军，帮助维吾尔族人过上了亘古未有的新生活。即便是在以阶级斗争为纲的"十年动乱"期间，年轻的维吾尔族共产党员伊力哈穆也对民族偏见和隔阂保持着充分的警惕，他清醒地认识到，维吾尔族里也有坏人、敌人，而坏人最害怕的是我们各族人民的团结，他们是我们整个中华民族的公敌。《在伊犁》中，王蒙着意表

---

① 转引自谢亮《中心与边缘的关系重建：南京国民政府时期的西北开发活动分析》，《西北第二民族学院学报》2007年第6期。

② 红柯：《西去的骑手》，云南人民出版社2002年版，第294页。

现维吾尔族人特有的塔玛霞尔（轻松适意的意思），房东阿依穆罕老妈妈在男人们谈话时总要插入"还是我们的中国好！我们中国的科学技术也越来越进步了"。这些貌似与话题无涉的宏论，流露出维吾尔族老妈妈对统一的多民族国家的深厚感情。

第三节　汉族作家民族叙事的审美构成

自"五四"新文学以来，中国现代小说已经走过了近百年的变革之路。在这个漫长的过程中，小说的发展纵有国家、民族、文化、语言、时代、叙事模式及风格的不同，但它们源自人的心灵、以语言文字为中介、有一定艺术审美形式的共同特征是不变的。这使我们得以冲破诸多文学之外的樊篱，直接切入汉族作家民族叙事的审美问题。

一　民族叙事与西方浪漫传奇

审视汉族作家的民族叙事，就会发现一个突出的表征，即它们都折射出西方浪漫主义美学思想的光彩。浪漫主义起源于19世纪初的欧洲，随着文学浪潮的推进波及其他艺术也纷纷向浪漫主义靠拢，进而形成了影响深远的浪漫主义文化传统。浪漫主义在现代西方最早以文学为武器举起了反工业化、反世俗化、反现代文明的旗帜，浪漫主义文学接受启蒙主义"回归自然"的学说，以强悍有力的生命和辽阔雄伟的大自然为描写与歌颂的对象，这是资本主义文明甚少触及的地方。也正是在这一点上，汉族作家的民族叙事表现出对西方浪漫主义艺术的审美认同。迟子建作品中对大自然近乎宗教式的信仰、红柯在生活的开拓和题材选择上的独特性、范稳作品的异域风光和神秘色彩，都氤氲着浪漫唯美的风格，也为当代文学提供了一种崭新的文学形态。红柯明确写道："早年的阅读生活中，我总是把梅里美放在巴尔扎克之上。前者是用蛮荒之地的血性和个性来反衬巴黎的苍白和无聊。"[①] 如同梅里美在科西嘉的丛林中，在那些未被现代生活所玷污的民族和人民的心灵中，找到了理想的支撑点一样，红柯在中国的西域找到了真诚、纯朴、自然、刚烈的生命个性，并以此为依托践行着

[①] 红柯：《小说的民间精神》，《文艺报》2002年4月23日。

自己的艺术抱负。在红柯的阅读视野中经常出现法国的《罗兰之歌》、西班牙的《熙德之歌》、德国的《尼伯龙根之歌》、俄罗斯的《伊戈尔远征记》等西方国家的民族英雄史诗,这些作品所具有的富有幻想、传奇色彩的文学题材和别具一格的浪漫主义色调,都影响了红柯的审美选择。迟子建的民族叙事文本则弥漫着郁达夫式的感伤和川端康成式的忧郁,她也痴迷于俄罗斯文学对大自然的无限热爱,在迟子建看来:"浪漫气息可以使一些看似平凡的事物获得艺术上的提升,而忧愁之气则会使作家在下笔时具有一种悲天悯人的情怀",① 迟子建还一一回顾了自己文学道路上受到的外来影响:"屠格涅夫的作品宛如敲窗的春风,恬适而优美。……20岁之后,我开始读普希金、蒲宁、艾特玛托夫和托尔斯泰的作品。也许是年龄的原因,我比较偏爱艾特玛托夫的作品,他描写的人间故事带着天堂的气象。"② 迟子建小说中对自然景物的出色的描绘,对人的精神自由的向往和追求,都使她的作品散发着浓郁的浪漫主义气息。实际上自"五四"新文学开始,中国作家就开始汲取西方浪漫文学思潮,追求特异的题材、传奇的情节和浪漫唯美的艺术风格,从20世纪20年代的郭沫若、冰心,30年代的沈从文、废名,到40年代的艾芜、徐訏、无名氏,都是西方浪漫传奇的拥趸,他们"在西方艺术的参照中进行卓有成效的创作实践,为中国新文学提供了一种接近本真意义上的浪漫主义文学形态",③ 新时期以来,浪漫主义文学思潮在传统现实主义和西方现代主义的夹击下进行了艰难的突围,"一些具有浪漫气质的作家不约而同地选择了远离喧哗骚动的现代都市文明的草原、荒溪、大海、边塞、深山、老林或远村穷乡、原始洪荒,在那里寻找'精神的家园',从古老诡谲的神话传说或率真质朴的乡风民俗中寄托理想和希望,抒发自由狂放的浪漫激情"。④ 这种欧美浪漫主义常用的艺术手法,在王蒙的民族叙事中表现为将创作主体的浪漫气质与描写对象的乐观幽默成功融为一体的艺术实践;在迟子建的鄂温克书写中则充满了与自然景物相关的动人的象征和隐喻;红柯作品用

---

① 迟子建:《假如鱼也生有翅膀——迟子建最新散文》,湖南文艺出版社2005年版,第245页。
② 迟子建:《那些不死的魂灵啊》。
③ 王嘉良:《现代浪漫"传奇":与西方浪漫文学的趋近——中国现代浪漫文学一种独特形态的考察》,《天津社会科学》2008年第6期。
④ 刘思谦:《新时期浪漫主义文学思潮描述》,《河南大学学报》1994年第1期。

瑰丽奇幻的色彩和诗人般的抒情，抒发着他对自由的向往、对大自然的热爱和对生命野性的追求。

二 民族叙事与中国古代传奇传统

不能因汉族作家在民族叙事文本中对西方浪漫主义思潮的借鉴，而认为他们是属于西方的。而更为明显的是中国文学的叙事传统和审美精神对他们的熏染。特别是传奇传统富有的无边想象力和不拘一格的表达方式深刻地浸淫着他们的文学世界。一般认为，古代传奇起源于六朝志怪小说，最初是糅合了野史杂传等民间故事衍化出来的文本，其中既渗透了佛教和道教的意蕴，也是作家超越现实、寄托理想最浪漫的表达方式。在此基础上发展而来的唐传奇的故事则成为后世说唱文学及小说创作的重要源泉。在王蒙、高建群、红柯、迟子建、范稳等人的一系列作品中，都可以看出他们对中国文学传奇传统的尊崇和创造性借鉴。鲁迅曾指出："传奇者流，源盖出于志怪，然施云藻绘，扩其波澜，故所成就乃特异，其间虽抑或托讽以纾牢愁，谈祸福以寓惩劝，而大归则究在文采与意想，与昔之传鬼神明因果而外无他意者，甚异其趣。"[①] 在此，鲁迅强调了成熟的传奇作品具有的审美特性，并把作家的文采与意想相提并论，由此可以看出鲁迅对作家主体对世界的审美认知方式在传奇作品中的重要性。汉族作家从中心走向边缘，他们的足迹所到之处，不仅是地理文化的边疆与边界，也是政治文化的边缘地带，不仅具有边塞风情和民族风味，也充满了传奇和魅性；他们不同的异域体验也未尝不是一部又一部的传奇，这使他们的民族书写具有了先在的传奇色彩。因此，在凭借个人的异域生活经验构建充满传奇色彩的文学世界时，他们总是怀着驰骋不羁的诗意想象，力求表达主体对生活的超越性情感体验和对少数民族生命之"奇"的理解与张扬。《遥远的白房子》（高建群）在叙事上打破了单一时空的界限，构筑了多维度并存的时空状态。作者将古代传奇呈现的天上、地下、人间、仙境的多维空间置换为白房子、陕北高原、中俄边境等具有现代内涵的空间，让神情忧郁的边防战士和貌若天仙的异族女性游弋其中，堪称现代版的边关传奇。黄尧的《牛头图腾》以解放战争时期的云南西盟为背景，塑造了一个马倌出身的彝族英雄普飞的形象，在普飞身上，不仅表现出非凡的智

[①] 《鲁迅全集》第9卷，人民文学出版社1981年版，第315页。

慧和超强的意志,还有神出鬼没起死回生的"神奇"色彩,留下了唐传奇的浓重面影。《歌神》(王蒙)描写了一个维吾尔族歌手在"文化大革命"中的悲剧命运,小说以歌声为线索,透过神秘的伊犁河谷和罗布泊湖,将行吟、流浪、爱情、政治动乱等元素交织叠合在一起,着力书写的却还是人性的自由和一种超越社会、超越历史的持久生命力,说《歌神》是一曲少数民族的生命传奇亦不为过。《大河》(红柯)更是一部现代人的生命传奇,三个女人都以自己独特的方式追寻她们眼中超凡脱俗的爱情,不惜牺牲自己的生命;以老金为代表的男人们则以拥有熊一样的阳刚和豪气为荣,他们对人性自由的勇敢追求和颇为传奇的经历都使他们的生命呈现出现代人身上早已消失殆尽的神性。因为"西域是一个让人异想天开的地方,让人不断地心血来潮的地方",① 是一个始终产生英雄传奇的传奇之地。范稳是一个非常注重故事神秘性和传奇性的作家,《水乳大地》首先就是以一个个悲壮、神奇、凄美的故事打动了读者的心,从"叩开西藏的大门"到"建在牛皮上的教堂",从"雪山下的殉情"到"送给孩子的好运",从"澜沧江边的魔术"到"仁慈的白杜鹃",每一个故事都以偶然性和独特性令人称奇,又都写尽了生命的传奇和人性的尊贵。

三 民族叙事对散文化小说体式的实践

汉族作家的民族叙事在努力整合中西方审美经验的同时,也贯通自身的文体自觉意识和现代审美意识,寻找一种与当代中国少数民族地区神异的社会历史变革、奇丽的地域风貌、天人合一的思维方式、充满神性和灵性的生活相适应的艺术形式,以区别于汉语主流写作的共性特征。那些以作家独特的情感意绪为内在线索的诗性思维与歌体叙事、神话和史诗的表达方式、结构上的形散神不散等都构成了汉族作家民族叙事突出的美学特征。特别是对散文化小说体式的实践,契合了汉族作家追求小说现代性和自我表达的审美心理。"散文化小说是中国现代文学带有反叛性与创新性的小说样式,是小说与散文、诗歌等文体融合的产物,也是一种独特的跨文体现象。"② 这种独特的跨文体追求,在汉族作家的民族叙事中,首先表现为对小说多维度空间的建构和展示。显然,这个空间不仅是地域的,

---

① 红柯:《西去的骑手·序言》,《收获》2001 年第 4 期。
② 曾利君:《中国现代散文化小说:在褒贬中成长》,《文学评论》2011 年第 1 期。

也是文化和社会的空间。其中以范稳的"大地三部曲"最具典型性。《水乳大地》立足于滇藏交界地带独特的自然地理空间，它的文化或文明也"处在两个或者多个文化板块的结合部，这种文明带有所谓原始野性和强悍的血液，而且带有不同的文化板块之间的混合性，带有流动性"。[①] 小说用空间化的方式完成了对历史时间的有效捕捉和把握，将一百年的历史切割成十个相互对峙的十年，在叙述线索的安排上又独具匠心地从两边往中间聚拢，即"世纪初"与"世纪末"，"第一个十年"与"八十年代"，"二十年代"与"七十年代"，"三十年代"与"六十年代"，"四十年代"与"五十年代"相互对应，完成了对藏传佛教、基督教和东巴教在一个峡谷内彼此冲撞到互相融合的文学表述。《悲悯大地》的故事从澜沧江东西两岸险峻的自然环境入手，从贡巴活佛所在的云丹寺望下去就是"万仞绝壁，绝壁之下便是滔滔南去的澜沧江。夏天的时候，寺庙里的喇嘛们诵经的声音便伴随着身下澜沧江的轰鸣，让人时常分不清澜沧江水是从喇嘛们的喉咙里奔涌而出的呢，还是喇嘛们献给神山以及诸佛的经文，在峡谷里翻滚出了气势磅礴的波浪"。显然，范稳将小说的地理空间建立在多个地区的结合部或过渡地带，其用意并不在于对地域空间的真实再现，而在于透过这些独特的空间，展示文化交汇地带多重文化的历史进程。围绕着这种特定空间展开的小说叙述，很容易让作家观察和思考的笔触伸向生存于由自然地理边缘构成的多重文化地带的人们的精神世界，如果说，以故事情节来结构的小说比较适合表现人在现实生活中遇到的实际问题的话，散文化的小说显然不注重情节的发展，而更关注精神的交流。比如人对自然的感觉、人与物的交流、人对自我生命的审视，等等。红柯认为"文学要表达的就是心灵的内在需求"，[②] 他一直执着地描写草原给予生命的唯一的神力，他建构的小说空间是地理和文化双重意义下的边陲，到处都是一望无际的草原、人迹罕至的沙漠、一个礼拜也走不出去的大戈壁和狭长的山道，大自然以逼近人类生命极限的酷烈主宰着每一个自然的生命，但红柯却非常诗意化地描写了"哈萨克人身上的灯芯绒外套和皮大衣总是以轻蔑的神态面对太阳"（《奔马》）；屠夫在美丽奴羊"清纯的泉

[①] 杨义：《重绘中国文学地图的方法论问题》，《社会科学战线》2007年第1期。
[②] 王德领、红柯：《关于日常生活的诗意表述——关于红柯近期小说的对话》，《小说界》2008年第4期。

水般的目光"凝注下,感觉自己和刀子都变成了草(《美丽奴羊·屠夫》);放了一辈子羊的牧人竟然被羊放了一回,美其名曰"放空羊"(《美丽奴羊·牧人》)。屠夫和羊、牧人和羊、草和羊这三组彼此对立的关系,在红柯笔下却呈现出和谐交融的景象。即使在故事性较强的《西去的骑手》中,红柯也以大段的抒情与信手拈来的民歌出入于故事内外,让少年骑手马仲英的命运充满了悲壮的诗意。其次,汉族作家的民族叙事将自然与小说的布局融合在一起,打破了小说的既定章法和结构,尝试一种更加自由、新颖的小说艺术形式。迟子建的《额尔古纳河右岸》分上部、中部、下部、尾声四个部分,分别对应着一天中四个自然时间段——清晨、正午、黄昏、半个月亮(夜晚),也暗合了鄂温克民族历史发展的进程。迟子建自己把小说的四个构成部分看作是一首乐曲的四个乐章,"第一乐章的《清晨》是单纯清新、悠扬浪漫的;第二乐章的《正午》沉静舒缓、端庄雄浑;进入第三乐章的《黄昏》,它是急风暴雨式的,斑驳杂响,如我们正经历着的这个时代,掺杂了一缕缕的不和谐音。而到了第四乐章的《尾声》,它又回到了初始的和谐与安恬,应该是一首满怀憧憬的小夜曲,或者是弥散着钟声的安魂曲"[①]。而在某些时候,迟子建直接称《额尔古纳河右岸》是一首苍凉的长歌,无论是乐曲还是长歌,都表现了创作主体对小说诗性建构的艺术追求。"散文化"的结构为汉族作家以开放的思维表现不同民族的精神和地域文化特征,正是作家表现现代意识和现代观念所寻找和创造的独特形式,是对"情节结构"的反拨,它还生活以本来面目与状态,用开放性的文本提供解读世界的多种可能性。开启了自身独特的生命意识和审美情趣。文学的叙事经验和中国文学的叙事传统,在小说中既表现出主体对诗性建构的艺术追求,又形成了各自与众不同的叙事风格。

[①] 迟子建:《额尔古纳河右岸》,人民文学出版社2010年版,第271—272页。

第二章

当代汉族作家民族叙事的形态类型

汉族作家的民族叙事作为一种介于主流文学与少数民族文学之间的一种文学样态，是新时期文学最早出现的叙事形态之一，但却不是到新时期文学才有的。从20世纪三四十年代开始，就已经出现了现代汉族作家对少数民族生活的文学书写，从艾芜的《山峡中》到郭沫若的《孔雀胆》，从高樱的《达吉和她的父亲》到徐怀中的《我们播种爱情》，都是融合了汉族文化传统和少数民族文化特色的佳作，是中国文学民族叙事的前驱性作品。进入新时期以后，当代汉族作家的民族叙事已经构成了一种新的文学现象和文化现象，其范围之广、层次之多、内容之丰富都令人震撼，特别是20世纪90年代后，市场经济体制的进一步确立和全球化语境的冲击，使文坛发生了明显的变化，主流意识形态文学、精英文学和大众文学呈三足鼎立之势，但新的写作题材也得到进一步拓展，比如少数民族生活、都市生活、海外生活这些以前关注较少的题材受到重视并被逐渐开发。一批民族叙事的重要作家，如红柯、迟子建、范稳等就是在这样一个中国当代文化转型的关键时刻以较为成熟的创作风貌出现在文坛。他们的民族叙事不仅承续和吸纳了现代文学民族书写已经取得的经验，还凝聚着他们对少数民族文化的崭新理解和发现，显现出独有的文学特质。

第一节 表现人与自然关系的叙事形态

在《1844年经济学哲学手稿》中，马克思从世界本体论、社会实践论和人类解放论的视角出发阐释人与自然的多重关系，揭示了"自然—人—社会"三者有机统一的内在联系。在马克思关于人与自然关系的思想中，不仅揭示了人是自然的产物，还深刻阐明了"人化的自然界"对人的生存的意义,马克思指出:"在人类历史中即在人类社会的形成过程中生成的自然界,是人的现实的自然界;因此通过工业——尽管以异化的形式——形成的自然界,是真正的、人本学的自然界。"① 主张"自然界的人的本质"与"人的自然本质"的生存实践统一,从而确立了科学的人与自然关系思想。文学作为文化的一翼,是人类精神活动的结晶,势必要关注并思考人类社会与外部世界的关系,并以不同的艺术形式表现这种关系。藏族作家阿来认为:"地理从来与文化相关,复杂多变的地理往往预示着别样的生存方式别样的人生所构成的多姿多态的文化。不一样的地理与文化对于个人来说,又往往意味着一种新的精神启示与引领。"② 正因为如此,人与自然的关系,在汉族作家的民族叙事中得到了突出的表现和深刻的阐释,尤其是面对城市化进程的加剧对自然生态的破坏和对少数民族族群命运的改变,使汉族作家在关注和描写人与自然关系的同时,也融进了他们对少数民族历史与文化的认识和思考。

这不仅因为汉族作家笔下的自然,有其特定的地理学意义和人文意义,它们自古以来就属于中国领土的边疆要塞,并在历代文学中都获得了独立的审美地位,无论是唐诗"大漠孤烟直,长河落日圆"吟咏的西部边塞的苍凉,还是现代小说家笔下的滇缅之交的热带雨林,神奇的西藏雪域高原,都既勾勒出边陲自然环境的艰险,也映射了边地人精神和道德的一个侧面。因此,人与自然的关系作为汉族作家思考和表达的焦点,呈现出既和谐又冲突的复杂形态。

一 天人合一:自然与人类和谐生活的图景

中国的"天人合一"观念源于远古时代,当时人们对自我的认识极其有限,对上天充满了敬畏感和神秘感,认为人的一切都由上天主宰,人与天可以自由往来。孔子曾说:"天何言哉?四时行焉,百物生焉,天何言哉?"他肯定了人与自然的统一,肯定了自然界的生命意义。强调天与人的生命及其意义是密切相关的,人应当像对待天那样对待生命和一切事物。"天人合一"作为儒家的世界观和宇宙观,强调天就是大自然、人就是人类,天人合一就是人与自然的和谐统一。在日后中国艺术发展的漫漫

---

① 马克思:《1844年经济学哲学手稿》,人民出版社2000年版,第89页。
② 阿来:《大地的阶梯》,云南人民出版社2000年版,第7页。

长河中,"天人合一"理念得以践行和弘扬,在诸如建筑、雕塑、绘画、书法、音乐、舞蹈、歌、散文等艺术创造中很早就表现出对天道与人道、自然与人为相通的审美境界,甚至在上古艺术还完全笼罩于巫术礼仪活动的时候,在其"神人以和"的宗教性实用原则中,已经包含了天人相和的终极追求。到了秦汉时期,各类艺术形式在基本定型的同时,已经能够清晰地反映出中国文化天人和谐的精神。① 在中国古代文学发轫期的《诗》三百篇中,神性、神祇已经人情化、人性化了,"呦呦鹿鸣,食野之苹;我有嘉宾,鼓瑟吹笙"(《小雅·鹿鸣》)以鹿喻嘉宾;"凤凰于飞,翙翙其羽,亦傅于天"(《大雅·卷阿》),以"凤凰"喻圣人,都显示出神性的人间化,可以说,《诗经》的天命观已经从神对人的束缚中解脱出来。日后儒家和道家的文化观念中,对天人合一的阐释虽各有侧重,比如儒家重视天的道德性,道家偏于天的自然性。但儒道两家都注意到了人在天人关系中的位置和作用,强调了人在宇宙生命生生不息的发展历程中的中心位置和积极作用。表现在艺术创造上,儒家重视对艺术之人格美的追求,即孔子的"人能弘道,非道弘人";道家更强调人与自然的契合,如老子主张的"道法自然",强调"大智若愚""大音希声",意在排斥人为的矫揉造作,使人更接近于自然。自古迄今,历代文学艺术家们以其不同形式、不同类型的文学创造,表现着他们对天人同构、物我合一的理想境界的向往和追求。

与大自然的亲和是中国少数民族文化的外在形态之一,汉族作家以现代视野对此给予的观照和阐释,彰显了他们与众不同的人文情怀和现代意识。郑万隆笔下的鄂伦春人,红柯笔下的图瓦人、哈萨克人,迟子建笔下鄂温克人,范稳笔下的纳西族人,都与自然为友,亲近自然,热爱自然。在杨志军的三部以藏獒为主角的小说,即《藏獒》《藏獒2》《藏獒3》(终结版)中,无论是看家狗、寺院狗、领地狗、牧羊狗都忠诚地履行着自己的义务,而一只只藏獒更是忠诚不二地践行着藏獒特有的品格,这是它们恪守的生命法则。"人对它好它就得舍命为人。它知道这不仅是道义的需要,也是尊严的需要。尊严和道义说到底是虚幻而空洞的,但藏獒和别种野兽的区别恰恰就在于它能充分理解这样的虚幻和空洞,并时刻准备着为它而生为它而死。它在形而上的意义上付出,在一种看不见的理想色

---

① 参见许结《中国文化史论纲》,广西师范大学出版社2003年版,第2—3页。

彩和獒格力量的驱动下冲锋陷阵。"① 在作家眼里，藏獒体现着人与自然和谐相融、人与动物融洽共处、人与人相互体谅和照顾的人间道德和信仰。

迟子建的《额尔古纳河右岸》，描述了鄂温克人曾经有过的怡然自乐的游牧生活。自300年前，俄国人把鄂温克人从贝加尔湖驱赶到额尔古纳河右岸之后，这个弱小的民族以打猎和驯养驯鹿为生，无论打猎、捕鱼、锯鹿茸、染布、熟皮子、晒肉干还是采松子、采蘑菇、饮桦树汁、酿都柿酒、揉筋线、制作桦皮篓，他们的生活始终虔诚地应和着大自然的节奏和规律而展开，自然是他们的衣食父母，他们也崇拜自然，信仰自然，回馈自然。鄂温克人崇拜火神、河神、雷神、山神等自然神，在《我的光》里，郑万隆描写了鄂伦春族老猎人库巴图对山神的崇拜，面对着天阶湖奇异而神秘的落日景色，库巴图和他的儿子跪拜在地上大喊"我的光"。鄂伦春族人与自然合一的神秘体验让从山外来考察山林开发的纪教授也体验到自然的神秘魅力，逐渐对科学理性产生了质疑，"他把古老的山林当成他精神上的家乡"，在一次拍照中，纪教授不慎掉进了山谷，他"非常平静安详地和大山融为一体"。诗人出身的红柯，他的民族叙事的着眼点不在故事也不在人物，也不在所谓异域风情，而在人物所蕴含的自然精神和生命力，他笔下的自然，是深沉博大的，是人类生存和发展所依赖的精神实体，人靠天而生，依天而存："风在阿尔泰荒原坚硬无比，到福海边就软了。女人们在荒原上怀儿子娃娃，到福海边怀丫头，风吹过的地方长草原森林庄稼，也长出沙漠和戈壁，风带来了一切。"（《水羊》）在红柯看来，与自然融合能够给人以信心和力量，能够治愈人的精神创伤、净化人的心灵。自然界和自然的生存方式在红柯那里找到了共鸣，也就是说能在作家那里找到自己、找到同类，《纳斯湖》中从内地来到纳斯湖的小伙子，面对纳斯湖的纯净："他的鼻子不由自主地动起来，跟水管子一样突突跳着，清纯的空气跟水一样流入体内，内脏热乎乎的，像被装进玻璃瓶里，晶光闪闪。眼睛跟蛾子一样扑向明亮的野花，草丛到处是花，跟点燃的蜡烛一样。"（《纳斯湖》）短篇小说《草垛》中，男女主人公相约去看电影，途中路过一座桥，女人被桥下的青草所吸引，回忆起了少女时代的初恋，就到了桥底下。男的苦等不来，于是滑下草坡去找女人。在那片树

---

① 杨志军：《藏獒2》，人民文学出版社2007年版，第255页。

林中，他有了一种特殊的生命体验，"在树林里，他的呼叫一下子有了韵味。声音有一种飞翔感。声音绕过一棵棵树，穿过密林在远方回响。每棵树替他喊一遍。他张大嘴巴，看那些树，树也看他，等他喊，他们就一起喊。他显然是领唱，它们是合唱队员……"（《草垛》）即便是生活在戈壁滩上的农垦人，对一切生命也都充满敬畏和爱慕，在他们眼里，许多生物都是人类的朋友，自然界的各种生物之间都息息相关，人与自然之中的万物都能和谐相处、共存共荣："兔妈妈把孩子生在离人类最近的地方，完全是为了躲开狼和狐狸，旷野里的大多数动物都能吃掉兔子，兔子只能吃植物。张惠琴把菜叶放在兔子出没的跑道上，离兔子窝有五六十米远，好像故意丢在那里的。兔妈妈还是认出来了，兔妈妈站起来，一对招风大耳前后耸动，那完全是骏马向骑手致意的动作，兔妈妈举起前爪，在鼻子下嗅一嗅，那意思是我闻到了你的气味。"（《乌尔禾》）范稳在他表现澜沧江峡谷地区一百年历史的"大地三部曲"中，也最大限度地展示了自然界各类生命与人类的精神生态的交互关系。特别是生活在云南、四川和西藏三省区毗邻地带的纳西人的"和合"理念被范稳活色生香、不落俗套地传达出来。纳西人具有人与自然"和合"相处的传统，纳西族人认为他们与白族、藏族的祖先原是三兄弟，因此，非常重视与其他民族建立和平友好、和谐相处的关系。范稳还以虔敬的态度描写了纳西族人的情爱观念，纳西人认为不洁的男女关系会污染草甸和森林；而真挚纯洁的性爱，能使干涸的井穴源源不断地喷涌，"因为崇尚自然的纳西人认为天地间的一切事物都是阴阳结合的产物。天为雄，地为雌，天地交媾，产生白露，白露聚集，才产生湖泊、海洋，也才产生了有形的生物。同样，山为雄，水为雌，山水相依，便造就了哺育人们的大地和峡谷。如果一个正常的纳西女人没有得到正常的性爱，那么，她不仅违反了自然的法则，并受到自然的惩罚，她的灵魂也将找不到回家的路"（《水乳大地》）。由此可以看出，汉族作家通过对人与自然关系的文学书写，营造"天人合一"的理想境界。同样，人与自然的关系因他们的文学书写而获得了更为丰满的文化寓意和生态蕴含。特别是近十年来，自然生态和人类精神生态的双重危机在全球已呈蔓延之势，人类与自然之间的关系被彻底改变了，极大地破坏了人与自然的平衡关系。汉族作家对"天人合一"境界的书写无疑是对建构新型而和谐的人与自然关系的一种思考。

二 二元对立：自然之为人类征服的目标

汉族作家笔下的西北新疆、西南滇藏、最北端的大兴安岭地区，都处于中国地理版图的边缘，这里汇聚了荒漠、戈壁、雪山、草原、无人区等严酷荒寒的自然地貌和极端恶劣的气候条件，能够在这样的环境下生存的动物，如藏獒、羚羊、牦牛、雪豹、骆驼、熊瞎子等无一例外都具备粗粝坚硬的生命特征。处于这种自然空间的残酷威压下的人类，无论是个体还是集体，感受到的无一例外都是人自身存在的无助与渺小。在新疆生活多年的红柯直言："有个规律，大地上自然条件较差的地方，无论动植物还是人，一句话，那里的生命都强悍，否则就活不了，颓废懒惰是有条件的。"① 杨志军也说："荒原不是我的理想。荒原进入我的视野之前，就已经是人和自然的断裂十分严重的地域。我非常幸运的是，在我开始写作的时候，荒原就启示我去思考人类的生存现状，人类在宇宙中的地位，这样一些带有终极价值的问题。"② 曾经或仍然置身于这种自然环境中的汉族作家，在构想天人合一的理想境界的同时，也生动展示了人与自然天地间的各种冲突、碰撞、征服与被征服等各种复杂关系。书写了以普通生命构成的人物主体，面对自然规律的不可抗拒和自然的不可战胜，进行的持续不断的搏斗，高扬了富有野性的生命力和顽强的人生姿态。新时期文学初期，回族作家张承志曾经以《大坂》《顶峰》等作品为代表，描写了严酷自然对人的挑战，塑造了一系列与自然抗争的"硬汉"形象，《顶峰》中铁木尔在伊犁马的陪伴下，向着"大坂"——汗腾格里冰峰挺进，当马群陷进齐胸的深雪无法继续前行的时候，铁木尔依然以顽强的意志独自向着雪线跋涉："大坂白皑皑地耸立在那里，是英雄所要征服的目标。"③ 自然在张承志笔下是强悍而不可征服的，但张承志并不关心人物的结局或成败，他看重的是人类在征服"大坂"的过程中对自我的认识，对生命的完善。在汉族作家对人与自然冲突的书写中，既有张承志式的思考和观照，也有对少数民族人民在恶劣生存环境下的身世和命运的理解与忧戚。马原的《冈底斯的诱惑》，杨志军的《海昨天退去》《环湖崩溃》等作品

---

① 李勇、红柯：《完美生活，不完美的写作——红柯访谈录》，《小说评论》2009年第6期。
② 臧杰、薛原：《藏獒：在都市中嚎叫》，湖南文艺出版社2006年版，第263页。
③ 邝新年：《张承志：鲁迅之后的又一个作家》，《读书》2006年第11期。

所描写的自然环境，都是青藏高原最荒凉、最偏僻、最奇诡的地方，柴达木、可可西里、唐古拉山、冈底斯山，每一个生活在这里的人，不仅要与险峻的自然环境抗衡，还面临空中盘旋的秃鹫和随时出没的黑熊的威胁。《环湖崩溃》尤其表现了作者对人与自然的尴尬关系的思考以及自然对人的报复与惩戒的关注，"垦荒队员们与荒原的告别是残酷的，小熊库库诺尔野性复发，咬死了垦荒队队长，使'我'失去了父亲。当初进驻荒原时，父亲下命令碾死了母熊，使小熊失去了母亲，而今告别荒原时，库库诺尔的野性使'我'失去了父亲，这一苦涩的吻别，暗喻了大自然对人的报复"。[①] 在《冈底斯的诱惑》中马原描写了一对冈底斯山最悍勇的猎人穷布父子，父亲"自恃有熊一样的体魄，他多次猎过双豹，双猞猁。他一枪干掉一个，然后用猎刀和另一个肉搏，除了活着的这个跑掉，他每次都可以同时弄死它们两个，它们在他脸上身上留下无数痕迹，他因此自豪而变得孤傲"。就是这样一个狩猎经验丰富、骁勇善战的老猎人，在用单管枪打一对猞猁时遭到雌猞猁的偷袭而身亡。儿子穷布背起父亲留下的单管猎枪，成为父亲之后的又一个猎熊高手。而在范稳的《碧色寨》里，更多地呈现出马克思所说的"人化的自然"的烙印。一座在滇越铁路一条绝壁中修筑出来的仅仅60多米长的人字桥铁路，既是西方人的天才设计与中国工人艰苦劳作相结合的永久写照，也呈现出人类在征服大自然过程中的一个个悖论，文明与罪恶、反抗与惩戒、建设与破坏等错综复杂地交织在一起。据范稳介绍，这条至今依然存在的铁路，"当年却有800多中国劳工献出了生命……平均每米12条人命。20世纪九十年代村寨人在平地时，还在桥旁边的一个山洼挖出了很多白骨"。[②] 可以想见，"滇越铁路以一种野蛮的方式惊醒了闭关锁国的人们，给这个偏远的省份带来了山外的讯息。电灯、电报、自来水、邮局、海关、电影等新奇事物，都在上个世纪初随着火车的钢铁轮子而来"。但这是一种"带着屈辱、震撼、醍醐灌顶式的改变"。[③] 它不仅破坏了碧色寨山村的自然地貌，也使彝族古老的祭司文化由此终止。这或许可以看作是大自然对人类的惩罚。

---

① 赵成孝：《〈环湖崩溃〉的原型批评》，《青海师范大学学报》（社会科学版）1994年第2期。

② 范稳：《答〈北京晚报〉记者问》，http://blog.sina.com.cn/s/articlelist_1263933800_0_1.html。

③ 同上。

第二节 表现汉民文化关系的叙事形态

对于我国这样一个古老的东方大国来说，中心与边地的区别，最初是源于地理上的方位意识，即所谓的"夷夏"之分。在缺乏全球观念的古代，人们通常以自己所处的地理位置为中心，像中国这样处于广袤内陆的国家尤其如此。虽然中心在不同语境中所指各异，但以黄河流域为主要发祥地的华夏民族，凭借稳定的农耕生活、早熟的礼乐文化，很早就培养起一种文化的优越感，即以自己为中心开拓出的视为具有文明系统的国家，凭恃武力侵凌的北方边缘民族则被蔑称为"禽兽之国"①。在历经数次民族大迁徙大融合之后，逐渐形成了较为固定的中心（以汉族为主体的中原文化）与边缘（主要指称各少数民族文化）的观念。然而，正如一些学者所认为的，在中国，边缘的含义至少包含了地理、政治和文化的诸多层面。其中，边缘文化的界定显然更宽泛，文化"有中心和扩散的范围，远离中心的可以称为边际。边际是不能用界线来划定的。两个文化中心可以向同一地域扩散，所以常出现互相重叠的边际"。② 此处费孝通先生所述的边际虽然与本文所言的边缘并不完全等同，但他形象地说明了文化上的中心和边缘之分不同于行政区划，不可能用一条线就可以区分得一清二楚。也就是说，边缘文化并不完全意味着闭塞和落后。文化作为民族的重要特征，是一个民族物质文明和精神文明的结晶。以农耕文明、小农经济为主的中原文化即中心文化，具有明显的土地意识和保守心态；以游牧文明和半狩猎文明为主体的边地文化，则呈现出明显的流动性或不稳定性。"一个民族的自我意识和文化记忆正是在一次又一次与外来民族、外来文化的接触、碰撞、冲突的过程中，逐渐凝聚起来并日益丰富成熟的。因此，每个民族的文化记忆都存在某种'杂糅性'，文化内部是永远处于自我与他者的充满矛盾的关系中，即不同民族文化间始终发生着关系，始终相互影响着。"③ 换言之，正是自秦代以来，中原汉族文化与边地各少数

---

① 参见蒋寅《由古典文学看历史上的夷夏之辨与文化认同》。
② 费孝通：《反思对话文化自觉》，《北京大学学报》1997年第3期。
③ 丹珍草：《藏族当代作家汉语创作论》，民族出版社2008年版，第124页。

民族文化的频繁交流和互动,共同创造了博大精深、多元一体的中华民族文化。汉族作家的民族叙事,在表现汉族主流文化和少数民族文化的交流与碰撞的过程中,始终伴随着一种文化对另一种文化的想象,一种文明与另一种文明之间的冲突。

一 "他者"视域的在场

后殖民理论创始人爱德华·萨义德说:"每一文化的发展和维护都需要一种与其相异质并且与其相竞争的另一个自我(alterego)的存在。自我身份的建构……牵涉到与自己相反的'他者'身份的建构,而且总是牵涉到对与'我们'不同特质的不断阐释和再阐释。每一时代和社会都重新创造自己的'他者'。因此,自我身份或'他者'身份绝非静止的东西,而在很大程度上是一种人为建构的历史、社会、学术和政治过程……"[①] 同样,文化间性理论告诉我们,文化的价值在于与"他者"交往中的意义重组,交往的首要表现就是与他者的文化对话,倘使没有他者,文化失去了对话的对象,就变成了自我的独白。就汉族作家的民族叙事而言,一方面,对边缘(少数民族)文化而言,他们是代表中心(汉儒)文化视域的"他者";另一方面,对中心(汉儒)文化而言,他们又在某种程度上代表了非中心视域的异己。因此,他们的创作在表现少数民族的历史、神话、传说时,就可以使这两种视域互相融合进行文化对话。在汉族作家民族叙事的文本中,时常有一个代表中心文化的"他者"形象出现在边地少数民族文化区域。如《在伊犁》(王蒙)中的"我"(老王),《冈底斯的诱惑》(马原)中的陆高、姚亮、老作家,《虚构》中的"我",《水乳大地》(范稳)中的沙利士神父(西方天主教文化的代表),《西去的骑手》(红柯)中的斯文·赫定(瑞典探险家)等,这些"他者"通常具有双重的边缘身份,一方面他们因远离所处文化的中心来到边地或异域而成为自身文化的旁观者和"边缘人";另一方面,他们中心文化代言人的身份,又使他们成为少数民族眼中的"他者"或"外来户",这种复杂的文化身份,使"他者"在不同民族(国家)文化之间的交往和互动中既能入乎其中,又能出乎其外,也就是说"他者"身上既

[①] [美]爱德华·W.萨义德:《东方学·后记》,王宇根译,生活·读书·新知三联书店1999年版,第426—427页。

能客观地映射出边地（异域）文化的优长，又反映了汉族作家对"自我"（主流中心文化）的反观与省思；既观照了边缘异域文化与中心主流文化的相似性、一致性，又反映了两种文化之间的冲突和撞击，最终通过"他者"表达了作者对中心与边缘文化平等交流与和谐共融的独特的审美观照。如巴柔所说的"我注视他者，而他者形象同时也传递了'我'这个注视者、言说者、书写者的某种形象"。① 王蒙的《在伊犁》（系列小说）中的"老王"就是一个充当了文化使者的"他者"，老王本是一个诗人（作家），来自遥远的首都北京，因在"文化大革命"中获罪而被下放到新疆伊犁接受劳动改造。作为一个外来户、一个汉族知识分子，"老王"虽然在思维方式、行事习惯等方面都与维吾尔族人有明显的差异。但他却以"他者"的敏感和理性发现了普通维吾尔族人身上朴素的文化良知和在长期生活中积淀的智慧，以及他们合乎人伦与民俗的行为举动。同时，"他者"的身份也使"老王"对自我在"文化大革命"中的政治磨难有了更为理性的反思和认识。维吾尔族人的幽默、乐观，穆敏老爹"一个国家不能没有诗人"的宏论，都让老王看到了生活的强大、丰富和充满希望。马原的《冈底斯的诱惑》也有一位进藏30多年的汉族作家，他说："我在西藏多半辈子了，我就不是这里的人，虽然我会讲藏语，能和藏胞一样喝酥油茶、抓糌粑、喝青稞酒，虽然我的肤色晒得和他们一样黑红，我仍然不是这里的人。我这么说不是我不爱这里的藏胞，我爱他们……我也不止一次和朋友们一起朝拜；一起供奉；我没有磕过长头，如果需要我同样会磕。"这位汉族作家对自己在藏胞面前的"他者"身份有着清醒的认识，因为他始终不能像真正的藏人那样去理解生活。但同时，进藏30年的经历，与藏人最大限度的接近，使他对藏文化的理解又不同于一般的汉族知识者，至少不是"自以为聪明地以为藏人蠢笨原始需要我们拯救开导"。这个"他者"事实上已经具备了两种眼光、两种视野，能够理性地观照汉藏文化的优劣。在迟子建笔下，以"他者"身份或视域介入少数民族生活的并非代表主流文化身份的汉族知识分子，而是身份更为复杂的异乡人。他们从生活方式、宗教信仰、价值观等多方面对鄂温克族的山林生活产生了或大或小的影响。比如最早出现在部族中的俄国安

---

① 巴柔：《形象》，载孟华主编《比较文学形象学》，北京大学出版社2001年版，第157页。

达（商人），为鄂温克人自给自足的生活带去了商品等价交换的观念，鄂温克人学会了用自己的皮张、鹿茸从安达手中换来相应数量的酒、面粉、盐、棉布等生活必需品。最早出入于"我们"乌力楞的安达叫罗林斯基，他的到来，就是乌力楞的节日。"大家会汇聚到一起，听他讲其他乌力楞的事情"。显然，除了商品，罗林斯基还为鄂温克人闭塞的生活带来了外面世界的讯息，甚至揣测罗林斯基的身世、经历也成为猎民们津津乐道的话题。虽然尼都萨满不习惯罗林斯基带来的喧闹，但并不影响其他人对罗林斯基的期待和热情，鄂温克人对俄国安达的欢迎实际上代表了他们对外面世界的向往甚至想象。出现在《额尔古纳河右岸》中的"他者"，还有来自山下的汉族人，比如"文化大革命"期间电影放映队上山慰问林业工人，从未看过电影的鄂温克人邀请放映队来乌力楞放电影，并热情款待了放映员。受到鄂温克人自由豪放生活感染的放映员说："我真羡慕你们的生活，这样地和谐，就像世外桃源。"表达了现代都市人对山林民族生活方式的崇尚和喜爱，从中可以看出作家对两种文化：主流（都市）文化和边缘（狩猎）文化比较的视域。如果说俄国安达出现在鄂温克人居住的山林并影响了他们的生活，反映了商品经济对自然经济的渗透甚至取代的趋势。那么，红柯在《西去的骑手》中借助瑞典探险家斯文·赫定的眼光对马仲英的描写，则是站在西方文化立场上对英雄的诠释。斯文·赫定是20世纪30年代举世闻名的探险家，在他长达50年的探险生涯中，曾八次到达我国西部的宁夏、甘肃、青海、新疆和西藏等地区，并在70岁那年找到了罗布泊。赫定在新疆境内探测时，适逢盛世才与马仲英大战，他的探测队先后受到盛马二人的控制。《马仲英逃亡记》就是斯文·赫定根据当年的日记整理完成的一部亲历记，但作者在书中声称："我本人从没有见到过马仲英将军。"[①] 因为"所有的人都在谈论着他，但是，真正见到过他的人却寥寥无几；人们都在谈论他穿越沙漠时惊人的快速强行军，但是，谁也不知道他这个人在哪里；他像流星似的驰过荒野和草原，而他的行迹所到之处，迸发出来的是火与血。马仲英像闪电似的飞驰而过，并且消失得无影无踪。他像一般狂风，人们只听到它的声音却不知道它的来龙去脉"[②]。

[①] ［瑞典］斯文·赫定：《马仲英逃亡记》，凌颂纯、王嘉琳译，宁夏人民出版社2003年版，第23页。

[②] 同上书，第264—265页。

《马仲英逃亡记》是斯文·赫定依据在探险途中的听闻和身边与马仲英有过交往的两名技工的描述写成的,也是目前能够见到的关于马仲英的比较翔实的记录。但红柯在小说中却用文学手法精心设计了斯文·赫定与马仲英见面长谈的细节:"赫定老人对这个神话般的年轻人太感兴趣了,他一定要多待一天,听年轻人讲河湟事变。"[①] 在两人的谈话中,赫定将马仲英比作同阿喀琉斯和阿加门农一样的勇士,赫定和年轻的马仲英讲述吉鸿昌的遭遇、赞美谭嗣同的勇气和情怀。直到返回内地之后,"赫定先生遥望新疆,喃喃自语:'……孩子但愿你能战胜死亡,你这么年轻,生机勃勃,死神不会找你麻烦的'"[②]。这是对于英雄的最高祝福。在很多场合,红柯都表示了对斯文·赫定的尊重和敬佩,想必他早已熟读过《马仲英逃亡记》,那么红柯虚构这个细节的用意很耐人寻味,从小说整体构思来看,这并非故事情节发展的必需,但却是呈现"他者"视域的一个很好的契机,不仅映现出西方人眼中的马仲英形象,也反照出红柯的英雄理念。

二 情感的纠葛与观念的融合

自20世纪30年代开始,有着苗族血统的作家沈从文就开始对湘西苗汉之间的民族关系给予了文化层面的思考和审美表现,在《我的小学教育》里,沈从文描写了家乡不同民族居民的浑融现象:"在镇筸,……是苗人占1/3,外来迁入汉人占2/3混合居住的。虽然许多苗民还住在城外,但风俗、性质,是几乎可以说已彼此同锡与铅样,融合成一锅后,彼此都同化了。"[③] 此后多年的行伍生涯中,沈从文不仅耳闻目睹了苗汉之间的激烈冲突,也感同身受到汉族对苗族的欺压和凌辱。但在他最具代表性的小说《边城》《三三》中,他都生动而又自然地呈现了苗民与汉人通婚、交往的情景,《边城》里的翠翠就是民族融合下产生出来的生命,她的父亲是一个驻守茶峒的军人,母亲是当地的女子,虽然父母的悲剧使她成了一个"孤雏",也隐约传递出苗汉文化冲突的讯息。但翠翠一直生活在宁静、祥和的环境和气氛中,茶峒充沛放达、重义轻利、互助互利的民

[①] 红柯:《西去的骑手》,江苏文艺出版社2009年版,第69页。

[②] 同上书,第71页。

[③] 沈从文:《我的小学教育》,《沈从文全集》第1卷,北岳文艺出版社2002年版,第263页。

风,就是中国传统农业文化中自然与人和谐、人与自然相依的朴素生存观念和苗族文化生机勃勃、自由舒展的生命形式相互作用融合的结果;在《三三》里,苗女三三与一个从城里来的汉人少爷谈婚论嫁,经过数次交往,两人渐渐熟悉,虽然汉人在准备结婚前病逝了,但这个故事依然折射出苗汉之间不受束缚的生活和情感交往的现实画面。一般来说,文化交融到某一程度,通婚才有可能;通婚又是民族文化进一步交融的标志。显然,在沈从文眼里,人的感情不应该受到任何羁绊,他描写苗汉通婚既是他对人性自由的追求和对生命尊严的维护,也是他对不同民族和谐相融的美好寄寓。郭沫若的历史剧《孔雀胆》,虽然受到40年代战争环境的影响,但作家将只有一段"史影"的阿盖塑造成一个摒弃民族偏见和等级的贤德的蒙古族公主,作为忽必烈的后裔,她欣然嫁给"半保罗""野蛮子"的血缘复杂的段功,组成一个没有民族隔阂的温暖家庭,蕴含着作家借爱情而颂扬民族平等、民族团结的深刻寓意。与沈从文有所不同的是,身为汉族的郭沫若,透过这桩阿盖与段功的联姻,艺术地表达了蒙古族异族化和异族蒙古化的可能。在阿盖的身上不仅具有汉族女性的温柔善良、深明大义,也有蒙古族女性的坚毅、智慧和豁达,她视段功的一双儿女如己出,她被夹在父亲与丈夫、亲情与爱情的裂隙之间备受折磨,最终选择了正义的一方,在替丈夫报仇之后又饮鸩自尽以身殉夫。高缨在小说《达吉和她的父亲》中讲述的汉族女儿在彝族养父与汉族生父间艰难抉择的故事以及小说引起的巨大反响促成的改编自小说的同名电影的问世,让彝族父亲和汉族养女之间父女情与民族情互相纠缠、彼此倚重的故事,成为当代文学中汉民情感关系的一次最生动、最长久的写照,投射出汉族作家眼里和谐民族关系的理想化图景。已经有研究者指出,这个故事所产生的影响不仅在鄂温克族作家乌热尔图的小说《森林里的歌声》中产生了回响,也在汉族作家迟子建的《额尔古纳河右岸》中再次出现[①]:喜欢吹奏木库莲的鄂温克青年拉吉米,在抗战时被日本人强行带走集训,等到苏联红军渡过额尔古纳河、日本人的末日到来之时,拉吉米在回家途中却因受惊的马颠簸而碎了睾丸,他从此成了一个不完整的男人。一次偶然的机

[①] 李旺的《民族、代际、性别与鄂温克书写——乌热尔图、迟子建比较论》指出:"在迟子建的《额尔古纳河右岸》中,有一个与《森林里的歌声》很相近的故事……这两个讲述鄂温克族与汉族理解与隔膜并存的故事,与20世纪50年代高缨小说《达吉和她的父亲》极为相似。"参见《民族文学研究》2013年第1期。

会，拉吉米从马厩中捡来了一个汉族女婴，取名叫马伊堪（伊堪在鄂温克语中是"篝火舞"的意思）。孤独的拉吉米从此将所有的爱都倾注在马伊堪身上，他既担心山外的汉人来与马伊堪相认，又不愿长大后的马伊堪出嫁而离开自己，最终酿成了悲剧：马伊堪在生下一个不知道父亲的男孩之后，跳崖身亡了。显然迟子建的故事更富有悲剧意蕴，但他们都在故事结构中隐喻了民族身份的认同困境，显示出民族关系在中国文学叙事中的巨大动力。红柯的《乌尔禾》中写到，汉族屯边战士刘大壮醉后睡卧在草丛中的一块大石头上面，人们看见一条银色大蛇盘在他身上，赵连长欲举枪射蛇，被蒙古牧民老人拦住了："蛇在取他身上的气味，蛇会把他的气味带到大地上所有的地方，动物们会记下来的，这个人很快就会成为动物的朋友，他一定有恩于蛇，把蛇精都感动了。"汉人对蒙古人讲起中国古代英雄薛仁贵的故事，传说薛仁贵年轻时给东家干活干累了的时候，常靠着墙睡觉，有人看见睡梦中的薛被蛇穿了七窍。这个故事得到了蒙古人的强烈认同，因为草原上传了几千几百年的故事中也有这种事情。它反映了汉族和蒙古族在情感、文化和价值观方面的同构，他们都虔信人性与动物性的相通，都崇尚知恩图报的美德。

第三节　展示民族民间资源的叙事形态

"民间"一词早在"五四"时期就进入了中国文学的视野，经由20世纪20年代的"平民文学"、30年代的"普罗文学"、40年代的"工农兵文学"，一直到新时期以来声势浩大的"寻根文学"所持的"非规范文化"立场，逐渐将"民间"引向了地理和族群的"边缘"，使民间的重心开始向"自成系统"的"各少数民族文化"倾斜。但在寻根文学笔下，作家们眼光所到之处，发现和找到的却是各民族文化的恶之根，虽然他们承认"尚未纳入规范的民间文化"，"承托着地壳——我们的规范文化"。[1] 事实上长期以来，中国少数民族文学在漫长的历史发展中，主要依靠口耳相传，以民间作为主要传播领域，因此保留着"教条模式难以约束的原始活力和新鲜思维"（杨义语）。40年代西南联大时期，曾经有

---

[1] 韩少功：《文学的根》，《作家》1985年第4期。

过中国现代文学对少数民族神话传说及民间故事的发现、借鉴、改造和研究的热潮,这是因为抗战爆发后,许多大学纷纷迁往作为后方的大西南,一大批著名作家、学者、教授对大西南各少数民族的神话传说和民间故事产生了浓厚的兴趣,将其纳入了他们的研究和创作中,比如闻一多先生在他所著《伏羲考》一文中,就"引用25条洪水神话传说资料,其中20条是苗、瑶、彝等民族民间文学作品"。① 80年代的寻根文学可以说是继40年代之后,中国现代知识分子又一次大规模地对少数民族民间资源的开掘、发现与借鉴。在韩少功、李杭育、郑万隆等人的作品中,都表现出对边缘民族民间文化的热情和借鉴运用的主动意识。汉族作家的民族叙事崛起之时,正是当代文坛回归民间,作家们"通过平民的眼光对民间生活做出新的发现"的20世纪末。面对少数民族民间资源,他们显示出与寻根作家近似的文化姿态和立场,力图在丰富博大的少数民族民间资源中找到通向他们艺术世界的自由之路。藏族作家阿来曾经说:"我作为一个藏族人更多是从藏民族民间口耳传承的神话、部族传说、家族传说、人物故事和寓言中吸收营养。这些东西中有非常强的民间立场和民间色彩。藏族书面的文化或文学传统中往往带上了过于强烈的佛教色彩。而佛教并非藏族人生活中原生的宗教。所以,那些在乡野中流传于百姓口头的故事反而包含了更多的藏民族原本的思维习惯与审美特征,包含了更多对世界朴素而又深刻的看法。这些看法的表达更多的依赖于感性的丰沛而非理性的清晰。这种方式正是文学所需要的方式。"② 正如阿来所述,中国少数民族人民在漫长的历史中,创造了奥妙无穷的神话传说、跌宕起伏的民间故事,传播着各民族人民追求光明过程中的超强毅力,表达了他们探索自然、改造自然的强烈愿望,洋溢着边缘文化的神奇信息,它们与汉族民间文学一起构成了中华民族丰富多彩的民间文学世界。像壮族神话《妈勒访天边》、景颇族神话《驾驭太阳的母亲》、鄂温克族神话《萨满神创世》等都以情节的曲折、角色的奇特,对后世作家文学产生了广泛影响;而一些游牧民族因其部落和族群之间时常发生为了生存而进行的争战,诞生了脍炙人口的英雄史诗,著名的藏族英雄史诗《格萨尔王》、蒙古族史诗

---

① 马学良:《记闻一多先生湘西采风二三事》,《楚风》1982年第2期。
② 阿来:《穿行于异质文化之间》,见《阿坝阿来》,中国工人出版社2004年版,第157—158页。

《江格尔》、柯尔克孜族史诗《玛纳斯》，都以歌唱英雄为基本品格，这些战争中的英雄，"享有神的地位和具备神性，人们歌颂神的同时歌颂人，发现人的本质力量"。① 汉族作家的异域边缘文化体验和由此而生的少数民族文化认同，使他们能够自觉地将各民族宝贵的民间文化资源广泛纳入自己的创作文本中，进行细致的咀嚼和反刍，并以民间立场为其赋予全新的含义和价值。

一 再造与重塑：汉族作家笔下的少数民族民间英雄

英雄史诗在中国多民族文学中占有十分神圣的地位。用陈思和的话来说，它们"天然地带有丰富的民间成分——它们充满了'人类社会的童年'所特有的天真的自由自在的诗性想象以及民间对幸福生活的美好理想。……体现出典型的民间想象的特点"。② 民间英雄"经历了神话原型、历史实存与文人'幻设'三个发展阶段，伴随着与各时代历史特点相适应之复杂演变"。③ 在此过程中逐渐积淀形成了相对稳定的以"侠义"为核心的文化人格特征。在中国文学史上，民间英雄原型的经典起源当属司马迁《史记》所塑造的一系列游侠、刺客形象，司马迁不仅将荆轲、聂政、项羽等英雄人物除暴安良、救国救民于危难之中的故事描画得栩栩如生、家喻户晓，还对此有过具体的界定："今游侠，其行虽不轨于正义，然其言必信，其行必果，已诺必成。不爱其躯，赴士以厄困。"④ 这些侠客形象代表的侠义豪爽、豁达自信、乐善好施、扶危济困的思想和行为方式，在几千年的中国文学中得以广泛承传和表现。虽然侠客所持之义，亦即民间英雄的道义原则在不同时代其内涵各有不同，但其维护个人尊严和个人价值的独立不羁的人格力量却成为"民间英雄"精神的根基。汉族作家的民族叙事有意识地在少数民族民间资源中寻求借鉴，在写作中渗入了较多的民间因素，形成了"化民族""化传统""化民间"的自觉艺术追求。红柯多次表示，自己对世俗上走向失败的人物有一种怜悯和同情，他认为世俗生活上的失败者常常是精神生活上的胜利者，他愿意让这些人

---

① 丹珠昂奔：《藏族文化发展史》（上册），甘肃教育出版社 2001 年版，第 307—308 页。
② 陈思和、刘志荣：《多民族文学的民间精神》，《中国文学研究》2000 年第 2 期。
③ 陈双阳：《中国侠文化流变试探》，《中山大学学报》1996 年第 4 期。
④ 《史记·游侠列传》。

物成为小说的主人公。① 作家范稳也强调要学会"用藏族人的眼光"去看西藏的一切。其实这不仅仅是一种立场和态度，还包含着作家的审美趣味和爱好。红柯大学期间就对民间历史传奇人物充满兴趣甚至心怀崇敬，他历时15年追踪和关注民国时期的回族历史人物马仲英，最终以此为原型创作了长篇小说《西去的骑手》。马仲英本是20世纪30年代西北的传奇人物，17岁在河洲揭竿而起，向西北军阀冯玉祥宣战，一时英名大振，民间称其为"尕司令"。马仲英一度被蒋介石封为中央陆军新编第36师师长，28岁时在苏联神秘失踪。有说死于卫国战争的，有说学习驾驶时死于飞机失事的，也有说死于苏联肃反的，甚至有说死于西班牙内战的。马仲英的经历和结局都充满了传奇和神秘色彩，他由此也成为一个被正史遮蔽和遗忘的历史人物，只有瑞典探险家斯文·赫定在《马仲英逃亡记》一书中有过记载和描写。红柯在广泛搜集马仲英的历史资料时，着意发掘这个人物身上西北男儿的血性和作为民间人物的传奇性，他决意以民间作为自己创造马仲英形象的精神源泉和艺术原型，让这个人物表现出中国传统英雄传奇的风采。马仲英原本在自己本家兄弟马步芳手下担任营长，备受欺凌。适逢西北连年大旱，民不聊生，甘肃督军刘郁芬却变本加厉催粮逼款，征兵服役，丝毫不顾百姓死活。在这种情况下，马仲英愤然带领七个兄弟起兵造反，隐现着《水浒传》"逼上梁山"的故事模式。马仲英在他如疾风闪电般短暂的一生中，以战马和马刀对抗飞机和坦克，数度与死神擦肩而过；人们都在谈论他穿越沙漠时的神奇速度，但是谁都没有见过他；传说他所到之处都开满红红的玫瑰、他的大灰马通晓人性、他在祁连山深处发现了神马谷并受到大阿訇的启悟等，马仲英身上的天赋异禀，不仅暗合了传统民间英雄所必备的非凡意志和超强体力，也成为他走上反叛之路的雄厚"资本"。当然，红柯并不满足于将马仲英塑造成一个传统意义上的民间英雄，他在这个人物身上还赋予了国家意识和民族热情。马仲英听凭智慧和良知的召唤，洞察到人类自由、平等的必然发展趋势，致力于"帮助桑梓的父老兄弟姐妹摆脱旧势力的压迫"，在外患日益逼近，内政日益腐败，卖国贼无耻地出卖祖国，日本帝国主义毫无忌惮侵占我国领土的危急关头，他坚定不移地带领民众维护国家领土完整，抵御外国侵略，试图寻求一条真正的光明之路。马仲英严禁民族仇杀，号令他的部队

---

① 参见李建彪《绝域产生大美——访著名作家红柯》，《回族文学》2006年第3期。

"杀一回民一人抵命,杀一汉民十人抵命"。从而一步步超越了狭隘的民族意识和宗教信仰的局限,成为一个坦荡豪迈、百折不挠、崇尚自由、向死而生的英雄人物。在红柯眼中,马仲英短暂的一生犹如"玫瑰花上的露珠",他对生命瞬间辉煌的渴望和对自身生命价值的参悟,包含着不受政治权力控制、不受规范制约、自在而为的民间精神旨归。红柯通过这个回族民间英雄人物,以伊斯兰文化和少数民族民间文化固有的英雄意识作为参照指向了儒家文化或者汉文化的衰弱和不足:马仲英身上所体现出的血性、硬汉气质和顽强的生命力量都传递着作者对崇高、完善、健全的生命形式的理想寄寓。范稳在"藏地三部曲"中塑造的英雄不再是如格萨尔、江格尔一样成就一番伟业的轰轰烈烈的人物,而是那些活得艰难而磊落,爱得热烈又缠绵,死得坦荡和率性的普通康巴男儿。在《悲悯大地》中,作家借洛桑丹增之口道出了他的英雄观——"真正的英雄要有大悲之心",他还说:"胜利者和强大势力的代言人不是我心目中的英雄,他们只是时代的宠儿,上帝给予他们的已经够多了。"① 在吸收了藏族民间文化的生命元气之后,范稳笔下的英雄人物与汉族民间传奇中神秘怪异、行侠仗义的绿林好汉有所不同,这些康巴男儿都在宗教中获得了无穷尽的信仰和力量,成就着他们的英雄业绩。他们一般经历了弃恶从善、改邪归正甚或是放下屠刀立地成佛般的传奇而又艰难的历程,才成为民众心目中的英雄人物,因此,这些康巴英雄身上的世俗性和民间性特征就更为明显和突出。《水乳大地》中的泽仁达娃曾经是峡谷里让人闻风丧胆的杀人强盗,当他的罪孽日渐深重以至于受到天上的雷电追击无处可逃的时刻,六世让迥活佛挽救了他。为了赎罪他从此皈依佛门,隐姓埋名在雪山下的村庄里做了吹批喇嘛——人称"瘦子喇嘛"。"文化大革命"时期,瘦子喇嘛在放牧时遇到了雪崩,自己也命在旦夕。然而,为了拯救一个被狗熊咬伤的放牛娃,年过八十的瘦子喇嘛显示了一个英雄的豪气、斗志和智慧,最终他以金刚木为武器劈杀了狗熊,这是他一生中干掉的第17头熊。在这个人物身上,民间对政治意识形态的消解作用是非常明显的,虽然他的现实生存环境是在具有特定时代政治内涵的"文化大革命"时期,"峡谷里即便一个大字不识的藏族人,都知道神秘的东西是必须批判的,能控制

---

① 范稳:《和余梅女士谈〈藏地三部曲〉》,http://blog.sina.com.cn/s/articlelist_1263933800_0_1.html。

人们灵魂的神灵早就被打到了"。毛主席的"法力比所有的神灵都要大，天天发语录来教导我们"。但瘦子喇嘛与老熊搏斗的意志和拯救放牛娃时显示出的人性的力量以及将积攒的好运留给实为仇人后代放牛娃的义举，都源于佛、法、僧三宝给予他的博大神秘的精神能量。在《悲悯大地》中，范稳也塑造了一批具有鲜明民族个性的康巴英雄群像。强悍刚烈的哥哥阿拉西为报父仇杀了白玛坚赞头人，他是内向羞涩的弟弟玉丹心目中的英雄和护法神。日后阿拉西为了斩断孽缘剃度授比丘戒成为洛桑丹增喇嘛，玉丹义无反顾护送哥哥踏上朝圣之路。面对朗萨家族派来追杀洛桑丹增的杀手，玉丹沉着勇敢地走向杀手的刀尖，用自己的生命成全了哥哥的朝圣之旅。这些洋溢着自然生命力的康巴民间英雄，不仅表现出虔诚的宗教信仰，还融合了儒家文化舍生取义的君子品格。概而言之，汉族作家笔下的民族民间英雄，集"传奇""侠气""仗义""匪性""抗争""道助"等个性特征于一体，彰显出民间的顽强生命力。

二 化用和改写：汉族作家与少数民族民间神话

神话"无疑是人类第一个叙事样式，尽管认识的发展改变了原有的解释，但是想象力形成的心理基础并没有消逝，而是随着历史时间的推移、文化形态的转型，创造出新的神话叙事类型。而原有文化资源中的神话则被排斥到边缘，成为民间信仰的一部分"。[①] 结构主义理论也认为，民间故事就是世俗的神话。少数民族的神话常常记载着民族繁衍变迁、不断成熟的心路历程，是各民族人民不可离开的精神家园。本书中的化用特指汉族作家对少数民族神话传说和故事的重新整合和利用，是注入了作家特殊情感体验和艺术经验的再创造，改写则主要针对汉族作家对少数民族神话传说的修改和重写，以适用于自己的艺术理想和思想需求。化用和改写不仅丰富了汉族作家的创作题材，极大地拓展了他们民族叙事的想象空间，还从一个侧面反映了相同或相近文化圈内的各少数民族在长期发展中形成的一些共同点或相似之处。比如，在黄尧、红柯、迟子建、范稳等汉族作家笔下，都出现了对少数民族"人兽成婚"母题的叙写。"所谓'母题'，主要指神话叙事过程中最自然的基本元素。……一个母题，随着时间的发展往往会形成明显的流传与演变轨迹，在母题的内涵和外延方面产

[①] 季红真：《莫言小说与中国叙事传统》，《文学评论》2014年第2期。

生某些相应的变化,甚至在不同民族文化语境下呈现出多元的风格、形态和功能"。① 人兽成婚,顾名思义就是人与兽的婚姻关系,人兽成婚母题不仅在北方诸多少数民族,如东北的鄂温克族、鄂伦春族,西北的维吾尔族、哈萨克族神话传说中广泛存在,在西南的彝族、纳西族神话中也有记载。既反映了人类早期的万物有灵信仰,也和各少数民族的动物图腾有密切联系。红柯在《大河》中对维吾尔族民间传说故事"英雄艾里·库尔班"进行了富有诗意的化用和改写。艾里·库尔班是维吾尔族民间流传的篇幅较长的一个故事,讲述失去父亲的女孩玛丽克与母亲相依为命,在一次出去砍柴的途中,不慎被一头熊掳去,后来和熊生育了一个男孩的故事。男孩取名艾里·库尔班,力大如熊,既通人言,又懂兽语。他从时常啼哭的母亲那里得知了自己的身世,便杀了自己的熊父,带着母亲回到了故乡和祖母一起生活。② 在这个故事中,艾里·库尔班勇敢、机智,有过人的力量、胆识和智慧,具有明显的民间传奇英雄的特征。长篇小说《大河》自始至终隐伏着一个神话传说的线索:那就是阿尔泰人是熊的后代,熊是他们超强而万能的祖先。因此,每一个真正的阿尔泰男人都如熊一样有力、雄壮;每一个女子心里都梦想一个像熊一样结实、勇敢、无畏的男人。整部《大河》都以拟人化的手法,描写了熊的生存状态以及熊与人类的亲密关系。弗莱认为:"每一个时代都有一个由思想、意象、信仰、认识假设、忧虑以及希望组成的结构,它是被那个时代所认可的,用来表现对于人的境况和命运的看法。我把这样的结构称为'神话叙述',而组成它的单位就是'神话'。"③ 显然,阿尔泰人关于熊祖先的传说以及由此而来的英雄艾里·库尔班的出现,反映了动物始祖神话的痕迹,表现出原始人类对生命起源的关注,还通过人神一体的想象帮助人类消除了对自然的恐惧,其内在的精神相当的现实,或者说这个传说故事有明确的现实目的性。红柯在《大河》中借用艾里·库尔班的传说,并构成了小说的一条线索,但他表现出了对原故事的超越性追求。小说通过主要人物老金之口,对艾里·库尔班的故事进行了诗意的改写,原来的艾里·库尔班杀熊救母情节变成了一个熊与女人和孩子在原始森林中幸福生活的故事。

---

① 王宪昭:《论中国少数民族神话母题的流传与演变》,《理论学刊》2007年第9期。
② 参见刘发俊《维吾尔民间故事选》,上海文艺出版社1980年版。
③ 弗莱:《现代百年》,盛宁译,辽宁教育出版社、牛津大学出版社1998年版,第74页。

作家的自由意识和想象力由此表露无遗,更重要的是,红柯想通过这个人兽成婚故事及其美好结局,表达他对自然生命形式的追求和向往,以及人类如何保持原始生命力的思考。迟子建也说:"我喜欢神话和传说,因为它们与想象力有着肌肤之亲……神话和传说如此广泛而经久不息地存在于世界的每一个角落,它激活了无数的生命,它拓展了想象的空间。"① 为此,迟子建在她的鄂温克民族书写中广泛吸收了这个民族关于火神、山神、太阳神、月亮神的神话,河流的神话和熊、鹿、蛇、鹰、狐狸等动物神话,突出表现了鄂温克人的动植物崇拜和保护意识。其中有一则流传很广的美丽神话:"有个猎人在森林中遇见一只鹿,他射了两箭,都没有击中要害。那鹿流着血,边走边逃。猎人就循着血迹追踪它。……然而追着追着,猎人发现血迹消失了,鹿顺利地逃脱了。原来这是只神鹿,它边逃边用身下的草为自己治疗伤口。猎人采到了那种能止血的草,它就是'鹿食草'。"② 这个神话源于鄂伦春族常用的止血药物鹿食草,它从一个侧面印证了鄂温克族鹿崇拜文化的存在,反映了鄂温克先民借助动植物所拥有而人类望尘莫及的力量来保护自己的意识,就像弗洛伊德所说:"个人和图腾之间的关联是一种自然利益的结合,图腾保护人们,而人们则以各种不同的方式来表示对它的崇敬。如果,它是一种动物,那么,即禁止杀害它;如果,它是一种植物,那么,即禁止砍伐或收集它。"③ 但是迟子建在小说中重述鹿食草神话的用意,则是为了进一步表现尼都萨满所代表的萨满教文化的神性,小说写尼都萨满的手受伤了,"当大家看到尼都萨满不用鹿食草,而是用自己的气息止住血的时候,比看到血本身还惊恐"。作家巧妙地将笔触由鹿食草转向了鄂温克族文化的传承者萨满身上,使萨满的故事具有了现代性的能指(signifier)。因为神话作为鄂温克族的经典文化,是以萨满教信仰为基础的,神话是萨满教观念的实体,萨满又是神话的主要传承者。在小说中,迟子建通过萨满在各种婚丧嫁娶典礼和祭祀活动中的唱谕,表达了鄂温克人对万物神灵的赞美和祈求,萨满在吟唱的同时传达神的旨意和法力,"实际上这种神谕的传达,也就是萨满在特殊的宗教环境中,以歌、舞、乐综合的方式讲述神话故事"。④ 萨

---

① 迟子建:《女人的手》,济南明天出版社2000年版,第133—142页。
② 迟子建:《额尔古纳河右岸》,人民文学出版社2010年版,第93页。
③ 引自〔奥〕弗洛伊德《图腾与禁忌》,中国民间文艺出版社1986年版,第133页。
④ 汪丽珍:《论萨满教与鄂温克族神话的关系》,《中央民族大学学报》2005年第1期。

满的歌舞能让病入膏肓的人起死回生，让迷失的灵魂找到归途，还沟通了人与神的世界。迟子建在小说中对神话的重述，不仅展示了鄂温克文化的丰厚资源，也表现了鄂温克人日常生活与神话的密切联系以及由此而生的文明、唯美的生活状态。作者试图告诉人们，鄂温克族以他们独有的方式生活于自己的神话世界，这是他们存在的理由和基础，任何破坏这种生活方式和存在状态的行为都是不文明、不人道的。

第三章

行走在中心与边缘之间：汉族作家的跨文化体验

20世纪90年代以来，伴随着全球化时代的来临，世界范围内的移民潮和随之出现的流散写作，成为一个日趋明显的社会现象和文学创作现象。所谓流散写作，是指"一大批离开故土流落异国他乡的作家或文人"，"自觉借鉴文学这个媒介来表达自己流离失所的情感和经历"。① 时至今日，流散写作已经成为世界文学进程中一道不可忽略的风景："由于他们的写作是介于两种或两种以上的民族文化之间的，因而他们的民族和文化身份认同就不可能是单一的，而是分裂的和多重的。"② 学界对于流散文学作家文化背景和文化身份问题比较深入的研究，为笔者研究汉族作家的民族写作提供了有益的启示。与世界范围内的移民潮相似，中国社会在进入转型期之后，也出现了由西往东、由边缘向中心迁移的现代流动人群。与此同时，一些生活在大都市的接受了西方现代文明的知识分子，面对古老文化和城乡格局被新经济时代的严重改写以及生存环境的严重恶化，他们或者受"礼失而求诸野"的中国传统思维方式的驱使，或者为摆脱现代性对人精神的逼迫与挤压，纷纷"走异路，逃异地"，从中心到边缘，去寻找中华文化的生命之源和火种，也寻求自我精神的救赎。

所谓中心与边缘是一组互相对立又互相依存的概念，无论是地理地缘意义上还是行政观念上乃至于政治文化意义上都如此。本书也以中心与边缘指代以中原文化为主体的汉族主流文化与分布于边地的各少数民族文化。在过去的几千年间，中心与边缘经历了漫长而又复杂的历史演变。作为一个幅员辽阔的多民族文化共同体，中国自古以来就有中心与边缘之分。中心既是政治权力中心所在地，中心之外自然被赋予边缘性质。同

---

① 王宁：《"后理论时代"的文学与文化研究》，北京大学出版社2009年版，第127页。
② 同上。

时，中心与边缘的划界也意味着文明与野蛮的分野。长期以来，我国始终以北方中原为文明的中心，其他地方则被称为夷、狄、蛮等，那里不仅被视为地理上的外围、边缘，也是文明尚未到达之地。由于中原农耕文明很早形成了自己文明中心的地位，不仅在经济上各少数民族或多或少地依赖于中原汉族农业地区的产品；在文化上，中原地区的文学、医学、艺术、建筑等各方面都很繁荣，也被各少数民族自然而然视为文化中心。边缘与边地、边疆、边关在概念的外延上具有交叉性和重叠性，有学者曾经指出："所谓'边疆'，对内含有'中华民族文化之边缘'的意义，亦即可以从'我群'或'他群'相互区分的层面说明内地民族与边疆民族的关系。"[①] 这一方面说明，边疆或边缘不仅是指相对于内地而存在的边疆区域，也还隐含着文化上与中心相对且落后有待于教化的意思。另一方面，边疆和边缘通常也指各少数民族聚居的区域，是多种文化文明的结合部。久而久之，"在传统中国，对边缘地区或边疆地区的治理和经营，其特点是政令由朝廷出，以'教化'为旨归，以中心为起点，以周边为对象，建构完整统一的集权国家。历代中央政府对'边缘'或边疆地区的政策多是征讨、羁縻与经营，其核心是'教化'，即通过治理和经营，使边缘或边疆地区'文明化'、'内地化'、'一统化'"。[②] 但是，自晚清以来，随着西方资本主义列强的疯狂扩张和欧洲中心论的确立，欧洲文化被认为是"高级文明"，非欧洲文化被认为是野蛮或半野蛮的文化，内忧外患的古老中国逐渐被世界文明边缘化，更由于军事上的失败，边地被割让，致使部分少数民族区域脱离了祖国的版图。这迫使中国将自己对外的国际地位和内部中心与边缘的关系放在一起重新审视和考量，以便在国际格局的重建中，赢得自己的文明身份与地位。就是在这个前提下，20世纪40年代末以来的中国，怀着强国的夙愿对外与西方断绝了各种交往，对内则大力扶持少数民族的经济与文化，无论是民族关系还是民族文化度过了一段稳定与发展的时期。进入90年代末，全球化时代的到来，虽然使文化的多样性有了被承认的可能，但是由于全球性的政治格局基本稳定，新的政治经济格局基本形成，民族国家的地理疆界已经不再具有传统的意义。

---

① 徐新建：《全球语境与本土认同——比较文学与族群研究》，巴蜀书社2008年版，第167页。

② 谢亮：《中心与边缘的关系重建：南京国民政府时期的西北开发活动分析》，《西北第二民族学院学报》2007年第6期。

中心（强势）文化所推行的同质化和标准化，日益严重地摧毁边缘（弱势）共同体的文化合法性，使既有的中心和边缘的对立进一步加剧。美国人类学家乔纳森·弗里德曼就此指出："当现代主义在中心崩溃时，文化认同在国内外都呈现指数增长。在国内，寻找已失去的东西，在边陲，寻找以前被中心压制的文化自决，甚至是民族自决。文化认同从族群到'生活方式'都是牺牲体系为代价繁荣起来的。"① 也就是说，随着全球化势态的增强，势必导致以民族为基础的、边缘的文化认同越来越弱化。这一点，在西方人类学家中已成共识，比如亨廷顿也认为全球化就是西方文明的世界化，而21世纪的矛盾就是民族文化的矛盾。英国文化人类学者沃特森也一针见血地指出，全球化带来的最直接的后果是造成"那些为少数民族群体最为直接认同的文化特征的衰败"。② 综上所述，全球化对中国文化的冲击和中心（中原）文化对各少数民族文化的挤压，实质上都是强势文化与弱势文化的关系问题，也是中心与边缘的关系问题。然而，弱势（边缘）文化虽然与强势（中原）文化有落差，但并不等于说明边缘文化就是落后文化，与中心文化相比，受自然环境、生产方式和宗教信仰的影响，边缘文化形成了自己独特的更为开放的文化个性。那么，全球化时代应该怎样维护弱势民族文化的独特个性？怎样处理汉族主流文化与其他民族文化的关系？中国知识界始终没有停止他们的思考和探索，比如费孝通先生在晚年提出的"美人之美""美美与共""和而不同"的文化观，就是针对全球化时代中国文化与世界文化、边缘文化与中心文化的关系而做出的回答，他指出："中国人从本民族文化的历史发展中深切体会到，文化形态是多种多样的，丰富多彩的，不同的文化之间是可以相互沟通、相互交融的。推而广之，世界各国的不同文化也应该相互尊重、相互沟通，这对各个不同文化的进一步发展也是有利的。"③ 中国文学也在压力与焦虑中进行着自己对于21世纪文化话语的建构，一方面，渴望走向世界、获得与世界文学平等对话的权力；另一方面，通过对民族传统文化的挖掘与再现，建立起自身的民族文化认同。汉族作家作为主流文化

---

① [美] 乔纳森·弗里德曼：《文化认同与全球性过程》，郭建如译，商务印书馆2003年版，第135页。

② [英] C. W. 沃特森：《多元文化主义》，叶兴艺译，吉林人民出版社2005年版，第63页。

③ 费孝通：《费孝通文集》第14卷，群言出版社1999年版，第408页。

的优秀代表，他们基于自己独特的跨文化体验，表达了对少数民族生存、命运以及民族文化的现代性反思，特别是在经济、信息、技术、文化全球化的当今世界，自然从与人的平等关系中被剥离出来，处于被人类征服、利用的弱势地位时，作家们无一例外将叙事的重心指向了边缘地区原生态的自然环境以及少数民族与自然相契合的生存状态。

文化体验是个体出于审美的、情感的需要对文化的参与感悟过程，跨文化体验是主体通过亲身体验的方式获得两种或多种文化的情感与体会的过程，跨文化体验有助于文化体验者对那些与本民族文化有差异或冲突的文化现象有充分正确的认识。尽管汉族作家深入少数民族地域的目的和途径各有不同，比如王蒙是躲避政治迫害的自我放逐，红柯是怀着青春和诗歌梦想的十年远游，迟子建和范稳则是出生成长环境带来的特殊际遇。但他们的文化体验都具有跨文化、跨族群体验的属性，因为"一个民族文化相对于另一个民族文化来说，就是一面镜子……民族文化与民族文化之间的语言、审美形态与道德伦理在本质上有着共通性与差异性，文化与文化之间相互为镜，当一个民族文化的形象投射在另一个民族文化之镜上，正是由于异质文化之间的差异性所在，一方投射在另一方文化之镜上的形象立刻在反差中呈现得更为本真、通透与明澈"。[①] 汉族作家通过自己的跨文化体验，与边缘少数民族文化与文明有了真切的接触，发现了其中的意义、思想和诗性，获得了反思既有文化观念的眼光和视野，为他们的创作提供了重要的精神资源。作家范稳多年行走在世界闻名的"三江并流"（澜沧江、金沙江、怒江）地区，这里并存着藏传佛教、纳西东巴教、天主教、基督教、汉传佛教、道教、伊斯兰教以及萨满教等数种信仰，这种处于多种文化交汇的中间地带的体验让范稳认识到："不同的民族文化之间在坚守中又不断地吸纳其他民族文化的长处，或者在无奈中被改变，或者在坚忍中默默地拒绝。"[②] 他认为这从某种意义上代表了中国当代文化发展的现实。有了独特的跨文化体验，范稳自信"一个汉族人完全可以写出地道的藏地小说。这不仅仅是一种挑战，更多的是在学习一个民族的历史与文化"。[③] 他在"藏地三部曲"中，试图揭示不同文化元素在澜沧

---

① 杨乃乔：《论比较诗学及其他者视域的异质文化与非我因素》，《北京大学学报》2007年第1期。
② 范稳：《神山的守护者》，《社会观察》2011年第9期。
③ 《中国青年报》2004年3月6日。

江峡谷和谐相生的奥秘，探索不同民族与自己民族和其他民族信仰文化之间的复杂关系，完成了自己文化基因的转体，"成为一个承载了藏族、汉族、纳西族三民族，天主教、喇嘛教、东巴教三宗教的'大使'"。①

第一节 汉族作家的民族语言文化体验

在我国，不仅汉族作家运用汉语进行创作，很多少数民族作家也使用汉语创作，造成后一种创作现象的原因很复杂，有些少数民族既有语言也有文字，如蒙古族、藏族、维吾尔族、锡伯族、朝鲜族一直有自己的语言和文字，但这些民族的许多作家仍然使用汉语写作，其中很知名的像藏族作家扎西达娃、阿来，蒙古族作家玛拉沁夫、郭雪波等；有些少数民族在当下仅有语言而无文字，只能用汉语写作，如回族的霍达、张承志。还有些少数民族曾经有语言有文字但现在仅有语言而无文字，也只能用汉语进行创作，像鄂温克族的乌热尔图就是汉语写作的少数民族的优秀作家。汉族作家的民族叙事作为用汉语讲述少数民族历史发展与文化进程的创作，在他们的跨文化体验中，首先是对不同民族语言文化的体验。语言文字作为人类思想承载物，是各民族文化形态的象征。恩格斯认为，民族的区分界限是由语言和共同感情来确定的。在中国这样一个多民族社会里，出自血缘、地缘、语言、宗教等因素的族性意识始终顽强地影响和支配着社会的交往和人们的情感。丹尼尔指出："一个个体从其他文化中学到的东西可能表明这一文化与他自己所属文化的联系，而那些属于他自己社会的、不能与其他社会共享的那部分思想和意志，便是一种文化屏障。语言，通常是文化屏障的一部分。"② 语言是作家赖以生存的基础，每一个试图成功地表现他民族生活的汉族作家，都必须打破语言之间的屏障，尽管他们的方式和途径各有不同。

在新疆生活了16年的老作家王蒙曾经自诩为维吾尔语的博士后，按照他的计算，两年预科，五年本科，三年硕士，三年博士，再加三年博士

---

① 杜士玮：《文化型作家范稳——与范稳谈〈水乳大地〉》，http：//www.chinawriter.com.cn。

② ［英］诺曼·丹尼尔：《文化屏障》，王奋宇、冯钢等译，浙江人民出版社1992年版，第8—9页。

后，就是整整 16 年。王蒙居住多年的伊犁巴彦岱是以维吾尔族为主的多民族聚居地，有着迥异于汉族的语言、文化和风俗习惯，只有学会维吾尔语才能迅速融进当地人的生活之中，王蒙对此深有体会："我靠学习维吾尔语在当地立住了足，赢得了友谊和相互了解，学习到了那么多终身受用不尽的新的知识，克服了人生地不熟的寂寞与艰难，充实了自己的精神生活。"[1] 在基本掌握了维吾尔语之后，王蒙在与维吾尔族人相处时也尽量像一个土著的维吾尔人一样尽义务和说话，到离开伊犁巴彦岱公社时，他已经可以任意推开某一个维吾尔农民的家门，如同自己的家一样了。维吾尔族是一个民族意识十分鲜明的民族，他们对自己民族的语言、文化有强烈的挚爱之情和依恋之情，掌握了维吾尔族语言的王蒙，他的审美情趣和叙事风格都隐现着维吾尔族文化和语言影响的印痕。同为作家的王安忆对王蒙民族叙事的异域风格极为欣赏，她认为其中"有波斯的语言风格，装饰性特别强，很华丽的，它就是阿拉伯过来的，是一种装饰文化，你看《在伊犁》里面人物说话，全都是废话，但是那么华丽的废话，我觉得他这个写得非常好"[2]。正如王安忆所言，《在伊犁》之所以成为当代文学民族叙事的标志性作品，就是因为王蒙从维吾尔族语言文化中获得了有益的启示、汲取了大量营养，锻造出了属于自己的华丽、幽默而又汪洋恣肆的语言风格，使它们既保留了时代特征和民族个性，也渗透了王蒙自己的审美情趣。特别是那些生动地表现了维吾尔族人的"塔玛霞尔"（诙谐、适意的意思）的语言，使这个民族的精神和灵魂在王蒙笔下得以复活和再现。获得茅盾文学奖的长篇小说《这边风景》，堪称王蒙民族叙事的里程碑作品，让我们截取其中的一个片段，加以分析和欣赏：四清工作组组长、汉族人章洋打算搬到维吾尔族人尼亚孜家去住，消息既出就在村里掀起了风波。尼亚孜在村里人们都称他为尼亚孜泡克，泡克是绰号，大粪的意思，此人说穿了就是一个二流子，现在堂堂工作组长要搬到他家住，村民们实在是想不通，其中以阿卜杜热合曼为首的四个白胡子老汉，围绕此事分别发表了他们的见解。第一个发言的是最年长的、八十多岁的老汉斯拉木：

---

[1] 王蒙：《我是王蒙》，团结出版社 1996 年版，第 89 页。
[2] 王安忆、张新颖：《谈话录》，广西师范大学出版社 2008 年版，第 206 页。

这个世界上，一切都是可能的，天上有多少星星，地上就有多少种人。有白天就有黑夜，有鲜花就有刺草，有百灵就有乌鸦，有骏马就有秃驴。章组长看中了尼亚孜，这也随他去吧……

第二个老汉面庞红扑扑、身材高大，他和蔼地说：

　　我们说尼亚孜是狗屎，可有人认为他是玫瑰呢。有什么办法呢？让他把这朵玫瑰花插在耳朵上吧，等弄脏了他的头颈他就会弄清真相的。小孩子们也是这样，你不让他玩火，他总是不行。等他烧了手，哭上一阵之后，就知道什么能玩，什么却不好玩了！

第三个是留着浑圆的美丽的白胡须的老汉，他说：

　　对于人们来讲，什么最糟糕呢？恼怒最糟糕。从恼怒中长不出一棵有益的青草。……譬如您养了一头奶牛，一天可以挤到十五公斤的奶。忽然，撞上了恶眼①，牛没有了，奶也就没有了。这当然是一个损失。如果您因而恼怒，您吃不好饭，您睡不好觉，您埋怨老婆，责骂孩子……这就是双倍的损失。

最后发言的阿卜杜热合曼一语惊人：

　　章同志是干部，是领导我们的。我们是革命先锋，是革命运动中打头阵的。这么说，我们怎么能眼看着章组长把手往火里伸而不闻不问呢？我们怎么能够不恼怒，不斗争，听其自然呢？②

　　几个维吾尔族老人站在各自的立场和角度表达了他们对汉族工作组长入住一个维吾尔族二流子家的看法，他们形象生动、从容不迫而又诙谐机敏的谈话颇有民间哲人的风度和睿智。在此，王蒙巧妙地将维吾尔族人的生活智慧和语言风格熔为一炉，以具有浓郁民族色彩和现实政治背景的话

---

① 维吾尔人认为人畜病灾是由于撞上了"恶眼"所致（小说原注）。
② 王蒙：《这边风景》（下册），花城出版社2013年版，第537—539页。

语方式，既讽刺了那个极左政治肆虐的时代，也刻画出鲜明的民族性格，强化了作品的民族意蕴。

作家迟子建幼年时就与鄂温克人为邻，耳濡目染着鄂温克族口口相传的历史和文化传承方式。由于这个民族只有语言没有文字，"说"成为他们最主要的表达和认知方式，那么，对于不懂鄂温克语言的汉族作家迟子建来说，她的跨文化体验便具有了双重边缘性。首先，迟子建进入鄂温克族文化内部的途径主要是通过阅读汉语记载的鄂温克族的民俗和历史资料，这种"他者"身份或多或少影响了她文化介入的深度，因为这个民族的口传文化积淀才是其精髓所在；其次，迟子建的田野调查虽然艰苦而细致，但主要依靠汉语记载一些随时捕捉到的鄂温克人的只言片语，也就是以汉语拼音标注鄂温克语言，很难观照这个民族语言文化的全貌。为此，迟子建在《右岸》的叙事中采取了以口述性和对话性来推进叙事的策略，表现这个民族迥异于汉族的语言文化特质。

迟子建以"讲"故事的方式（口述的方式）展开鄂温克民族百年历史的画卷。叙事者"我"是一个年届九旬的鄂温克族最后一位酋长的妻子，参与和见证了鄂温克族一个部落百年来发生的变迁。"我"既是鄂温克族文化的讲述者，同时也是传承者，"我"在讲述中不断引入大量鄂温克族独有的神话、故事、歌唱、传说等民间文化资源，借以展示这个有语言无文字民族的诗性思维，表现其民族文化的独特品格。"我"是听着尼都萨满的火神故事长大的，也耳熟能详萨满在各种婚丧嫁娶仪式上的神舞和神歌，其中神歌是鄂温克民族文化承传的主要方式。比如尼都萨满在达玛拉葬礼上的歌唱：

滔滔血河啊，
请你架起桥来吧，
走到你面前的，
是一个善良的女人！
如果她脚上沾有鲜血，
那么她踏着的，
是自己的鲜血；
如果她心底存有泪水，
那么她收留的，

也是自己的泪水!
……

  这首歌和鄂温克族关于"血河"的传说有关,是讲一个人离开这个世界后,在去往幸福世界的途中,要经过一条很深很长的血河,这条血河是考验死者生前行为和品德的地方。简而言之,善良者将会经过血河上浮现的桥平安经过,作恶者将会被血河淹没。显然,它蕴含着鄂温克族因果报应的思想观念,尼都萨满的歌唱既是一次民族文化的传播,也借此表达了他对达玛拉深沉的爱恋和对她亡灵的美好祝福。还有妮浩萨满在为熊而做的风葬仪式上常唱的祭熊歌谣,广泛流传于她所在的氏族,这首神歌将熊称为"熊祖母",将熊的眼睛称为"神灯",神歌明显源于鄂温克族"由熊演变为人"的历史传说,再次证明了鄂温克民族文化口耳相传的特点。可以看出,萨满神话是鄂温克族最具代表性的民族文化,它从古至今一直都是口头传承于该语族萨满之间。迟子建在小说中追求叙事的口述性,契合了萨满神话口头传承的"秘传"特色,也表现出作者引导读者认同这种文化的叙事意图,就像她在小说中所说:"当一个没有文字的民族消亡的时候,我们连触摸它的机会都没有,最原始的气息都不存在,这是一种悲哀。"[①] 小说中有一个在部落中长大的男孩西班,决心为自己喜欢的鄂温克语造出字,因为"这么好听的话没有文字,是多么可惜呀"。为了弥补这种文化失落感,迟子建在小说中借用了许多鄂温克独有的词语来推动叙事。例如"希愣柱""乌麦""乌力愣""额尼""阿玛""乌特",等等。一方面丰富了文学语言的表达,另一方面也流露出作者潜意识中的母语认同,为了避免汉语读者的阅读障碍,作者又不得不担当起翻译的角色,为每一个鄂温克语词做了汉语注解。这进一步说明了语言对作家写作的重要性。
  当然,语言并非进入民族文化、获得体验的唯一途径,懂藏语的汉族作家马原并未因此进入藏文化的深处。因为他始终坚持主流文化立场、以一种理性的审视的态度观照藏文化,如同他在小说《冈底斯的诱惑》中所说:"我不能像他们一样去理解生活。那些对我来说是一种形式,我尊重他们的生活习俗。他们在其中理解的和体会到的我只能猜测,只能用理

[①] 迟子建:《额尔古纳河右岸》,人民文学出版社2010年版,第236页。

性和该死的逻辑法则去推断,我们和他们——这里的人们——最大限度的接近也不过如此。"① 与马原的体验不同的是,出生于陕西的红柯对西部的方言土语更有兴趣,他熟稔西北五省方言的相似相通之处,他试图通过方言传达出西部人的本土体验,表现多民族地区文化的丰富性。他说:"我如此执迷于语言,与我的天性与成长结合在一起。"② 他把在小说中穿插方言,比喻为吃家乡饭,不仅解馋,还有淋漓酣畅之感。正因为如此,红柯在小说中十分珍惜使用方言俗语的机会,他尽可能选择一些富有西部人生命质感的词语,在造成陌生化的同时也增强了文本的表现力,比如喋(吃)、啖(狠吃狠打)、日塌(糟蹋)、瓜熊(傻瓜)、理识(理睬)、撵(追赶),等等,都有助于读者领略西部的豪爽、单纯、直率和朴实。还有一类是对人物的称谓,比如巴郎子(男孩)、儿子娃娃(男子汉)、阿娘(母亲)等,也隐含着独特的地域色彩,容易打动遥远的读者。当下的中国文学,方言写作几近绝迹,那么,在普通话写作中为方言保留一席之地,实际上意味着在主流文化的声音中融入地域文化的声音。因为"方言的功用在于精微地传达特别意趣,而作家使用方言不仅是要表达方言区人们独特的本土体验,更多地是以特殊的方式表达各地区、各民族人的普遍经验。……表达某种具有人类共通性的人生体验,使得这类人生体验的人类普遍性和各群体的独特性融汇起来"。③ 汉族作家的少数民族语言文化体验由此而显得弥足珍贵。

第二节 汉族作家的宗教文化体验

汉族作家在他们从中心到边缘的地理文化空间的转换过程中,不仅与各少数民族文化结下了深厚的渊源,同时也在各自不同的生命体验的基础上,获得了宝贵的宗教文化体验。中国的少数民族因为地处边缘,环境闭塞,文化水平相对低下,民众信教比较普遍。宗教信仰和宗教文化成为各民族文化的重要组成部分。有些地区甚至交汇并存着多种宗教文化,像滇

---

① 马原:《虚构》,《冈底斯的诱惑》,长江文艺出版社1993年版,第14页。
② 红柯:《文学的边疆精神》,《敬畏苍天》,上海人民出版社2002年版,第267页。
③ 王先霈:《文学对方言的保护作用》,《文学里的方言表达》,《中国艺术报》2012年2月20日。

藏交界地带既是中国与东南亚诸国的相接之处，又是西南多省交叉、结合和过渡地带，生活在这里的藏族、彝族、纳西族、回族、苗族、土家族、羌族等十几个少数民族不仅深受周边诸多民族文化的濡染，也受到邻近国家和地区的文化影响，他们的宗教信仰呈现出十分复杂的形态。在我国55个少数民族中，有些民族几乎是全民信教。比如藏族的藏传佛教信仰，藏族作家扎西达娃曾在他的中篇小说《西藏，隐秘岁月》里，揭示了藏传佛教在藏族民众中的影响，展示了藏族长期以来与神相依而存的生活方式和由此形成的思维习惯、情感世界。还有回族的伊斯兰教信仰，在张承志"以教的方式描写宗教"的长篇小说《心灵史》中，就有对穆斯林民族追寻信仰之根的生动、悲壮的叙写。有的民族虽然是多神信仰，但根据自身文化传承的特点以某个人作为神的代理和替身，比如范稳在《碧色寨》中就描写了彝族对"毕摩"的崇拜、迟子建在《额尔古纳河右岸》中着力展示了鄂温克族对"萨满"的崇拜，等等。在汉族作家的边缘文化体验中，宗教文化体验显然是最醒目、最有特色的一部分。

首先，汉族作家长期生活过的西北新疆、西南滇藏，甚或东北的大兴安岭地区，自古以来属于多民族聚居地区，虽然各民族的原始信仰和自然崇拜存在差异，但他们视一切生灵都为上天所赐，崇尚自然，普遍保留着原始宗教"万物有灵论"的思想观念。汉族作家的宗教文化体验首先是在大自然感召之下的体悟，他们敬畏神灵、敬畏自然。这是一种类似于宗教情绪的情感性体验，创作主体在体验中与自己心目中的神灵相遇，并在此基础上建立对人类终极意义的思考和追问。西美尔把宗教情绪视为宗教的内在形式，这形式必须与作为客体的宗教形式（教义和机构）区别开。具体说来，宗教情绪是给生命赋形的主体生命活动，它的产生，取决于生命的三种关系态度的转变，其中首要的就是个体生命与自然的关系。西美尔认为，宗教情绪的形成，在个体生命与自然的关系方面，是产生震惊感。[①] 西美尔所说的震惊感，在范稳的宗教文化体验中"是一次以心灵和肉体与自然和神灵贴近、交流的幸福之旅"。[②] 在迟子建那里则是相信自然的灵性，她说："大自然是这世界上真正不朽的东西。它有呼吸，有灵

[①] 参见西美尔《现代人与宗教》，曹卫东等译，中国人民大学出版社2010年版，第18—19页。

[②] 范稳：《雪山下的朝圣》，中国青年出版社2005年版，第11页。

性，往往会使你与它产生共鸣。很小的时候，我就有这种感觉了。"① 红柯的表达更为直白："在大漠深处，容易产生神秘的生命体验，我曾躺在戈壁滩上，那是准噶尔盆地的底部，天空低垂，离大地那么近，依稀能听见苍穹的声音，宁静中的天籁之音让人终生难忘，那时我就明白宗教的产生都有大自然的背景，佛教于南亚森林，基督教于地中海，伊斯兰教于大漠。"② 范稳多次沿着滇西北德钦穿越澜沧江峡谷、滇藏公路进入藏东南香格里拉藏区，在这个自然地理环境艰苦险恶、文化传统极其丰富和多样的地区常年游历，他从中看到了人类文明进步的痕迹，也看到了信仰的代价和力量。范稳虽然不同于磕着等身长头、穿越草甸翻过山崖、风尘仆仆的雪域朝圣者，但他却从肉体到灵魂都经历了异常艰辛的内转经和外转经体验，他用全部的身心匍匐在地，去谛听雪域文化神韵，并由此感受到了雪山神灵的庇护。范稳曾夫子自道说："当我每次觐见到卡瓦格博雪山的真容，虽然我不是一个藏族人，虽然我也不是一个虔诚的佛教徒，但我总能在一瞬间知道敬畏，心灵深处总是受到强烈的震撼和冲击。这座像父亲一样伟岸的雪山，这座千百年来雄踞在藏族人心灵里的神山，不仅仅是一个宗教的象征，更是一个血肉丰满、情感丰沛、悲心博大的神灵，庇护着苍生，滋养着这方水土，哺育出独具特色的民族文化。"③ 在《水乳大地》中，范稳通过来自法兰西的德芙娜小姐表达了他独特的体验和感受："峡谷两岸连绵巨大的山体和天地之间纵向排列的雪山是在传说中生长的令人敬畏的神灵，他们庇护着峡谷里的牛羊、野兽、青稞、麦子、男人、女人以及江边的盐田"，"仿佛创世传说中的世界刚刚在这里完成，而创世的祖先们，还隐匿在那人类永不可及的雪山之巅"。④ 就是在这样的环境下，法国传教士杜朗迪一心要传播上帝的福音，为此轻易地否定了藏传佛教的意义；在藏传佛教五世让迥活佛看来："你们并不了解历史悠久的藏传佛教对这片土地的意义。"为此，天主教遭到了来自藏传佛教的拼死砥砺；忠实的东巴教信徒纳西族人不但受到经济地位高于他们的藏族土司发动的

---

① 方守金、迟子建：《自然化育文学的精灵——迟子建访谈录》，《文艺评论》2001 年第 3 期。

② 张雪艳：《自然与神性的诗意追寻——红柯访谈录》，《延河》2009 年第 11 期。

③ 范稳：《像膜拜卡瓦格博神山一样膜拜自己的文化》，http://blog.sina.com.cn/s/articlelist_1263933800_0_1.html。

④ 范稳：《水乳大地》，人民文学出版社 2004 年版，第 77 页。

武力战争的威胁,还受到来自天主教神父的精神胁迫。在《水乳大地》里,三种宗教文化在峡谷里各自坚守着自己的信仰追求,经历了漫长的流血纷争,最终五世让迥活佛转世到东巴教祭司家中,九世松觉活佛转世到天主教民家中,藏民安多德做了天主教的神父。范稳以自己的宗教文化体验"写出了那种'族群'的存在方式——少数民族才有的那种生存信念和超越存在困境的那种意志力量",他的写作让人们发现"很久以来,中国当代文学没有人如此怀有激情地表达过宗教,也少有人如此热烈地描写那些荒蛮而瑰丽的大自然风光,更难得看到对生命与生命,与神灵的碰撞迸射出的火花。范稳的《水乳大地》给我们展现了这一切,我们还有什么苛求呢?这是文化、信仰与生命强力碰撞交合的瑰丽画卷,垂挂在当代文学荒凉的祭坛上,它是对一种生命史的祭祀,也是对一种宏大写作的哀悼"。① 学者陈晓明将范稳的创作置于中国当代文学的格局中认识和评价,无疑具有前瞻性和现实意义。同样,对汉族作家的民族叙事,我们也应该深入把握它在中国文学的总体发展中产生的积极影响以及带来的审美新质。

迟子建少年时曾跟随父亲走进鄂温克人居住的大山里拉柴,不止一次在粗壮的大树上发现怪异的头像,从那时起她开始真切地感知到森林里居住着鄂温克人敬畏的山神——白那查。在乡村度过的童年生活使她有机会设身处地体验人与大自然肌肤相亲的日子,体味原始部族对自然与神灵深深的敬畏与虔诚信仰,她说:"我常常觉得,一些民族宗教的产生,肯定来源于大自然的某种启示。"② 在为写作《额尔古纳河右岸》进行的田野调查中,她进一步走进了鄂温克人的世界,体会到这个民族"敬畏的是大自然的万事万物,敬畏一朵花不能随便去摘,树不能随便去砍,花是有神灵的,树是有神灵的,石头也是有神灵的……我去他们的部落里面,进去以后不可以大声说话,因为那里有神灵,你不能过于喧闹"。③ 她从不掩饰对鄂温克民族神化自然、神化动物的思维方式和生存方式的赞叹。她从个体生命与自然的关系出发去体认鄂温克人信奉的萨满教,认为"这

---

① 陈晓明:《〈水乳大地〉:文化碰撞与交融的画卷》,《中华读书报》2008 年 8 月 1 日。
② 张铃、迟子建:《要把一个丑恶的人身上那唯一的人性的美挖掘出来——迟子建访谈录》,《山花》2004 年第 3 期。
③ 迟子建:《鄂温克族视死亡为生命的另一种开始》,http: // phtv. ifeng. com/program/mrm-dm/detail_ 2012_ 04/30/14246872_ 0. shtml。

种宗教因为切近自然而呈现着浑厚、大气的特征"。① 她说:"萨满其实就是神灵,我敬畏神灵。"② 在小说《额尔古纳河右岸》中,迟子建以丰沛的笔墨塑造了两代萨满——尼都萨满和妮浩萨满的形象,生动地描写了他们与天地相通、能预知生死也能起死回生的超常法力和智慧。比如在营地搬迁时,骑着驯鹿的女孩列娜迟迟未归,女人们担心地哭了起来,尼都萨满却叹息了一声说"列娜已经和天上的小鸟在一起了"。果然,列娜被找到时,已经冻死在雪地里了。同样,猎民达西带着他的猎鹰寻狼复仇,一夜未回。营地的人们担心达西遭到不测,想把这个消息告诉尼都萨满时,却看见萨满已经在四棵松树间搭建墓葬。原来尼都萨满在深夜看见一颗流星从所在的营地划过,还传来阵阵狼嗥,他知道要走的人一定是达西,所以清晨起来,就为达西选好了风葬之地。萨满还忠实地承担着护佑族人生命的重任,负责向民众传达神的旨意,凭借法力祈求神灵为族群消灾灭祸,将人与神的世界紧密地联系在一起。在小说中,尼都萨满去世后,年轻美丽的妮浩披上了尼都萨满的神衣,作为先知,她知道每挽救一个生命,都必须牺牲自己的一个儿女,但仍然义无反顾地一次次敲起神鼓、唱起神歌、跳起神舞,保护和挽救族人与鹿群的生命,闪现着人性具有的牺牲精神和勇气。妮浩萨满身上神性的灵异在迟子建笔下也得到了生动的呈现。1988年,大兴安岭遭遇火灾,蔓延到鄂温克部族居住的额尔古纳河畔,政府出动直升机进行人工降雨。年老体衰的"妮浩就是在这个时候最后一次披挂上神衣、神帽、神裙,手持神鼓,开始了跳神求雨的……妮浩跳神的时候,空中浓烟滚滚……妮浩跳了一个小时后,空中开始出现阴云;又跳了一个小时后,浓云密布;再一个小时过去后,闪电出现了。……她刚做完这一切,雷声和闪电就交替出现,大雨倾盆而下"。③妮浩没有唱完她生命中的最后一支神歌,就倒在了雨水中,永远离开了这个世界。迟子建笔下的萨满,人性和神性达到了高度的协调和统一。他们身上有着儒家文化"知其不可为而为之"的入世精神,还闪烁着为了民族的利益不惜牺牲自己的殉道精神,萨满的形象再一次被赋予了强烈的现实感。迟子建认为,只要"在大自然里面,在青山绿水当中,神灵就会

---

① 胡殷红:《人类文明进程的尴尬、悲哀和无奈——与迟子建谈长篇新作〈额尔古纳河右岸〉》,《艺术广角》2006年第2期。
② 郭力:《现代文明的伤怀者》,《南方文坛》2008年第7期。
③ 迟子建:《额尔古纳河右岸》,人民文学出版社2010年版,第253页。

显现"。① 行走在人神之间的萨满,就是在赖以为生的自然环境里获得了超乎寻常的能力和禀赋。反之,迟子建坚信,在一个"不接天不接地,没有气场,没有灵性"的环境中,萨满的神性也就无从谈起。她由此认为:"宗教不是谁赋予的,而是在和大自然和谐共处过程中由神赋予他们的。"② 可以说自然就是迟子建的宗教和信仰。

其次,汉族作家的宗教文化体验,作为一种主体的生命活动,让他们从偶然的生存中获得了生命的意义感,确立了他们对生活的态度。并通过文学形式为这种跨文化生活体验着色,建构他们民族叙事独特的艺术世界。红柯是一个名副其实的关中子弟,他在渭河平原出生和成长。然而仿佛命中注定他不能成为一个纯粹的文人,"冥冥当中有一种看不见的神秘力量"③ 驱使着红柯在西域待了十年,由此开始接触大量少数民族的文化典籍,从《福乐智慧》到《蒙古秘史》、从《热什哈尔》到《突厥语大词典》,对《格萨尔王》《玛纳斯》《江格尔》等民族史诗更是爱不释手、耳熟能详。甚至在大漠瀚海,读《周易》、读老庄、读孔子、读《圣经》《古兰经》《金刚经》,等等。阅读之余,红柯在天山南麓的边陲小城过着一种简单沉静、宛若修行的生活,他坚持在零下35度的天气晨跑,洗冷水浴;一个人在沙漠里行走、冥想,产生神秘的生命体验;也在离海洋最遥远的黑山头上触摸到大海的气息……这种亦真亦幻的生活,显然与新疆浓郁的宗教文化氛围和独特的地域环境有关。新疆位于中国地理版图的最西端,自古以来就是多民族混居之地。这里辽阔的地域空间和"随畜牧,逐水草"的游牧生活方式,使各族民众不仅与大自然保持了亲近的关系,也养成了自身独特的宗教信仰和文明形态。伊斯兰教作为世界性的宗教之一,早在公元10世纪就传入新疆,并逐渐取代了其他宗教,深入新疆少数民族生活的各个领域。佛教在新疆也有1000年的历史,对这里的各民族人民产生了极大的影响。原始宗教萨满教的自然神观念和一些文化禁忌也依然保留在部分维吾尔族人的生活当中。儒家思想、道家文化也都在新疆广泛流传,与少数民族人民的生活关系十分密切。红柯居住的奎屯与乌苏草原相连,那里生活着的蒙古族,又使红柯对草原民族强悍的生命意志

---

① 郭力:《现代文明的伤怀者》,《南方文坛》2008年第7期。
② 同上。
③ 王德领:《日常生活的诗意表达——关于红柯近期小说的对话》,《小说界》2008年第4期。

和自由的生命形态表示了由衷的赞叹。他由书本而来的对少数民族的文化想象变成了亲身体验的现实生活，就像他说的那样，"在这里你会更好地理解宗教"，[1] 所以，红柯的兴趣点和关注点绝不在于研习某种宗教的教义、教规或形式上，而是宗教信仰对普通人精神世界的照耀。他将这些体验在小说中进行了诗意的呈现。在中篇小说《库兰》里，红柯写到了贫寒而整洁的塔兰其（维吾尔族）老人，他安详平和地守着一座破房子和满院的玫瑰，慷慨地拿出他所有的鲜奶和热茶招待哥萨克兵。这个在来访者看上去比俄罗斯最穷的农民还穷的长髯老人，谢绝了哥萨克兵的卢布，"老人说胡达派客人来看他，他要高兴好几天哩"。长篇小说《大河》中，红柯描写了一个没有姓名的穆斯林汉子，这个在旅途中正面向麦加做祈祷的回回，发现了打算投河自尽的兵团赤脚医生尉琴："回回汉子从羊皮袋子里掏出一个焦黄的干馕，往河里一丢，黄灿灿的馕漂在水上很快就大起来，很快就漂到跟前了，汉子捞上来，递给她。"回回汉子以最直接、最朴实的方式挽救了蔚琴，因为他知道胡达在天上看着，一个男人不能见死不救。红柯在这些外表普通平凡、生活单调清苦、内心从容平静的普通民众身上，看到了信仰在日常生活中的力量。在一次访谈中，红柯特别谈到了他对伊斯兰文化中"清真"二字的理解，在大西北，"清真的意识可以说根深蒂固。节制内敛是西北人的一大特色。纯净不等于简单，纯净的背后是一种大丰富，不是表层的，是内在的，心灵的，神性的"。[2] 这是红柯对西部文化内在特征的个人化理解。范稳的"大地三部曲"可以说就是他全部宗教文化体验的结晶，在纪实散文集《雪山下的朝圣》中，范稳对他多年来和藏传佛教徒们一起去神山朝圣、一起转经的体验做了翔实的记录，他坚信"有信仰的生活让人心灵宁静"，[3] 他在藏区发现了一个现象：没有信仰的人看有信仰的人，目光中充满好奇，有信仰的人看没有信仰的人，目光中流露出悲悯。尽管现实生活中的范稳是一名受洗了的天主教徒，但并不影响他站在一个人文知识分子的立场上去感受各种宗教文化的魅力，并以多元性和开放性的视野去观照现代人的生活和精神世界。

---

[1] 李建彪：《绝域产生大美——访著名作家红柯》，《回族文学》2006 年第 3 期。

[2] 王德领：《日常生活的诗意表达——关于红柯近期小说的对话》，《小说界》2008 年第 4 期。

[3] 范稳：《和余梅女士关于"藏地三部曲"的访谈》，http：//blog.sina.com.cn/s/articlelist_1263933800_0_1.html。

常年置身藏区，范稳深感这里"每一座山都是神山，每一个湖泊都是圣湖，都是有传说，有神位，甚至有化身。像梅里雪山，它的化身就是一个白盔白甲的战神，它还有妻子有情人有孩子。藏人到了这个山上，对它毕恭毕敬，不许打猎不许喧哗，不许说亵渎神灵的话。他们的生活周围是充满了神灵的。哪怕到了今天，他们也打手机也看电视，活佛开着三菱车，但他们还是崇拜他们的神"。① 在《悲悯大地》中，范稳别出心裁穿插了六篇《田野调查笔记》和三篇《读书笔记》，都是他在现实中采访到的人物和故事，试图以这种方式将自己的宗教文化体验传达给每一个读者。比如在写到打破生死界限的"回阳人"都吉这个人物时，范稳插入了他的"田野调查笔记（之二）"，在西藏人看来，生和死是相通并相连的，就像江河里的波浪，生和死不过是同一个波浪在转换和涌动。有的人便充当了阴间与阳界的信使，他们从死亡中回来，告诉人们阴间的讯息，藏人称他们为"回阳人"。范稳把自己在藏区和"回阳人"打交道的真实经历穿插在小说文本中，试图告诉读者，这种堪称奇迹的真实故事，也只能发生在藏区神灵出没的土地上。范稳强调说："学习一下人家对待死亡的态度，也许会让我们在面对死神时更有尊严。"② 也就是说，在藏区的宗教文化体验影响了范稳对现实生活的态度，使后者具有当下性和日常性。

第三节　汉族作家的跨文化体验与创作心理

　　汉族作家从不避讳自己的跨文化背景，或者说他们的民族叙事就是充分利用了这种独特的跨文化体验而形成了作品的内涵和风格。汉族作家由于出身的原因深受汉文化的滋养，特殊的人生际遇和生活经历又使他们一度或长期生活在"汉与非汉、边疆和中原"③ 之间的文化夹居地带，由于"一切文化都你中有我，我中有你，没有任何一种文化是孤立单纯的，所

---

① 田志凌：《被西藏的信仰震撼——访作家范稳》，《南方都市报》2006年12月11日。
② 范稳：《悲悯大地》，人民文学出版社2006年版，第90页。
③ 参见徐新建《多民族文学研究的"第三条道路"——"文化夹居者"的自我探寻》，《百色学院学报》2013年第1期。

有的文化都是杂交性的,混成的,内部千差万别的",① 这就使汉族作家的文化身份呈现出动态的、复合的特征,他们的创作也因此具有跨文化的多变性和差异性特点。"文化身份"(Cultural identity)"是特定文化中的主体对自己文化归属和文化本质特征的确认"。② 对于曾经生活在跨民族跨地区的汉族作家来说,都面临着如何在异己的语境里保持自己的文化传统以及如何与所在地区的文化交融并产生出新的文化习俗和认同的问题。比如出生于南京的汉族作家张贤亮(已故),由于家庭出身和历史原因,他18岁时迁徙到地处大西北的回族之乡——宁夏,从此浸淫着西夏文化和伊斯兰文化的因子,他的《绿化树》《河的子孙》和《我的菩提树》等作品都塑造了一系列具有鲜明民族气质和个性特征的回族人物形象,他的"无差别"境界说也充分说明了全球化时代身份是一个越来越开放的命题,是一个在建构过程中的命题:"坦率地说,前面所说那些典型人物……我丝毫没有感觉到他们的民族属性和我有什么不同……我生活在现实社会,每一个和我发生各种不同关系的人……在我的眼睛里,首先都是'人',仅仅是'人'。其他方面的一切社会属性和传统文化属性,我都将其放在'人'的定义上去评价。"③ 显然,张贤亮一方面对现代人生活和精神世界给了多元性和开放性的理解和表述;另一方面,他强调了一种普遍化的身份观,即文化身份的稳定性和连续性。而在自认为是"肉体和精神的双重混血儿"的作家阿来那里,他身栖汉藏两种文化的交界处,既是一个用汉语写作的藏族人,也是一个在主流文学圈内失却了母语和文字的边缘创作者,他说:"因为这个原因,我的感情就比许多同辈人要冷静一些也复杂一些。所以,我也就比较注意不同民族不同文化的冲突、融汇,从而产生出的一种新的有鲜明时代性,更具有强烈地域色彩的文化类型或亚文化类型。"④ 那么,汉族作家的跨文化体验作为对汉族主流文化之外的少数民族文化的独特参与和感悟过程,首先是一个寻求和发

---

① [美]爱德华·萨义德:《文化与帝国主义》,王现译,生活·读书·新知三联书店2003年版,第293页。
② 刘俐俐:《汉语写作如何造就了少数民族的优秀作品——以鄂温克族作家乌热尔图的作品为例》,《学术研究》2009年第4期。
③ 张贤亮:《我的"无差别"境界》,《民族团结》(特刊)1998第9期。
④ 转引自徐新建《权力、族别、时间:小说虚构中的历史与文化——阿来和他的〈尘埃落定〉》,《西南民族学院学报》1999年第4期。

现差异的过程。红柯就清晰地认识到伊斯兰文化和中原文化之间的强烈反差，他说："大漠几乎没有弱者的地位，……西域大地从本质上选择的是强博的生命，……诸种民族在不同的时期上演各自的创世神话。我从当地土著居民以及兵团农工身上深切的感受到这种特质，这在中原地区很少见。"① 在这种带有文化批判性质的比较和思考下，红柯宣称自己是一个草原哈萨克，他开始以全新的眼光去观照民间，进而使自己的创作获得了现代性品格。迟子建在谈及她的《额尔古纳河右岸》时这样说："首先我要把自己变成一个鄂温克老女人，……好在我熟悉那片山林，也了解鄂温克与鄂伦春族的生活习性，写起来没有吃力的感觉。"② 这种自觉和自信显然也是源于她独特的成长经历和文化体验。与其他汉族作家相比，迟子建的跨文化体验可以说是与生俱来。在她生长的小城，虽然只有十多万人口，却有汉、蒙古、回、满、朝鲜、鄂温克、鄂伦春、锡伯、土家等11个民族，地理位置的边缘和民风的淳朴在这里达成了奇妙的结合，"我从他们身上，领略最多的就是那种随遇而安的平和与超然，这几乎决定了我成年以后的人生观"。③ 成为作家之后，迟子建始终认为她最初的文学训练就是来自向他人转述外婆的故事，她仍然把儿童时代听乡里乡亲讲述神话鬼怪故事视为她最初的也是最重要的民间文化熏陶。这种自发的民间立场与民间情怀，使她格外关注那些在全球化进程中行将消亡的弱小民族及其文化，她认为："人类文明的进程，总是以一些原始生活的永久消失和民间艺术的流失做代价的。……真正的文明是没有新旧之别的。"④ 她对鄂温克族的文化人类学调查，强化了自幼年以来对民间的情感和文化认同，并将自己艺术选择的天平毫无保留地向着民间倾斜。范稳长期在滇藏地区进行田野调查，他发现，在西藏"每一座山都是神山，每一个湖泊都是圣湖，都是有传说，有神位，甚至有化身。像梅里雪山，它的化身就是一个白盔白甲的战神，它还有妻子有情人有孩子"。⑤ 范稳通过他的"藏地三部曲"成功地"完成了自己文化基因的转体，成为一个承载了藏

---

① 红柯：《敬畏苍天》，上海人民出版社2002年版，第339页。
② 郭力：《现代文明的伤怀者》，《南方文坛》2008年第7期。
③ 迟子建：《寒冷的高纬度——我的梦开始的地方》，《小说评论》2002年第2期。
④ 郭力：《现代文明的伤怀者》，《南方文坛》2008年第7期。
⑤ 田志凌：《被西藏的信仰震撼——访作家范稳》，《南方都市报》2006年12月11日。

族、汉族、纳西族三民族，天主教、喇嘛教、东巴教三宗教的'大使'"。①显然，独一无二的跨文化体验，是汉族作家的民族叙事的创作动力和资源。我们需要进一步探寻的，是汉族作家的跨文化体验对他们的创作心理产生了哪些影响，又是以何种形式在他们民族叙事的作品中得到了反映。

一 浓厚的民间意识

汉族作家在他们的跨文化体验中，有幸吸收了各少数民族民间文化的元气，形成了各自同中有异的民间意识和民间立场。一方面，他们的民族叙事作品都自觉地站在民间的价值立场，摆脱了中国文学自80年代以来的浓厚的西方情结，将艺术的支点引向了民间，力图构建一个自成一体、充满诗性和民气的文学世界；另一方面，以各自不同的跨文化体验为基础，他们在开掘、借鉴和整合少数民族民间文化形态的过程中，或倾向于直接运用民间资源，对固有的民间文化传统和价值标准表示认同与肯定，以审美的笔调努力呈现民间生活"自在的原始形态"（陈思和语）；或倾向于将民间文化作为主流文化的参照系，以前者的自由和活力反衬后者的僵化与衰弱，在比较和批判中映射出少数民族的生命伟力。擅长描写政治主题的王蒙因政治获罪被抛入了社会底层，使他不自觉地开掘了民间的创作源泉，在他的政治智慧遭遇重创的年代里获得了民间智慧的润泽，从而为当代文学提供了《在伊犁》和《这边风景》这样的典型文本；让维吾尔族民间文化的审美意义得到了生动的呈现。王蒙民族叙事的背景是在"文革"特定历史时期，生产力水平的相对低下，决定了维吾尔族人简朴的生活和简单得不能再简单的财产。但他们仍然保留着热情好客、乐善好施的民风；没有读过书的穆敏老爹（《虚掩的土屋小院》）不仅行为端正清明，还能以充满哲理的话语安慰落难的作家"老王"："任何一个国家都需要'国王''大臣'和'诗人'，没有'诗人'的国家，还能算一个国家吗？"在穆敏老爹身上，颇有几分民间哲人阿凡提的影子。如同王蒙多次感叹过的："即使在我们的生活变得沉重的年月，生活仍然是那样强大、丰富、充满希望和勃勃生气。"②在王蒙笔下，维吾尔族人的乐观、

---

① 杜士玮：《文化型作家范稳——与范稳谈〈水乳大地〉》，《太原日报》2008年8月1日。
② 王蒙：《在伊犁·后记》，《王蒙文存》第8卷，人民文学出版社2003年版，第236页。

幽默和对生活不可救药的热爱,不断消解着"文革"极"左"政治对正常人性的压抑和扭曲。更为可贵的是,王蒙在他的民族叙事中,从未站在强势民族对弱势民族或者主流话语对边缘话语的前者立场上,以俯视、启蒙、教化后者的姿态出现,几乎没有掺杂知识分子立场,所谓民间立场莫过于此。红柯曾直言:"我的职业让我贴近大地,贴近民间。我的民间意识不是从民俗学、民间文学概论里来的,是我体验出来的。"① 正因为如此,红柯的创作回避了"知识分子的身份和传统",他讲述传奇人物和历史"更像是民间的态度"。② 比如他笔下的马仲英(《西去的骑手》) 就"是历史之外的野孩子,他纵马狂奔、放浪莽撞,我们无法看出他的方向,历史无法说出他的意义,他成了无关紧要的细节,被删去,被忘记"。③ 红柯却充分利用了这个人物在民间的影响和流播的美名,赋予他一个民族民间英雄所具有的全部气质,把他写成了耶律大石、成吉思汗、瘸子帖木儿等中亚草原英雄的最后传人。如果说,马仲英生逢乱世,又遭遇同族兄弟马步芳的欺凌以及父亲被军阀刘郁芬杀害等个人的坎坷命运,让他的揭竿而起和英雄梦想具有历史的必然性的话,在《乌尔禾》里,红柯聚焦于大漠深处的兵团农场和农垦战士,以更加贴近民间的立场,极富诗意地展现了普通人在恶劣的现实境遇面前,不曾泯灭的人性的理想主义。"乌尔禾"是蒙古语"兔子窝"的意思,居住在这里的人们也与动物同生共息。与动物一样,围绕着他们的只有广阔荒凉的大漠,但他们每一个人都以自己的方式坚守并追求自己的梦想,昭示着民间生生不息的生命活力。原名刘大壮的海力布,在抗美援朝战场上九死一生,争得了英雄的美名。但爬满刀伤的一张"吓人的脸"却使他难以在人前立足。于是申请来到新疆最遥远的乌尔禾军垦团场直至去到荒无人烟的戈壁滩放羊,因为在戈壁,刘大壮再也不用面对有没有女人跟他的问题了。表面上看,刘大壮的人生轨迹经历了从中心向边缘、从权力意识形态向民间意识形态不断转换甚至逃离的过程。然而,正是这个荒滩戈壁,没有世俗的偏见,没有人与人之间的钩心斗角,没有物欲的诱惑,让刘大壮的人性本质得到了

---

① 王德领:《日常生活的诗意表达——关于红柯近期小说的对话》,《小说界》2008年第4期。

② 李勇、红柯:《完美生活,不完美的写作——红柯访谈录》,《小说评论》2009年第6期。

③ 李敬泽(回族)、白草等:《关于〈西去的骑手〉的笔谈》,《回族文学》2006年第3期。

彻底的解放。他对待动物的善良，他处处替他人着想的牺牲精神，他的爱憎分明和豪迈强悍，在所有的人看来，都"太合乎蒙古人哈萨克人传统中的英雄形象了"，于是刘大壮成为了蒙古族传说中的英雄海力布。红柯说："在新疆，男儿并不是真正意义上的雄性，甚至算不上生理意义上的男人，新疆人的词汇里，男人总是跟血性跟强悍连在一起。"[①] 在红柯的意识中，并没有把刘大壮这个现代海力布当作英雄人物来写，他只是以诗意的笔墨描画出一个与现实世界截然不同的民间世界，让那里的每一个生命都得到自由的释放，都活得无拘无束、酣畅淋漓。有熟悉红柯的评论者指出："当他的生命纳入一种秩序时，他分外感到无序的重要，无序的舒展，这个时候，在文化核心地带对文化边缘地带的回眸，导致了红柯的感觉和想象力。"[②] 在当代文学的想象力日渐苍白的今天，红柯笔下充满民气的大精神大气象无疑为文坛注入了鲜活的气质。

二 自觉的生态环境意识

近十年来，自然生态和人类精神生态的双重危机在全球已呈蔓延之势，以关注人类与自然安康的生态文学应运而生并迅速兴起。他们将环境问题放到与人类生活、人类需求和人类问题同等重要的位置，在文学创作中，不仅关注我们所生活在其中的环境，更为关注如何从自然这个根源中探寻其与人类的和谐关系。汉族作家的民族叙事虽然尚不能划入生态文学的范畴，但其中蕴藏着丰富的生态思想，他们在创作中谴责了人类将自身利益凌驾于自然万物之上的环境理念，认同并尊重非人类生命的价值，把人看作生物共同体中的一员，流露出明显的保护生物共同体和谐的愿望。

由于汉族作家的自然体验不尽相同，他们的民族叙事在表现人和自然的关系以及自然之子对非人类生命的态度时也存在某些差异。反映在红柯的作品中，就是既重视自然万物包括动物的生命价值，也强调后者在自然生态平衡中的价值，同时还以丰富的想象力表现了作家理想中符合人性的生命状态，也就是人性与物性平等、和谐、相融的状态。红柯的长篇小说《大河》贯穿着老金一家与白熊的故事，人和熊置身于同一个自然环境，人希望具有熊一样的威武和勇猛，而熊则拥有和人一样的生活和情感世

---

① 红柯：《我的西域》，《中国民族》2001年第4期。
② 《回眸西部的阳光草原——红柯作品研讨会纪要》，《小说评论》1999年第5期。

界。红柯在小说中还借鉴了关于艾里·库尔班的传说,为熊和人的儿子赋予了英雄气概。在红柯笔下,草原上的孩子们可以和大树及老鹰对话,人死了也可以变成白桦树,人与自然万物是平等的,人性与物性是相通的,是可以自由交流的。另一部长篇《乌尔禾》以诗性的笔触描写了西域人对万物的爱戴与敬畏,在这里,人与兔子、骆驼、羊、草、月亮、太阳都息息相通,互相依存。怀孕女人张惠琴与同样蜗居在兔子窝的兔妈妈虽然无法以语言交流,但相通的母性使她们成了朋友,兔子成了张惠琴一家的朋友,陪伴他们度过了戈壁滩上寂寞而又快乐的时光。红柯认为:"人与物处于游离状态处于无机状态人就有危机感,人与物处于有机状态,物我为一,发生化学反应,且壮大自己提升自己,这是人应该过的生活。这种状态就是一种符合人性的生命状态……是人性的最高状态。"在他看来,与草原与万物融为一体的生活,就是对人性最大的解放。为此,红柯强调在文学创作中:"在人与物之间,不再把大自然作为背景作为风景,动植物应该成为一种精神存在,从背景走到前台。"[1] 这是红柯对高科技时代将人类生命体从有机状态沦为无机状态的一种反思,也是作家对自然万物应享有与人类平等地位的一种呼唤。迟子建从一开始走向文坛,就是一个自觉的大自然的歌者。由她的出身和成长经历所决定,她将自然放在她文学创作最醒目、最显赫的位置。从她的成名作《北极村童话》里便可见一斑:朴实的乡民们对自然生灵始终心怀敬重,"我"与名叫"傻子"的狗之间难以割舍的亲密关系,充满了作家对自然家园中万物平等的生态理想主义情怀。在迟子建民族叙事的"文本内部一般有这样一条思维链接:生态和谐→外力侵入(政治强权/现代化挤压)→神性消解→人性堕落→自然破坏→生态危机→人与自然关系重构"。[2]《额尔古纳河右岸》中的鄂温克族原意就是住在山林中的人们,在作家心目中,他们是离天地最近的民族。然而这个民族生活的领地却不断受到异族的入侵和内战、政治斗争、社会变革等现代化进程的影响。他们曾经被迫迁徙,留下充满血泪的历史记忆:"三百多年前,俄军侵入了我们祖先生活的领地,他们挑起战火,抢走了先人们的貂皮和驯鹿,把反抗他们暴行的男人用战刀拦腰砍成

---

[1] 红柯:《生态视野下的小说创作》(演讲稿),《青海湖》2010 年第 11 期。
[2] 黄轶:《生命神性的演绎——论新世纪迟子建、阿来乡土书写的异同》,《文学评论》2007 年第 6 期。

两段，对不从他们奸淫的女人给活生生地掐死，宁静的山林就此变得乌烟瘴气，猎物连年减少，祖先们被迫从雅库特州的勒拿河迁徙而来，渡过额尔古纳河，在右岸的森林中开始了新生活。"① 原先的十二个氏族只剩下了六个。额尔古纳河流域曾经森林茂盛，到处都是飞禽走兽，鄂温克人在这一代游猎，他们住在用落叶松木杆搭成的希愣柱里，夜晚可以透过希愣柱尖顶的小孔看星星。生活中的鄂温克人使用自己编制的桦皮篓、桦皮船，穿狍皮靴子戴狍皮手套，喝驯鹿奶和桦树汁。冬天去冰封的额尔古纳河里捕获带着细花纹的蜇罗鱼，夏天则在有星星的夜晚去猎堪达罕。这种带有原始气息、静谧祥和、绿色环保的生活却因现代工业发展导致的对山林的毁坏性开发而受到严重破坏，松树遭到砍伐，喜欢吃松子的灰鼠越来越少；植被遭到破坏，驯鹿找不到可食的苔藓，面临死亡的威胁。原有的生态系统被破坏，意味着以狩猎为生的鄂温克人失去了赖以生存的自然环境，逐渐陷入了无家可归的尴尬境地。然而政府派来的人却将盲目追求现代化造成的生态危机归咎于驯鹿，认为驯鹿游走时会破坏植被，使生态失去平衡，要动员猎民和驯鹿一起下山。迟子建在小说中借人物之口表示了愤慨和质疑："我们的驯鹿，从来都是亲吻着森林的，我们与数以万计的伐木人比起来，就是轻轻掠过水面的几只蜻蜓，如果森林之河遭受污染，怎么可能是几只蜻蜓掠过的缘故呢？"② 的确如此，与自然融为一体的鄂温克人，在多年的山林生活中，早已领悟了自然的秩序，遵从自然的规律，养成了自身独特的生态保护意识。迟子建在小说中就是通过鄂温克人失去生态家园的悲哀和无奈，表达她对人类因不正确的发展观导致的生态破坏的忧思；同时，她还通过鄂温克人与自然平等和谐的关系，试图反思人类文明进程中人性的得失，寻求挽救生态失衡的路径和人与自然关系的重构。汉族作家的民族叙事倾向于站在自然为中心的立场上，最大限度地展示自然界各类生命与人类的精神生态的交互关系，表现出深切的生态伦理意识，传达了他们追求和谐生态、诗意栖居的人文理想。

---

① 迟子建：《额尔古纳河右岸》，人民文学出版社2010年版，第12页。
② 同上书，第259页。

下编

作家篇

第一章

多民族文学视野下的红柯创作论

第一节 "文化夹居者"的精神之旅：当代多民族写作与红柯的少数民族叙事

新时期以来，我国多民族文学的发展始终遵循着以维护各民族人民最基本的和平相处的权利、丰富发展多元一体的中华多民族文学为主的创作宗旨，取得了日趋繁荣的创作成果并逐渐形成了一支由不同代际、不同族别、不同地域作家所构成的创作队伍，他们多向度的文学写作努力打通中心与边缘区域间的文化隔膜、让边缘异质话语不断融入主流话语，其多姿多彩、不拘一格的文学气质也不断展示出"边缘的活力"（杨义语），为当代小说提供了广阔而自由的天地。值得注意的是，一批具有"文化夹居者"[①]身份的作家构成了多民族文学创作队伍中的中坚力量。他们大多出身汉族或者深受汉文化的滋养，由于特殊的人生际遇和生活经历，曾经或一直处于"汉与非汉、边疆和中原"[②]之间的文化夹缝中，这不仅使他们的文化身份具有多重、复合的特征，他们的创作也因此呈现出多种文化因素杂糅的风貌。这种特殊的文化履历在当代右派作家群和知青作家群中显得尤为集中和突出，前者以张贤亮（已故）、王蒙等为代表；后者有张承志、马丽华、马原、阿来等作家。出生于南京的汉族作家张贤亮由于家庭出身和历史原因，18岁时移民地处祖国大西北的回族之乡：宁夏回族

[①] 此称谓由学者姚新勇提出，后由徐新建在《多民族文学研究的"第三条道路"——"文化夹居者"的自我探寻》中做了阐释，参见《百色学院学报》2013年第1期。

[②] 徐新建：《多民族文学研究的"第三条道路"——"文化夹居者"的自我探寻》，《百色学院学报》2013年第1期。

自治区生活，从此浸淫着西夏文化和伊斯兰文化的因子，他的《绿化树》《河的子孙》和《我的菩提树》等作品都塑造了一系列具有鲜明的民族气质和个性特征的回族人物形象，他的"无差别"境界说则明确道出了他开放的民族文化视野："坦率地说，前面所说那些典型人物……我丝毫没有感觉到他们的民族属性和我有什么不同……我生活在现实社会，每一个和我发生各种不同关系的人……在我的眼睛里，首先都是'人'，仅仅是'人'。其他方面的一切社会属性和传统文化属性，我都将其放在'人'的定义上去评价。"① 显然，张贤亮没有"以一种先在的民族意识对文学进行'群体区分'"，而是在"中华民族这一开放的民族文化与生活视野中，暂时'悬置'民族身份，突出个人生命体验在一定社会文化境遇中的艺术书写与语演"。② 同样，自认为是"肉体和精神的双重混血儿"的作家阿来，身栖汉藏两种文化的交界处，既是一个用汉语写作的藏族人，也是一个忘却了母语和文字的边缘人，他说："因为这个原因，我的感情就比许多同辈人要冷静一些也复杂一些。所以，我也就比较注意不同民族不同文化的冲突、融汇，从而产生出的一种新的有鲜明时代性，更具有强烈地域色彩的文化类型或亚文化类型。"③ 进入21世纪之后，活跃于文坛的红柯、范稳、迟子建等"60后"作家以他们跨地域、跨族群的独特的文化体验，接续了上述这条源远流长的文脉，在以《西去的骑手》（红柯）、《水乳大地》（范稳）、《额尔古纳河右岸》（迟子建）等为代表的反映边地各少数民族生活的作品中，强调和突出的是"中华文明的多元文化境遇中，各个民族的生存体验与生命意识在文学艺术上的多样态、多内容、多风格、多角度的行为与语言表达"。④ 他们的文学实践使当代多民族文学成为中华民族多元文化的具体展现。而在这幅由"文化夹居者"承传和创造的多民族文学画卷中，红柯的文学世界具有无可替代的重要性，这不仅因为他的异域体验及其所获得的意义、思想和诗性使他的文化认同呈现出明显的开放性特征；还因为他的少数民族书写为日渐萎靡的当

---

① 张贤亮：《我的"无差别"境界》，《民族团结》（特刊）1998年第9期。
② 荀强诗：《多民族文学史观：怎样的"多民族"与如何"文学"》，《苏州大学学报》2011年第5期。
③ 转引自徐新建《权力、族别、时间：小说虚构中的历史与文化——阿来和他的〈尘埃落定〉》，《西南民族学院学报》1999年第4期。
④ 《回眸西部的阳光草原——红柯作品研讨会纪要》，《小说评论》1999年5期。

代文学输入了一股久违的阳刚之气。

一 绝域中的大美——红柯民族叙事的审美追求

1996年，时年34岁的陕西作家红柯在《人民文学》上发表了他的短篇小说《奔马》，"很多文学界评论界的朋友都是忽然发现有红柯这么一个作者，都有一种很惊奇的感觉"。① 而此时红柯从事文学创作已有十多个年头，发表了80多万字的作品。但《奔马》是他西域十年回到故乡之后，民族叙事的一次成功尝试。紧接着，他的《美丽奴羊》《鹰影》《金色的阿尔泰》《库兰》《跃马天山》《西去的骑手》都将笔触伸向了遥远的新疆甚至整个西部，从蒙古族到哈萨克族维吾尔族乌孜别克族回族锡伯族，西域的众多民族都在红柯的笔下出现，他似乎有一个梦想，要用"草原给予生命的唯一的神力"来拯救现代都市人疲惫的身心，而之前漫长的文学创作之旅都仿佛是为这个目标进行的铺垫和努力。那么，在这样一个过程中，红柯经历了怎样的思考、怎样的积累和怎样的选择，才告别了诗人红柯成为小说家红柯，并最终以成功书写西域各少数民族成为著名作家红柯。对此，红柯说："我放弃诗歌选择小说的原因之一就是那些中亚各民族民间传说古歌古史吸引了我，改造了我。"② 从24岁到34岁，红柯最好的年华是在新疆的小城奎屯度过的，在那些"沐浴在完全不同于中原文化的西域瀚海"中，感受大漠雄风，喝奶茶食牛羊肉，阅读回族叙事长诗《马五哥与尕豆妹》、维吾尔大学者穆罕默德·喀什葛里的《突厥语大词典》、卫拉特蒙古人的伟大史诗《江格尔》的经历，使40岁迁移到都市西安的红柯骄傲地意识到："城市已经奈何不了我了。"③

新疆位于中国地理版图的最西端，自古以来就是多民族混居之地。以文化地理学的视野考察，这块地域的地理性、地缘性和社会性都异彩纷呈、生机盎然，充分显示了中华文化的多元性和兼容性。自古以来，这里辽阔的地域空间和"随畜牧，逐水草"的游牧生活方式，使各族民众不仅与大自然保持了亲近的关系，也养成了自身独特的宗教信仰和文明形态。原始信仰是新疆维吾尔先民信奉各宗教之前的信仰，比如萨满教就是

---

① 《回眸西部的阳光草原——红柯作品研讨会纪要》，《小说评论》1999年第5期。
② 王德领：《日常生活的诗意表达——关于红柯近期小说的对话》，《小说界》2008年第4期。
③ 同上。

维吾尔族乃至整个阿尔泰语系诸民族信奉了很长一段时间的宗教，伊斯兰教传入之后，萨满教逐渐淡出了维吾尔族人的生活，但萨满教的自然神观念和一些文化禁忌依然保留在部分维吾尔族人的生活当中。佛教在新疆也有近一千年历史[①]，对维吾尔族人的生活产生了极大的影响。伊斯兰教作为世界性的宗教之一，在公元10世纪传入新疆后，逐渐取代了其他宗教，以博大精深的伊斯兰文化深入新疆少数民族生活的各个领域。伊斯兰宗教典籍《古兰经》蕴含的崇尚武力、逞强好胜的观念与边疆广袤雄浑的土地融为一体，形成了伊斯兰文化有别于其他宗教文化的精神特质："他们世世代代依水而居，常常为了争夺水源、牧场而进行血腥仇杀，他们将彪悍、武力视为生存的保证，在其深层文化心态上，呈现出一种勇敢和冒险精神。"[②] 此外，儒家思想、道家文化也都在新疆广泛流传，与少数民族人民的生活关系十分密切。在天山脚下生活了十年的红柯，清晰地认识到伊斯兰文化和中原文化之间的强烈反差，他说："大漠几乎没有弱者的地位，……西域大地从本质上选择的是强博的生命，……诸种民族在不同的时期上演各自的创世神话。我从当地土著居民以及兵团农工身上深切地感受到这种特质，这在中原地区很少见。"[③] 对充满生命激情的少数民族文化、特别是伊斯兰文化中的刚烈、自由与血性的尊崇和敬畏，直接渗透和影响了红柯的文学审美取向："其特点是强悍、刚烈、壮美，表现出一种极致的生命之美"，[④] 在红柯的少数民族书写中，他更倾心于赞美后者散发的力量和壮美。

红柯笔下的西部，是地理和文化双重意义下的边陲，这里有一望无际的草原、人迹罕至的沙漠、一个礼拜走不出去的大戈壁和狭长的山道，大自然以逼近人类生命极限的酷烈主宰着每一个自然的生命。然而，红柯小说中的"哈萨克人身上的灯芯绒外套和皮大衣总是以轻蔑的神态面对太阳"，草原骏马以"健康而彪悍的声音"，如疾风如啸音呼啸而来又腾空而去的矫健成为大自然的英雄。在红柯的民族叙事文本中，无论是一匹

---

① 参见《中国各民族宗教与神话大词典》，学苑出版社1993年版，第595页。
② 张莉：《尚武的精神睿智的思维——希腊文化与伊斯兰文化的契合点》，《烟台师范学院学报》1999年第3期。
③ 红柯：《敬畏苍天》，上海人民出版社2002年版，第339页。
④ 白草：《刚烈壮美的长篇世界——试论红柯〈西去的骑手〉中涉及的文化系统及人物描写》，《回族研究》2004年第3期。

马、一头熊还是一棵树、一块石头,似乎都散发着使人敬畏的强悍而又神秘的力量,而所有彪悍和野性的力量都是值得尊敬和赞美的。《奔马》中自愿要求跑伊犁的司机,从抓住方向盘的瞬间就感受到"一股神秘的力量驱使汽车向前奔跑",司机不得不把汽车拐到一边让出一半官道:"那团混沌状态的风慢慢现出真形,由马鬃到马头马身马蹄直到圆圆的后臀,直到它有了奔马的形态和生命……"大灰马引领着汽车"摆脱了幼稚的青春期,声音变得沙哑起来,脖子上攀起坚硬的喉结,浑身上下散出一股邪劲"。虽然司机驾驶着钢铁铸就的汽车轧断了大灰马的一条腿,但在大灰马的神勇彪悍面前,人类仍然不是赢家。在红柯眼里,大灰马是人类无法超越的神骏,是草原给予生命的唯一神力。司机和他的妻子最终在奔马的力量和神韵中获得了精神和肉体的新生。同样,红柯笔下男人、女人、回民、红脸的哈萨克人,兵团垦荒人、草原牧民甚至路人,他们个个强悍有力、生机勃勃、桀骜不驯。他们亲近自然、带着草原河流的芬芳;他们热爱生活,性情豪爽、重情重义。请看《大河》里的一段故事。北京姑娘尉琴是阿尔泰山腹地的一名兵团赤脚医生,她沿着额尔齐斯河去寻找情人老金的踪迹,路遇一个风尘仆仆的回族穆斯林:

  满脸大胡子,高大魁梧,脸上的轮廓线把他与汉人区别开了,他面朝麦加的方向做祈祷,他睁开眼睛就看见脸色苍白的美丽女子深情地望着汹涌的大河,他就走过去了。

  "你跳河呀?"
  回回汉子从羊皮袋子里掏出一个焦黄的干馕,往河里一丢,黄灿灿的馕漂在水上很快就大起来,很快就漂到跟前了,汉子捞上来,递给她。
  "喋!喋!香得很。"
  油馕的香味全泡开了,油馕漂过的地方聚一大群鱼,鲤鱼、红鱼、五道黑,一大群鱼快要冲到岸上来了。
  "快喋,鱼抢哩。"
  大嚼大咽噎得翻白眼,她从来没有这么放肆地吃过东西。
  汉子掂起行囊往背上一抡,"胡达在天上看着,当着我的面跳河,不是日弄我哩嘛,你喋饱啦,估计不会跳河啦,我走呀!"汉子就走了。阿尔泰地方光线太好了,空气太透明了,汉子走了半天,背影还是清清楚楚的，咳嗽声都很清晰，汉子唱开了，唱花儿呢。

这个在尉琴眼里穿越国境做神秘生意的回族汉子在小说中只是一闪而过，甚至没有留下姓名，但因其自然、豪迈、无所畏惧而光彩熠熠，在书中留下了深刻的印记。《大河》中的老金也是一个女性眼中富有阳刚之美的男子汉，他自认为血液中流淌着熊的血液，于是冒着生命危险不断寻找并接近白熊的踪迹。正是在这个过程中，老金生命中的原始强力和野性得到了激发和释放，并以此征服了女医生尉琴。"在阿尔泰黄金草原如此辉煌的背景下，随着大峡谷而悄悄流动的清澈的大河，从灰蓝色岩石上起飞的猛禽，雌鹰和雄鹰，红脸膛的哈萨克汉子蒙古汉子和军垦汉子，辽阔谷地里闪动的马群，直直竖起的尾巴和圆浑浑的后臀"都足以唤醒人们心中沉睡的激情和饱满的生命原力。浸淫过草原文化的尉琴，日后成为了研究边疆史的女博士，她始终不能忘怀老金，很久以后"她这才明白十多年前在遥远的阿尔泰山，在额尔齐斯河畔这个汉子打开的生命世界有多么壮美，有多么辽阔"。在红柯大多数民族叙事作品里，既没有曲折复杂的故事情节，也缺少性格分明的人物形象，却有明显的以自然为主体的特点。

二 追求生命瞬间的辉煌——红柯民族叙事的英雄情结

英雄叙事是现代中国文学肌体中的一条有力的脉动。"五四"新文学以来出现的现代英雄人物，都被赋予了个性自由与人格独立的崭新精神内涵，也就是鲁迅在《摩罗诗力说》中提出的"贵力而尚强，独立自由之人道也"[1]的二者的统一与结合，表现了现代作家在追求精神之自由的同时对强悍生命力的激赏。从20年代鲁迅以《铸剑》为代表的对英雄人格的呼唤与张扬，到30年代左翼文学的英雄人物谱系，如蒋光慈的《短裤党》，再到新时期以来的寻根文学，从刘恒到莫言，他们对于"种的退化"和精神锋芒的丧失，开始有明确的觉察和思考。莫言在他的一系列作品中，执着地发掘民间蕴藏的强悍的生命力，塑造了一批野性十足的民间英雄形象。莫言认为："任何一种真正意义上的英雄，都敢于战胜或是

---

[1] 《鲁迅全集》第1卷，人民文学出版社1998年版，第81页。

蔑视不是一切也是大部分既定的法则。"① 因此，莫言笔下的人物都蔑视世俗法规，敢爱敢恨，听凭生命本能的召唤，活出潇洒，活出自由，活出人的尊严。在红柯的作品中，亦可发现他对英雄血性之气、对自由奔放生命的毫无保留的赞叹。红柯的英雄理念中，既有鲁迅式的"贵力而尚强"，也有莫言式的对原始生命力的呼唤。当然，要理解红柯的英雄理念，就要明确什么是他心目中的英雄。事实上，红柯心目中的英雄就是寻常的"儿子娃娃"（巴图鲁），他们天真淳朴，单纯明净，都是"从柔弱的草猛长成鹰"，他们也恰恰"都是世俗生活上的失败者、精神生活上的胜利者"。② 因此，红柯小说讲述的英雄业已远离了主流意识形态范畴里的英雄观，充满了草原民间文化的气质。特别是他以少数民族历史中积淀的英雄观和民间英雄观念作为重要的文化资源，充实了自己独特的英雄理念，并以此诠释他笔下的英雄人物。

红柯笔下的英雄人物，不分族别、不论尊卑，红柯凸显的是他们酣畅淋漓的生命元气和向死而生的生命意志。他们是《金色的阿尔泰》里身经百战、濒临死亡时被蒙古族妈妈用桦树皮和奶子救活的汉族营长，是《乌尔禾》里命运坎坷、处境艰险却依然闪烁着人性光芒的硬汉子海力布叔叔，是《大河》中的勇敢地垦荒者老金。当然，最能表达红柯英雄理想的莫过于作家在中篇小说《跃马天山》和长篇小说《西去的骑手》中塑造的回族民间英雄马仲英的形象。历史上的马仲英本是20世纪30年代西北的传奇人物，17岁在河洲揭竿而起，向西北军阀冯玉祥宣战，一时英名大振，民间称其为"尕司令"。马仲英一度被蒋介石封为中央陆军新编第36师师长，28岁时在苏联神秘失踪。红柯最初关注马仲英是在大学时代，从开始酝酿到作品问世，中间经过了15年的时间，直到他离开西域回到陕西才开始动笔。"有了比较，有了距离，有了反差，西域、中亚、西亚的文化，包括回族的伊斯兰文化与汉文化相比，优点就更突出了。"可以说，这个充满血性的民间英雄伴随了红柯人生最重要的一段成长历程。在《西去的骑手》中，红柯以浪漫主义想象开掘了马仲英身上酣畅淋漓的生命元气，在他如疾风闪电般短暂的一生中，致力于"帮助桑梓的父老兄弟姐妹摆脱旧势力的压迫"，在外患日益逼近，内政日益腐

---

① 莫言：《写给父亲的信》，春风文艺出版社2003年版，第103页。
② 李建彪：《绝域产生大美：访著名作家红柯》，《回族文学》2006年第3期。

败，卖国贼无耻地出卖祖国，日本帝国主义毫无忌惮侵占我国领土的危急关头，马仲英坚定不移地带领民众维护国家领土完整，抵御外国侵略，试图寻求一条真正的光明之路。卡莱尔认为："一个英雄具有的第一个特性，即我们所说的他的整个英雄主义的第一个和最后一个特性、始点和终点，就是他通过万物的表现而洞察万物。"① 马仲英正是听凭智慧和良知的召唤，洞察到人类自由、和平的必然发展趋势，从而超越了狭隘的民族意识和宗教信仰的局限，成为一个坦荡豪迈、百折不挠、崇尚自由、向死而生的英雄人物。这个人物形象固然是红柯浸淫了穆斯林精神信仰和文化习俗的结果，但更是他对西部精神和民风的一曲颂歌，红柯一直认为"马仲英的题材属于西北多民族的民间世界里的东西"。在谈及远赴新疆大漠深处的选择时，红柯多次说过："我们家里似乎有在少数民族地区工作的传统。我祖父抗战时在内蒙古待了八年，父亲二十世纪五十年代在西藏待了六年……我从小就听说了许多少数民族的故事。"② 红柯两度书写马仲英的形象，最终完成了一部真正意义上的西部民间英雄史诗。

由于马仲英本身的经历和结局就充满了传奇和神秘色彩，具有卡莱尔所认为的英雄的存在形式："不知从何而来的激励他的神秘感，神秘的见解和冲动。"③ 所以引发了历史学家、文学家们的言说兴趣和创作欲望，瑞典著名探险家斯文·赫定在《马仲英逃亡记》一书中曾有过如此描述："所有的人都在谈论着他，但是，真正见到过他的人，却寥寥无几；人们都在谈论他穿越沙漠时惊人的快速强行军，但是，谁也不知道他这个人在哪里；他像流星似的驰过荒野和草原，而他的行迹所到之处，迸发出来的是火与血。马仲英像闪电似的飞驰而过，并且消失得无影无踪。他像一股狂风，人们只听到它的声音却不知道它的来龙去脉。"④ 但红柯在以神奇的想象和浓厚的英雄氛围烘托马仲英短暂的一生时，尤为珍视这个河州少年与中亚大漠草原文化融为一体的坦荡、豪迈与真诚，让他与盛世才的狡

---

① ［英］卡莱尔：《英雄和英雄崇拜》，张锋、吕霞译，生活·读书·新知三联书店上海分店1988年版，第122页。

② 李建彪：《绝域产生大美：访著名作家红柯》，《回族文学》2006年第3期。

③ ［英］卡莱尔：《英雄和英雄崇拜》，张锋、吕霞译，生活·读书·新知三联书店上海分店1988年版，第41页。

④ ［瑞典］斯文·赫定：《马仲英逃亡记》，凌纯颂、王嘉琳译，宁夏人民出版社2003年版，第274—275页。

诈和阴鸷形成了鲜明的对比,这样"一种深刻、伟大、真正的真诚,是一切有英雄业绩的人们的首要特点"。① 在马仲英身上不仅流淌着西部大自然孕育的生命之美,也蕴蓄着伊斯兰文化、草原游牧文化和西部精神的磊落血性。前者是英雄诞生和纵横驰骋的自然环境,后者是英雄成长的文化摇篮。马仲英作为西部山川河流之子,险峻的自然环境造就了他顽强的生命意志和坚忍旷达、粗犷豪放的人格风范,"大戈壁、大沙漠、大草原必然产生生命的大气象,绝域产生大美,而马仲英身上体现的正是大西北的大生命"。红柯对民族英雄岳飞的评价,或可以帮助我们进一步理解他的英雄理念,他说:"岳飞最感人的不是'饥餐胡虏肉',不是'迎二帝',而是'还我河山'……河山之美远远超过母亲刺在他身上的'精忠报国'。"② 虽然红柯对马仲英这样的英雄之于时代进步的作用是肯定的,但他并不想营造一个尼采所呼唤的"超人"式的英雄,或者是以传统意义上的所谓"胜者为王,败者寇"为取舍标准论英雄,他要通过马仲英去抒写西北男人的心灵与梦想,表现西北的民气,即他所谓的"大有为之气",红柯说:"在大西北,英雄的通俗说法是'儿子娃娃',男性与英雄同义。"③ 也就是说,红柯以伊斯兰文化和少数民族民间文化固有的英雄意识作为参照指向了儒家文化或者汉文化的衰弱和不足,他的英雄理念就有了不同寻常的现代内涵:它传递了作者对生命瞬间辉煌的渴望和向往,寄予着他对英雄的崇拜和呼唤。马仲英以战马和马刀对抗飞机和坦克,他的生命时刻都处于死亡的边缘,而死亡又是英雄必然走向的终点,是英雄最伟大的归宿。对马仲英的结局,红柯进行了浪漫主义和英雄主义的创造,马仲英最终死于苏联克格勃的投毒,魂归大自然,小说写道:

追兵到达时,大灰马驮着它的骑手跃入黑海。骑手没有咬开马脖子,药性大发骑手开始吐血。血落在马鬃上,威风凛凛。后来马消失了,骑手继续向黑海深处滑行,水面裂开很深很宽的沟,就像一艘巨轮开过去一样。后来骑手也消失了,骑手消失时吐完了所有的血,海

---

① [英]卡莱尔:《英雄和英雄崇拜》,张锋、吕霞译,生活·读书·新知三联书店上海分店1988年版,第73页。

② 王德领、红柯:《日常生活的诗意表达——关于红柯近期小说的对话》,《小说界》2008年第4期。

③ 同上。

浪轻轻一抖,血就均匀了,看不见了。骑手的血和骨头就是这样消失的。

在红柯的文本中,表现出将自然的力量与人的力量合二为一的叙事倾向,他把自然人性化,把人性自然化,自然是红柯笔下的英雄人物的生命力来源。马仲英身上所体现出的血性、硬汉气质和顽强的生命力量与西部大自然的雄奇、壮美、浩瀚、苍凉,奏响了人与自然的交响,使红柯的英雄理念得到充满诗意的张扬,也体现了当代知识分子对民间英雄的特殊的理解和把握方式。

第二节 草原民族的浪漫歌者:红柯与张承志创作比较论

20世纪80年代,回族作家张承志以一系列反映内蒙古乌珠穆沁草原生活的短篇小说充分展示了他的与众不同,成为当时最受关注的作家之一。他的《骑手为什么歌唱母亲》(1978年)、《阿勒克足球》(1980)、《大坂》(1982年)、《黑骏马》(1982年)发表之后分别获得了当时文坛最重要的小说奖项。[1] 在张承志之前,还没有哪一个作家执着地以本民族之外的少数民族生活为描写对象,并产生如此巨大的影响。直到90年代末,汉族作家红柯以西部草原游牧民族为背景的《奔马》《美丽奴羊》《吹牛》等短篇小说和长篇小说《西去的骑手》发表和获奖[2]之后,一举刷新了张承志此前开辟的创作领域,"给文坛,给九十年代小说创作带来了一种风暴,一种新的惊喜"。[3] 张承志是回族,红柯是汉族,他们以草原少数民族为描写对象的小说都超越了自身的族别,"切实展示在一个多

---

[1] 《骑手为什么歌唱母亲》获第一届全国优秀短篇小说奖,《黑骏马》获第二届全国优秀中篇小说奖,《阿勒克足球》及《大坂》分别获第一届、第二届全国少数民族文学创作奖。

[2] 《美丽奴羊》获1997年全国十佳小说奖,《吹牛》获第二届鲁迅文学奖,长篇《西去的骑手》获2001年中国小说排行榜长篇第一名,荣获首届中国小说学会奖,入围第六届茅盾文学奖。

[3] 《回眸西部的阳光草原——红柯作品研讨会纪要》,《小说评论》1999年第5期。

民族国家里文学的民族多样性这一特质"①,表现出多民族文学的多向性视野。在草原题材小说之外,两位作家以《心灵史》和《西去的骑手》为代表的回族书写再度引起了读者的广泛关注,张承志由于先在的血缘关系,在80年代后期彻底回归了母族文化,成为伊斯兰教哲合忍耶派的一名公开的教徒,《心灵史》就是他为母族奉上的一部泣血之作;红柯则在离开西域回到内地之后完成了《西去的骑手》,让一个被正史遗忘的回族民间英雄马仲英的形象进入了中国当代文学的视野。他们的回族书写进一步丰富了多民族文学的领域,他们因族别而生的不同的民族意识,也使他们的回族书写呈现出各异的创作风貌。

一 想象的异域:张承志和红柯的草原叙事

张承志始终自命为草原的义子,红柯也狂热地宣称自己是草原哈萨克。显然,对以蒙古族和哈萨克族等少数民族为主的草原游牧民族来说,张承志和红柯都是异族。他们既是草原生活的闯入者和书写者,旨在以自己的创作表达草原民族的历史和文化;同时他们又是草原游牧文化的旁观者,用外来人的眼光观察、描述和建构着他们理想中的草原世界。由于张承志和红柯都以诗歌创作开始步入文坛,诗人的思维影响了他们对小说文本世界的建构。张承志始终认为:"文学的最高境界是诗。无论小说、散文、随笔、剧本,只要达到诗的境界就是上品。"② 红柯也强调说:"我孜孜以求的文学梦想就是让灰尘和草屑发出钻石之光。"③ 在红柯的意识中,"文学要表达的就是心灵的内在需求"④,文学"是对生活的想象与变形……想象是通过记忆创造新形象的过程,是对现实的超越"。⑤ 他们的小说都表现出明显的淡化故事、注重意象的诗化追求,或者说他们的小说故事本身就是意象的体现。在以《黑骏马》《大坂》《顶峰》(以上为张

---

① 徐新建:《表述与被表述——多民族文学的视野与目标》,《民族文学研究》2011年第2期。

② 张承志:《张承志文学作品选集·散文卷》,海南出版社1995年版,第220页。

③ 红柯:《神性之大美——与李敬泽的对话》,《敬畏苍天》,上海人民出版社2002年版,第343页。

④ 王德领、红柯:《日常生活的诗意表达——关于红柯近期小说的对话》,《小说界》2008年第4期。

⑤ 李建彪:《绝域产生大美:访著名作家红柯》,《回族文学》2006年第3期。

承志作品)、《跃马天山》《库兰》《金色的阿尔泰》(以上为红柯作品)等为代表的草原题材的作品中,两位作家尤其表现了他们对自然意象的偏爱,诸如雪山、湖泊、大漠、戈壁、森林以及自然界的生物骏马、苍鹰、野驼等,是他们作品中出现频率最高、内涵最复杂的意象。曾有评论家指出,张承志小说"离不开两个极富象征性的意象,一个是骏马,一个是大坂,这两个意象都连接着英雄:骏马是英雄的坐骑,大坂白皑皑地耸立在那里,是英雄所要征服的目标。……骏马和大坂结合在一起,当然是一条英雄(或者说是勇士)的道路"。[①] 这是对张承志小说意象世界的高度概括,但事实上,在张承志和红柯的草原叙事中,由"骏马"和"大坂"为主导的意象所承担的叙述,远远超越了英雄和英雄之路所蕴含的文化寓意,它们既是整个草原游牧民族生活意志的外化表现,又承载了两位作者对人类生命过程的主观化思考和诗意注视,特别是在张承志的某些作品中,隐含着人类久居都市而想在大自然里得到休憩、灵魂得到净化的故事线索,这显然是一种超越族别界限的普遍精神追求。唯其如此,他们的草原叙事才具备了多民族文学的眼光和视野。张承志笔下的"黑骏马"(《黑骏马》)是流传草原的古老歌谣,也是主人公白音宝力格追寻理想的见证,还是构成回环咏唱的小说结构的主要线索;在《顶峰》中,彪悍忠诚的伊犁马陪伴主人铁木尔向着"大坂"——汗腾格里冰峰挺进,"马群似乎知道自己正在背道而驰,通晓人性地不嘶一声",当马群陷进齐胸的深雪无法继续前行的时候,它们的忠诚和勇敢依然激励着铁木尔独自向着雪线跋涉。张承志并不关心人物的结局或成败,他看重的是人类在征服"大坂"的过程中对自我的认识,对生命的完善。红柯的《库兰》秉承了《黑骏马》的想象力和形式感,小说以广为流传的蒙古民歌《成吉思汗的两匹骏马》贯穿始终,每一节诗歌和一章小说内容呼应,形成一唱三叹的小说旋律。库兰野马是贯穿小说的核心意象,它的后代蒙古铁骑曾经陪伴成吉思汗征服了欧洲大陆。神秘莫测的库兰野马一旦出现就以火焰一般燃烧的生命力征服了哥萨克的顿河马,它是"生下来就与荒漠为伴的自然之子,体魄强健,无忧无虑幸福美满,跨上骏马在无垠的原野上疾驰如飞"的马背民族强悍生命意志的象征,也寄寓了作家对自然生命力的想象,对自由生命形态的向往。《奔马》则以哈萨克骏马在草原上飞扬的气

[①] 邝新年:《张承志:鲁迅之后的又一个作家》,《读书》2006年第11期。

势反衬出人类精神的压抑和委顿,奔马的速度和激情激励着人去追求精神的自由,也赋予他们征服生命"大坂"的力量和勇气。两位作家还善于通过各种意象表达他们对外部世界的独特发现和顿悟,从而完成了他们对草原异域世界的诗意想象。

《辉煌的波马》(张承志)描写天山腹地一个人迹稀少的小村庄波马:"除了雪山、松林、山麓草原、冰融的河水、涌来的白云之外,什么也没有了",是"波马的落日"成就了波马的辉煌,作家透过人物的眼睛和感官极力渲染了波马的落日:

> 波马的太阳正在鲜艳的红霞中沉没。
> 我紧张地环顾四周,只见峻峭的冰峰变成了熔红的剑,山峦变成了蔓延的火,草原变成了鲜红波涌的一片大海。我的心里似乎也流进了那燃烧的红霞,它此刻正在我的胸腔里烧得凶猛。一天难道就是这样结束么?草原变幻的大画,巡视着草原和天山的太阳,还有生机勃勃的万物,难道就是这样终止么?

贫寒破旧的屋子和居住其中的人们在落日的余晖中显现出某种神圣的意味:

> 半埋在草滩里的那间歪斜的泥糊屋像是一只烧炽了的红岩。尖尖翘着的那顶三角毡帐篷变成了一柄火苗窜起的火伞。河床里奔走着浓红的熔浆,松木桥像烧掉了妆饰的灼灼钢骨。两个三岁的孩子惊奇地站住了,舒服欣喜地伸展着他们纤细的挂着霞火的手臂,像两块烧得发红的石块,像两只误入了火海的旱獭。两位长者凝视屏息地坐着,倚着他们各自的家。我猜他们一定也和我一样感到五脏六腑都在燃烧熔化,因为他们的前胸上也鲜艳地镀着金红的霞焰。

正如韦勒克·沃伦所指出的:"一个'意象'可以被转换成隐喻一次,但如果它作为呈现与再现不断重复,那就变成了一个象征,甚至是一个象征(或者神话)系统的一部分。"① 波马的落日作为统摄小说全篇的

---

① [美]韦勒克·沃伦:《文学理论》,生活·读书·新知三联书店1984年版,第204页。

意象，它远远超越了其现实的指向，为小说赋予了神话或寓言般的审美气质和哲学意蕴，"使人的心灵于辉煌的终止中静默、沉思，于辉煌中体味神圣，在终止中思考永恒"。[①]

《吹牛》（红柯）是一出"几乎无事的喜剧"，两个壮汉相约在大草原上比赛喝酒吹牛，在他们醉醺醺的感觉里，太阳、草原、女人、奶牛、草原菊都成了奇妙而相互重叠的意象：

> 太阳蹲在绿色草原上，草原亮堂堂的。太阳成女人了，太阳穿着红兜肚。
>
> 太阳的黄裙子拖在地上，太阳的手也是金黄的，在草原菊的花朵上，有一个红艳艳的牛奶头，太阳的金手紧紧攥着牛奶头，使劲捋，一道白线就出来了。

这是草原汉子对生命的感觉和激情，他们的生存方式由此进入了与天地相融的自由自在的境界。显然，张承志和红柯都善于在各种意象中灌注自己的情绪，但他们又不仅仅是在抒发情绪，而是通过传递自己对客观世界的独特感觉，使他们精心营造的意象世界产生了陌生而又具有冲击力的审美效果。

在意象化的叙事中，张承志和红柯草原小说中的人物常常被隐匿了姓名，张承志喜欢将人物简单地冠以"我"（《骑手为什么歌唱母亲》）或"他"（《绿夜》《美丽瞬间》），红柯则直接称他们为牧人（《美丽奴羊》）、猎手（《鸣泉》）甚至孩子（《鹰影》）、大学生（《紫泥泉》）等。人物不再是故事布局中的棋子，他们不论美丑、无关身份，都是创作主体诗情或诗思的承载者，对自然对生命都有诗人一样细腻敏锐的感受。"我"和"他"都与骏马为伴，常年驰骋着草原酷烈的风，血液中融进了马背民族独有的浪漫气质。"牧人"视草原如同生命的四季："春天，牧草如同少女"有浓烈的青春气息；"夏天，牧草茂密旺盛如少妇"；"秋天的草原是最耐人寻味的，就像观赏一个四十岁的妇人，本身就是一种享受"。"猎手"能听到大地从寒冬中苏醒过来之后地下泉水的鸣响之声。他们都拥有草原之子的灵性，用草原人特有的思维方式感知外部世界。这

[①] 蔺春华：《论张承志小说世界的色彩表现》，《兰州大学学报》2003年第5期。

种淡化情节、浓化意蕴,颇具主观性又富于启发性和感染力的叙事方式在张承志和红柯的草原小说中占了很大的分量,但并不影响两位作家以更为多样的抒情手法表达他们的心绪。《晚潮》和《鹰影》等小说就是以朴素的工笔白描手法显示了作家的艺术追求。在《晚潮》(张承志)中,我们看到一贯激情四射、将喜怒哀乐溢于言表的张承志,以冷静、朴素的笔触截取了一个牧民家庭晚间生活的片断,他们是生活在草原深处的一对母子,彼此之间的对话仅有4处,不足20个字:

"娘,"儿子低声唤了一声。
"喂,洗洗吧。"母亲说着,递过手巾。
"睡么?"母亲收拾着纺锤问道。
"嗯,睡呀。"儿子黑黝黝的肩头动了一下。

寥寥数笔,勾画了平凡人生中的无限亲情。张承志将更多的笔力用在对极其细碎的生活情境的摹刻和对人物心理感觉的勾勒上:

那人看见路边有块半埋在土里的石头,他停下了。坐下的一刹他听见身上的骨节嘎巴响了一声。浑身都酸疼得难忍。点火的时候,火柴棍一下子撞断了,他瞅见捏着半截火柴棍的手指头在哆嗦。黄昏的暮色还在继续朝原野上降临着,那白天里习惯了的嗡嗡锐响还在被什么推着,远远地朝田野尽头逝去。

繁重的劳动使草原上长大的汉子体会到生命中不能承受之重:"两腿像是里头断了腱子,踩出去总有点不稳,两个肩膀空得难受,手像是悬在一根细线上那样不自在,坠得难受……两只手上的指头一跳一胀的",然而踩着回家的路,目睹着"灰云封住的天空绽开了一个边角",听到两只同样回家的燕子清脆的鸣叫"他觉出自己的心情也正在放晴,原野上的风拂在脸上凉润润的"。

在这里,张承志把工笔的精细、白描的简洁完美地统一起来,没有借助任何渲染,就写尽了人物在生活重压下的艰辛和挣扎,流露出作家内心深切的悲悯情怀。尤其对于人物微妙的心理感觉的表现,有绘画所不能至的意境。小说因此具有深远的意境和丰富的精神指向,它"把人们审美感受中的想象、情感、理解诸因素引向更为确定的方向,导向更为明确的意念或主题"。① 红柯曾夫子自道般的以"外师造化,中得心源"道出了短篇小说《鹰影》的创作奥秘,与《晚潮》一样,《鹰影》属于情节简洁、人物简单的一类小说。从表层来看,它是一个关于生命的悲剧:父亲在孩子五岁时开着大卡车飞进天山大峡谷车毁人亡,留下孩子和母亲相依为命。成长中的孩子幻想能成为在草原上空翱翔的鹞鹰,不断模仿着鹰的动作:

>他展开双臂,身子缩在一起,墙上果然出现一只鹰的投影,翅膀慢慢旋转,鹰进入飞翔状态。孩子用摇晃表示这种迅猛的飞行……孩子的感觉里出现一只狼,孩子和他投射的鹰紧紧贴上去,孩子向他的鹰发出命令:"这回不用扎它的屁股,用翅膀拍它,看你能不能拍断它的腰,把它击毙在戈壁上?"

妈妈起初阻止孩子这种近乎疯狂的举动,她始终不能承受丈夫的死亡带来的毁灭性打击,可是在孩子对鹰的痴迷中,妈妈也感受到鹰从自己生命中的分化:"妈妈身上也有了一块鹰影。猛禽的翅膀从她身上展开。她摸自己的脸。眉毛在跳睫毛也在跳,像劲风中的牧草。"在阳光的照耀下,"她的投影变成了一只鹰"。妈妈开始理解了丈夫对生命自由飞翔的渴望,体会到死亡的美与高贵。红柯以其细腻的观察和描摹,让生活的真实与象征的幻觉结合得几无痕迹,意境与真实、情感和哲理达到了高度统一,在红柯的诠释中,死亡应该是生命永恒的飞翔。

综上所述,张承志和红柯通过他们的草原叙事建构了"一个和人们此刻现实不一样的世界",描写了"一些与人们身边人物不一样的人物"。② 他们的文学世界突破了单一民族的特色,具有多民族文学的视野。他们意象化的叙事风格不仅显示出少数民族文学表述方式的多样化,也为当代文学业已形成的叙事模式赋予了鲜活而久远的生命力。

二 本民族讲述与少数民族讲述:张承志和红柯的回族书写

于张承志而言,"回民长子"(张承志在许多场合都声称自己是回民

---

① 李泽厚:《美学三书》,天津社会科学院出版社2003年版,第16页。
② 徐肖楠:《想象与梦幻中的叙事——论红柯的小说》,《文学评论》2006年第2期。

长子）既是他的民族身份，也是他多重文化身份中最重要的身份。由于历史的原因，张承志的回族身份在他初登文坛的那些年被某种程度上隐匿了。但血缘上的先在性，使他虽然身处主流文化区域，却始终有一种躁动不安的情绪流淌在血脉中，促使他不断寻找业已失传的母语和信仰的真髓，他早期的回族题材小说，如《黄泥小屋》《九座宫殿》《残月》《西省暗杀考》等即是这种躁动心灵的外化。1990年，张承志以长篇小说《心灵史》，将中国伊斯兰哲合忍耶教派一段鲜为人知的痛史首次诉诸笔端。《心灵史》以坚韧刚烈的人格和悲壮惨烈的结局以及神奇的想象和激越的诗情，为20世纪末中国文坛的贫血症注入了新鲜的血液。和此前"跨族别写作"的多民族视野不同，《心灵史》标志着张承志回族身份的彻底复归和对母族历史文化的一次大规模书写，他的创作自《心灵史》开始也出现了彻底转向。十年后，红柯的长篇小说《西去的骑手》被视为"2001年重要的文化事件"，它让20世纪30年代西北回族民间英雄马仲英的形象出现在中国当代文学的视野之中。此前，除了瑞典探险家斯文·赫定在他的《马仲英逃亡记》（最早汉译本为宁夏人民出版社1988年版）中对这位少年英雄有过翔实的记载之外，见诸文字的仅有回族历史人物丛书《马仲英》（董汉河著，宁夏人民出版社1989年版）和新疆文史资料《马仲英在新疆》（汤永才主编，新疆人民出版社1994年版）等，"中国人似乎已经忘了马仲英，这位少年是历史之外的野孩子，他纵马狂奔、放浪莽撞，我们无法看出他的方向，历史无法说出他的意义"。[①]与回族作家张承志相比，汉族出身的红柯对回族历史人物的书写，主要彰显了他的多民族文化意识和文化选择的多元性。

如果说张承志和红柯的草原小说因其共同的多民族文学的深刻内涵，获得了在内在情致和审美趣味上的接近。那么在以《心灵史》和《西去的骑手》为代表的回族书写中，则表现出两位作家因民族身份和民族意识的不同而产生的文化选择和审美旨趣的相异。对于张承志而言，《心灵史》的书写是他对本民族历史和文化的血脉之根的一次追寻。张承志从儿时起就常常目睹外祖母独自面壁诵经的场面，小学时又从姐姐口中得知自己的伊斯兰教经名叫赛义德，这一切在他幼小的心灵中留下了深刻的记忆，他从此知道自己"血管里流着古代丝绸之路上的旅人的血"，并逐渐

[①] 李敬泽：《关于〈西去的骑手〉的笔谈》，《回族文学》2006年第3期。

认识到:"一个回族人心理上的关键也许不在于具体的信条即《古兰经》上的教训,而在于他宿命地走着一条特定的路。"① 因此当他一踏上大西北的土地,就立即在回族人民的生活历史中找到了心灵的契合点,找到了他为之献身的目标:"没有比这更值得献身的事了。我的心中只有这一片光明。"② 出生在陕西关中地区的红柯,去新疆后"开始接受不同于中原文明的另一种草原文明,可以说是脱胎换骨"③。他的生活和文学虽然与西域各少数民族建立了密切的关系,但他的文化身份和文化选择并没有因此而变得"混沌",红柯强调说:"在我的意识里,陕西与西域是一体化的。"伊斯兰教"在明朝就中国本土化了,产生了王岱舆刘智等回儒,早已成为中国传统文化的一部分"。④ 因此,无论红柯对伊斯兰文化的理解与认同有多么深切,都无法改变他的"中国文化"心态。他写回族英雄马仲英,开始时"并没注意到这是一个回族题材",而是被马仲英身上体现出的"大西北的大生命"所震撼,红柯"要写那种原始的、本身的东西。对生命瞬间辉煌的渴望。对死的平淡看待和对生的极端重视"⑤。由此可见,张承志是怀着教徒的使命感、责任感和狂热的宗教情绪揭示回族的苦难史,试图从伊斯兰宗教文化中寻觅心灵的净土;而红柯则是以大文化的视野追寻一种健康向上、富于朝气的生命意识和充满尊严、向死而生的英雄气概。

所谓民族意识,本质上是"对自己民族归属和利益的感悟",⑥ 是"人们对本民族生存发展、兴衰、融入、权利与得失、利害与安危的认识、关切和维护"。⑦《心灵史》是张承志作为回民长子其民族意识的彻底回归和燃烧,是他决意为本民族的历史和文化呐喊并奋斗的产物。张承志坦言:"我是决心以教的方式描写宗教的作家。我的愿望是让我的书成为哲合忍耶神圣信仰的吼声。"⑧《心灵史》以重笔渲染了哲合忍耶教徒的殉

---

① 赵玫、张承志:《荷载独彷徨》,《上海文学》1987年第11期。
② 张承志:《心灵史·后缀》,花城出版社1991年版,第304页。
③ 王德领:《日常生活的诗意表达——关于红柯近期小说的对话》,《小说界》2008年第4期。
④ 张雪艳:《自然与神性的诗意追寻——红柯访谈录》,《延河》2009年第11期。
⑤ 红柯:《西去的骑手》,云南人民出版社2002年版,第294页。
⑥ 王希恩:《民族认同与民族意识》,《民族研究》1995年第6期。
⑦ 熊锡元:《试论制约民族发展的几个重要因素》,《民族研究》1993年第1期。
⑧ 张承志:《回民的黄土高原》,青海人民出版社1993年版,第340页。

教精神，不遗余力地赞颂了他们的"牺牲之美"："牺牲之美的景象，早就随着精血生殖种进哲合忍耶的血液，印在他们的心中了。'束海达依'，殉教之路，这是虔诚举意祈求来的口唤；这是前辈流了血忍住苦好不容易才为自己挣下的色百布啊。"小说以哲合忍耶七代宗师传教的线索构成的七个悲壮的故事，生动诠释了张承志心中的"牺牲之美"。第一代教主马明心乾隆年间被杀害在城楼上之后，第二代教主平凉太爷为了将哲合忍耶的一脉生息传递下去，不得不隐藏身份，目睹无数哲合忍耶教徒被杀害。平凉太爷因此承受了难以想象的心灵痛苦，成为一个没有血衣的牺牲者，"由于命定的悲剧，圣战和教争都以殉死为结局，留下来的事业永远选择了心灵痛苦的生者来完成"。这是张承志站在哲合忍耶教义的立场上对其圣徒的另一种"牺牲之美"表达的深切理解和崇尚。此外，《心灵史》奇特的结构方式，也直接传递出作家的宗教情感对艺术构造的渗透：比如小说以"门"（哲合忍耶内部秘密抄本的格式）代替传统小说的"章""卷"，整部小说分"七门"（相当于七章）讲述了七代圣徒的故事。小说中大量引用的回族民间秘藏、史料和古典文献，无疑都说明张承志是以伊斯兰教的忠实信徒和代言人的身份进行写作的。

与张承志怀着"一腔异血""以教的方式描写宗教"不同，红柯的回族书写有明显的多种文化渗透和融合的痕迹。在异域的十年生活，红柯如同他的前辈作家王蒙、马丽华、马原一样，逐渐建构了他们多元一体的中华民族的认同观，他从"心甘情愿地被同化"，努力适应边地的生活和文化到"知道了在老子、孔子、庄子以及汉文明之外，还有《福乐智慧》，还有《突厥语大词典》，还有足以与李杜以及莎士比亚齐名的古代突厥大诗人"，从而认识到"西域有道，也有玄奘的佛，后来就是穆斯林的'清真'，是淳朴之地，是真境花园"。[①]但红柯毕竟是一个汉族作家，血管里流淌着汉文化的血液，从文化心理上来说，他永远脱离不了生他养他的关中故土。在短篇小说《美丽奴羊·紫泥泉》《哈那斯湖》里，红柯已经表现出把西域少数民族的刚气和血性注入汉民族肌体内部的文化心理意向。《西去的骑手》固然是一个回族民间英雄传奇，但红柯看重的是马仲英身上蕴藏的西北多民族文化的"民气"，"那才是大西北的大生命"（红柯

[①] 李勇、红柯：《完美生活，不完美的写作——红柯访谈录》，《小说评论》2009年第6期。

语)。在红柯的意识里始终有一种"将他人和自我认知为同一民族的成员的认识"。[①] 马仲英是回族,但回族作为西部诸多少数民族中的一支,它们都是中华多民族的组成部分。因此,马仲英不仅是回民英雄、西部英雄,他更是中华民族的英雄。红柯为马仲英赋予了自由真诚、率性而为、刚烈勇猛的精神品格,张扬了其国家意识和民族热情,马仲英身上"对死的平淡看待和对生的极端重视"的生命情怀更是鲜明地折射出红柯的生命意识和价值取向:"没有博大的爱慕,生命还不如一粒露珠",而"死亡是最深邃最古老的大海","天有多么大死亡之海就有多大,地有多大,死亡之海就有多大"。在红柯眼中,马仲英短暂的一生犹如"玫瑰花上的露珠",死亡在他的生命中如影随形的存在着,但马仲英对生命瞬间辉煌的渴望和对自身生命价值的参悟,使他实现了"我活着,我将永生"的超越死亡的精神旨归。马仲英坦荡、率性的生命最终毁灭在阴谋与权术之下:"追兵到达时,大灰马驮着它的骑手跃入黑海。骑手没有咬开马脖子,药性大发骑手开始吐血。血落在马鬃上,威风凛凛。后来马消失了,骑手继续向黑海深处滑行,水面裂开很深很宽的沟,就像一艘巨轮开过去一样。后来骑手也消失了,骑手消失时吐完了所有的血,海浪轻轻一抖,血就均匀了,看不见了。骑手的血和骨头就是这样消失的。"红柯以浪漫唯美的手法为马仲英的生命画上了句号,也将自己的生命理想推向了极致。

通过以上的分析可以看出,《心灵史》和《西去的骑手》堪称回族壮歌的两个音符,前者回响着殉教的悲壮和圣徒的虔诚,后者洋溢着刚烈的生命之美和诗人的浪漫激情。受民族意识的驱使,张承志一味赞美信仰的伟力,认为"牺牲之道是进入天堂的唯一之路"。红柯则没有那种源自血脉的宗教精神和情感,他对生死问题的思考既有中国传统哲学"未知生,焉知死?""朝闻道,夕死可矣"的坦然,又有西方存在主义哲学"向死而生"的精神维度。由于"在现代,对主体的形成影响最大的文化身份是民族身份"。[②] 所以,同样是关注回族的历史和命运,张承志和红柯在他们的作品中却做出了不同的文学反应:在张承志笔下,面对不公正、不

---

① 王希恩:《民族认同与民族意识》,《民族研究》1995年第6期。
② [英]拉雷恩:《意识形态与文化身份:现代性和第三世界的在场》,戴从容译,上海教育出版社2005年版,第210页。

自由的世界秩序和"活不下去又走不出来的绝境",哲合忍耶把"手提血衣撒手进天堂"视作神圣的又是唯一的理想,牺牲也成为张承志最为醉心的场面。红柯要通过马仲英的传奇经历抒写强悍的生命世界,无论是死而复生还是向死而生,高贵、尊严的生命之气永远不会衰竭。如果说张承志通过《心灵史》的写作表达了"只要这种信仰精神坚持于回民,迟早会以某种形式使中国文明丰富"① 的理想,红柯的《西去的骑手》则试图在国家、民族的大背景下寻找中华民族发展的精神文化资源。正是在这一点上,两位作家的回族书写又显示出内在精神和审美追求的一致性:"致力于重新发现本土文化的博大和神秘,重新营构本土化叙述的神奇和绚丽"。② 因而对当代多民族文学的发展具有相当重要的启发意义。

---

① 张承志:《美则生,失美则死》,《环球青年》1994 年第 11 期。
② 雷达:《雷达专栏:长篇小说笔记之二十:范稳的〈水乳大地〉》,《小说评论》2004 年第 3 期。

第二章

迟子建民族叙事的成就与限度

第一节　童年经验与迟子建的文学起点

当我们将红柯置于多民族文学的视野下，试图更为清楚和客观地认识他的创作对当代中国文学做出的独特贡献时，我们自然而然想到了同为20世纪60年代出生的作家迟子建。在中国当代文学史上，迟子建显然属于特立独行的那一个。无论是她出道时的《亲亲土豆》还是创作成熟期的《伪满洲国》，一直到她民族叙事的优秀作品《额尔古纳河右岸》，迟子建始终都以开阔温暖的胸怀和温润柔美的语言文字，传达着她对人性的深切体察和对普通人命运的永恒关怀。在成名作《北极村童话》的开篇，迟子建写道："假如没有真纯，就没有童年；假如没有童年，就不会有成熟丰满的今天。"如同每一个成就了自己文学事业的作家一样，迟子建的文学创作也植根于她看似平常却蕴含丰富的童年体验，在回顾自己的文学道路时，迟子建说："我的文学启蒙于故乡漫长的冬夜里外祖母所讲述的神话故事和四季风云骤然变幻带给人的伤感。"[①] 迟子建的出生地——黑龙江畔的北极村，是中国最北的小村庄，每年有大半的时间在寒冷中度过。但迟子建的童年却充实又温暖，家乡大自然的山峦、河流、草滩给予她田园牧歌般的生活经历，父老乡亲们口中的神鬼故事不但陪伴她度过了漫长而又寒冷的冬夜，还使她从中获得了无穷无尽的奇思妙想。这些经历和经验深刻影响了她的个性气质，也培养了她独特的文学感受力。文艺心

[①] 迟子建、胡殷红：《迟子建访谈：人类文明进程的尴尬、悲哀与无奈》，《艺术广角》2006年第2期。

理学的研究认为:"就作家而言,他的童年的种种遭遇,他自己无法选择的出生环境,包括他的家庭,他的父母,以及其后他的必然和偶然的不幸、痛苦、幸福、欢乐,他的缺失,他的丰溢,他的创伤,他的幸运,社会的、时代的、民族的、地域的、自然的条件对他的幼小生命的折射,这一切以整合的方式,在作家的心灵里,形成了最初的却又是最深刻的先在意向结构的核心。这个先在结构核心是如此顽强,可能对他的一生都起着这样和那样的引导、制约作用。"① 在迟子建的心灵里,这个先在的意向结构中,她的亲人占据了极为重要的位置。曾经做过小学校长的父亲是个不折不扣的文学爱好者,但父亲对迟子建的影响不仅是对文学的痴迷,他在给予女儿温暖宽厚的父爱的同时也影响着她的价值观和生活态度。长大后的迟子建尤为认同父亲说过的一句话:"'外面穿得溜光水滑,肚子里全是草'的这种人实在是太傻了。"因此,努力的写作,随缘的、自由的生活,一直是迟子建并行不悖的人生追求,如她所说:"越是写作,我就越是要活得滋润些。"② 外婆在迟子建与文学结缘的过程中,亦是一个不可或缺的角色。老人家口中源源不断的神话故事,让北极村那些寒冷的冬夜在迟子建的记忆中温暖又鲜活,也引发了她对民间神话故事的热爱和兴趣。作为作家的迟子建,最初的文学训练就是向他人转述外婆的故事。在迟子建生长的小城,虽然只有10多万人口,却有汉、蒙古、回、满、朝鲜、鄂温克、鄂伦春、锡伯、土家等11个民族,地理位置的边缘和民风的淳朴在这里达成了奇妙的结合,亲人们"善良、隐忍、宽厚,爱意总是那么不经意的写在他们的脸上,让人觉得生活里到处是融融暖意"。③ 这是童年迟子建感受最深的体验,这些体验奠定了她的人格基础,也使她对生活、对人世怀有一种永在的长久的关爱。

童年时代与大自然的亲近,激活了迟子建热爱自然、追求自由的天性,她坦言"没有童年时被大自然紧紧相拥的那种具有田园牧歌般的生活经历,我在读大兴安岭师专中文系时就不会热爱上写作。'正是'由于对大自然无比钟情,而生发了无数人生的感慨和遐想,靠着它们支撑我的

---

① 童庆炳:《作家的童年经验及其对创作的影响》,《文学评论》1993年第4期。
② 王薇薇、迟子建:《为生命的感受去写作——迟子建访谈录》,《作品》2007年第8期。
③ 迟子建:《寒冷的高纬度——我的梦开始的地方》,《小说评论》2002年第2期。

艺术世界",① 透过大自然,迟子建看到了生命的脆弱也看到了生命的从容,这形成了她对人生的最初认识,她日后的文学创作都与大自然的风云变幻给予她的生命感受休戚相关。即便是她的生活遭遇了重大的变故,悲伤和痛苦之余,她仍然努力"向后退,退到最底层的人群中去,退向背负悲剧的边缘者;向内转,转向人物最忧伤最脆弱的内心,甚至命运的背后。然后从那儿出发倾诉并控诉",② 就是这样,迟子建在她的创作中逐渐超越了生活表象的痛苦,直抵生命的本质。用她自己的话来说就是"把一些貌似深刻的事物给看破",从而"能够保持一股率真之气、自由之气"。③ 在近几年的创作特别是在长篇小说《越过云层的晴朗》、中篇小说《世界上所有的夜晚》和《第三地晚餐》等作品中,迟子建固然有对个体生命存在的痛彻感悟,但流淌在字里行间的更多的是栉风沐雨、披霜挂雪之后对人世甘苦的体味,对命运之错的释然和宽谅。

作家苏童认为:"文学是延续童年好奇心的产物",④ 作家童年时的某些意趣和体验,不仅可以促发成年后的相关兴趣,还可能由此埋下文学想象的萌芽,并在未来孕育为创作中的某些叙事主题。迟子建的故乡紧靠鄂温克人生活的山林,她曾回忆道:"少年时进山拉烧柴的时候,我不止一次在粗壮的大树上发现怪异的头像,父亲对我说,那是白那查山神的形象,是鄂伦春人雕刻上去的。我知道他们是生活在我们山镇周围的少数民族。"⑤ 从小耳濡目染了鄂温克族的生活习性与信仰,对鄂温克族文化有着切身体验的迟子建,最终以长篇小说《额尔古纳河右岸》将自己的文学与这个中国人口最少的民族建立了联系,也让一股异质而新鲜的少数民族文化传统血脉输入了汉民族文化的大动脉之中。正是《额尔古纳河右岸》的成功,将习惯于低调生活的迟子建推向了生活和文学的前台,引发了文学界的研究兴趣和读者的阅读热情。

---

① 迟子建、方守金:《以自然与朴素孕育文学的精灵——迟子建访谈录》,《文艺评论》2001年第3期。

② 谢冕:《第二届"北京文学·中篇小说月报奖"颁奖词》,http://publish.dbw.cn/system/2010/08/27/052694657.shtml。

③ 迟子建:《寒冷的高纬度——我的梦开始的地方》,《小说评论》2002年第2期。

④ 苏童:《创作,我们为什么要拜访童年?》,《中国比较文学》2012年第4期。

⑤ 迟子建:《心在千山外——在渤海大学的演讲》,《当代作家评论》2006年第4期。

第二节 《额尔古纳河右岸》与迟子建的文化立场

《额尔古纳河右岸》(以下简称《右岸》)发表于 2005 年,于 2008 年荣获第七届茅盾文学奖。迟子建在访谈中说,很多读者在没有读这部小说之前,从来没有听说过鄂温克这个民族,更不要说了解这个民族的文化习俗、宗教信仰、生存境遇等具体问题,她说:"我之所以选择了这个题材,是因为我熟悉这个民族的一切。在我目睹的事实中,我深切地感受到,在全球化的进程中,某些文化和原始的东西在丧失,一些有味道的东西被人以文明的名义扼杀掉。"① 迟子建的这番话指涉到当下一个引起社会广泛关注的状况——少数民族文化保留与现代化进程之间的矛盾。自 20 世纪末开始,"全球化"(globalization)的浪潮自西向东席卷了整个世界,全球化作为一个有着多极意义指向的概念,它首先是作为政治经济学概念出现的,在那里,它指称着经济全球化所带来的一种前所未有的新的国际秩序。② 亨廷顿曾经认为全球化就是西方文明的世界化,他还认为 21 世纪的矛盾就是民族文化的矛盾③,英国的文化人类学者沃特森也尖锐地指出,全球化带来的最直接的后果是造成"那些为少数民族群体最为直接认同的文化特征的衰败"。④ 的确,随着全球化时代城市化进程的加快,处于边缘的少数民族固有的社会秩序和文化传统不断受到外来文化的冲击,特别是像鄂温克族这样一些因袭着自身的传统未能跟上城市步伐的人口极少的少数民族,面临着自身文化失落的危险。这使得迟子建的鄂温克书写俨然带有几分挽歌的意味,她认为:"人类文明的进程,总是以一些原始生活的永久消失和民间艺术的流失做代价的。……真正的文明是没有新旧之别的。"⑤ 在迟子建看来,正是因为 60 年代开始的大规模的开发和

---

① 王薇薇、迟子建:《为生命的感受去写作——迟子建访谈录》,《作品》2007 年第 8 期。
② 参见盛宁《人文困惑与反思——西方后现代主义思潮批判》,生活·读书·新知三联书店 1997 年版,第 182 页。
③ 参见林兴宅等《经济全球化与中国文学》,《福建文学》2003 年第 3 期。
④ [英] C.W. 沃特森:《多元文化主义》,叶兴艺译,吉林人民出版社 2005 年版,第 63 页。
⑤ 迟子建:《心在千山外——在渤海大学的演讲》,《当代作家评论》2006 年第 4 期。

某些挥霍资源的行径，使鄂温克人和鄂伦春人居住的原始森林出现了苍老、退化的迹象，动物的种类和数量锐减，导致"那支被我们称为最后一个游猎民族的、以放养驯鹿为生的敖鲁古雅的鄂温克人"被迫下山定居。从鄂温克人的境遇出发，迟子建将关注和思考的目光延展到全球化时代世界范围内的"异族"，即土著人或边缘人。出访澳洲时，迟子建特意去了澳洲土著人聚集的达尔文市，她发现虽然澳大利亚政府给予土著人很多优惠政策和特殊补贴，但离开了家园、离开了山林的土著人，却只能将钱挥洒在赌场和酒馆。在目睹了一对土著人夫妇大庭广众之下充满发泄意味的纠纷之后，迟子建明确表示了对灯红酒绿的现代都市难以言说的排斥和厌倦，在她一度认为充满优雅之气和浓郁文化氛围的都柏林，面对纵情声色的都市男女，迟子建脑海里反复出现的却是澳洲的土著人，她觉得和故乡的鄂温克人一样，那也是一群被"现代文明的滚滚车轮碾碎了心灵、为此而困惑和痛苦着的人！只有丧失了丰饶内心生活的人，才会呈现出这样一种生活状态。……面对越来越繁华和陌生的世界，曾是这片土地主人的他们，成了现代世界的'边缘人'，成了要接受救济和灵魂拯救的一群！我深深理解他们内心深处的哀愁和孤独！"① 在迟子建看来，现代文明与传统文化、高科技与大自然、物质文化与精神世界始终是对立的、无法调和的。所谓的文明，不过是用一种野蛮的方式对传统的破坏和扼杀，高科技的发展，更是导致人类赖以生存的大自然的急剧退化。她笔下的鄂温克人，是离天地最近、富有神性的民族，也是精神世界极为丰饶的民族，他们代表的所谓"落后"的生活方式恰恰是文明的和唯美的。因此，面对全球化时代鄂温克族文化走向没落的现实，特别是她所熟悉的鄂温克部落面临行将消亡的命运之际，迟子建难掩内心的激动甚至愤怒，她说："试想二百多人，连一个小村子都够不上，他们的驯鹿不到一千头，这样的一群人在森林里游走，而大兴安岭比一个法国的面积还大，难道就没有一片森林，容得下二百多人的生存吗？我说得冠冕堂皇点，我们就把他们作为活化石来保存，都可以辟出一块地方。……如果有一天，这支部落在生活中建立起来的这一系列的文明消失了，我真的觉得这是人类的悲哀，你说跟克隆羊有什么区别？"② 我们不难看出，作为一个汉族作家，迟子

---

① 迟子建：《心在千山外——在渤海大学的讲演》，《当代作家评论》2006 年第 4 期。
② 迟子建、郭力：《现代文明的伤怀者》，《南方文坛》2008 年第 7 期。

建极力赞美鄂温克族原始、素朴的文化状态，以表明她"对必要的多样性和异质性的认可"；[1] 另外，她又对鄂温克文化在现代社会中无力与主流文化相抗衡而濒临绝迹的现状深感忧虑。于是，迟子建将鄂温克族边缘文化的衰落归咎于现代文明的高度发展和城市化进程的强劲势头，在《右岸》中她刻意选择了站在鄂温克人的文化立场上进行叙事，把现代化进程描述为对鄂温克民族文化的一种浩劫和吞噬。在小说中，是伐木工人的进山，让鄂温克人和驯鹿失去了往昔安静的自给自足的生活，他们被迫频频搬迁；对大兴安岭的大规模开发，则导致了森林退化，动物数量减少，使鄂温克人生活的家园日渐逼仄；就连政府派来上山为鄂温克猎民体检的医生也遭到抵制，人们宁愿相信清风、流水，也不愿相信医生手里的听诊器……山林不再是鄂温克人和驯鹿生活的乐土，在现代化不断推进的过程中，鄂温克人由山林孕育的生活方式和文化精神逐渐被挤压乃至抽空，失去了继续传承的可能。迟子建其实清楚地知道主流文化和边缘文化之间存在的落差，她在田野调查中发现："年青的一代，还是向往山外便利的生活。他们对我说，不想一辈子尾随着驯鹿待在沉寂的山里。"[2] 她在《右岸》中也真实地反映了鄂温克人原始的生活方式在现代文明烛照下的局限和落伍，展现了年轻人对入住山下政府提供的安居房的积极乐观的态度。相信她从内心承认，这种从游居到定居的转变，意味着鄂温克人可以享受到和其他民族一样的教育、医疗保障和便利丰富的物质生活，这是他们融入多民族杂居的现代社会生活中的必然选择。可以说，迟子建为边缘民族和文化代言的立场和态度是鲜明而又执着的，她越是在都市中生活，她就越感觉到人性的自由对现代人的生存是多么重要；她对现代化进程中人的心灵家园的消失所进行的反思也就越深切，她试想用鄂温克人的神性光辉洗涤现实的龌龊与丑陋，以鄂温克人作为边缘民族的健全的生命意志和健康的生命方式表达她对当下社会生态的批判。然而，无论是鄂温克族还是其他少数民族，其特定的民族、特定的传统和特定的文明固然重要，但是落后的文化必然要归依于先进文化，这是人类进步的必然选择。何况我国民族的多样性，决定了文化的多样性、多元性。在历史的长河

---

[1] 刘俊：《"他者"的存在和"身份"的追寻——美国华文文学的一种解读》，《南京大学学报》（哲学人文科学社会科学版）2003 年第 5 期。

[2] 迟子建：《心在千山外——在渤海大学的讲演》，《当代作家评论》2006 年第 4 期。

中，正是各民族多姿多彩的文化相互影响、相互兼容、相互促进，形成了中华民族多元一体的文化格局。这里不得不提及鄂温克族的优秀作家乌热尔图，作为一个接受了汉文化熏陶的、有着强烈历史责任感的现代知识分子，乌热尔图在他的一系列反映鄂温克人生活的作品中，都是既真诚面对本民族优秀的文化传统，也在痛楚中正视和反思它的劣势和糟粕，找寻使其融入世界文明对话和交流当中的途径。日本学者山口定说："在我们现今的竞争社会中，必须是对生存方式本身的自我变革之决心的表白。因为在竞争关系中，站在优势一方者虽然也说'共生'，但若没有相当的自我牺牲的觉悟的话，就不会得到弱者的信赖。"① 同样，作为弱势文化的一方，也必须要有自我变革的决心和勇气，才能吸收比自己优秀的文化而又不失其原有的个性。当鄂温克的原始文明在21世纪的来临面前，成为无法与时共进、不能复生的历史遗存时，它的终结是符合历史发展规律的，因此也是必然的。由此不难看出，迟子建在面对全球化快速推进中鄂温克族狩猎文化的必然转型及其相应的生活方式变迁的历史命运时，她的态度是矛盾和悲观的，甚至说她有文化保守主义的倾向也不为过。事实上我们稍加追溯，就可发现，自20世纪以来，中国知识界在对民族文化（其中包括对边缘族群文化）的态度上，本身走过了一条十分曲折的道路，其中隐现着文化保守主义的倾向。简而言之，"中国文化保守主义是中国传统文化面对西方资本主义现代化浪潮的冲击时所作出的回应"。② "五四"以降，随着西学东渐的冲击，一些有识之士已经提出了所谓"越是民族的，越是世界的"口号，主张在西方外力冲击下继续弘扬和保护民族传统，但其中隐含的本土传统走向世界、实现"全球化"的诉求，反而淡化了对人类古老文明多样性和多元化的真正包容。新中国诞生后，激进主义引领了革命胜利，革命的胜利更加鼓舞和强化了激进主义。特别是在资本主义（西方）和社会主义（东方）两大阵营构成的两极化的国际格局中，中国思想文化界，与"五四"时期向往西方、从西方汲取现代性资源的强烈的民族诉求截然不同，这一时期"作为世界范围内社会主义文学的一个重要组成，中国文学首先被要求与西方划清界线，成为反西方、

---

① 转引自沈再新《从"中华民族多元一体格局"到"共生互补"》，《湖北民族学院学报》2010年第3期。
② 何晓明：《文化保守主义的历史必然性评议》，《天津社会科学》2001年第6期。

抗拒西方资本主义的意识形态武器。那些曾经催促五四新文学滋长的人道主义、个性解放、思想启蒙等，此时成为必须坚决摒弃和批判的东西，建设一种不同于西方又能与西方文学相抗衡的文学，成了1949年后中国文学实践最迫切的任务"。[①] 在备受瞩目的"十七年"文学中，充满了作家们对"民族""国家""阶级""革命""英雄"等现代问题的想象、理解和阐释，"化传统""化民间""化民族"也成为作家们自觉的艺术追求。当代汉族作家的民族叙事也正是在这个历史阶段闯出了一片自己的发展空间。《达吉和他的父亲》《复仇的火焰》等都是将历史、革命、民族等宏大主题与亲情、爱情等人伦情感融为一体；既展示了旧时代少数民族的悲惨命运，也表现出对少数民族如何融入中华民族大家庭的思考。更有意味的是，这些作品都在强势的主流政治话语形态下隐现着边缘话语的线索，在文化样式极其贫乏的年代里，表现出某些异质文化的鲜活元素。到80年代中期，中国大陆形成开放格局，与港台、海外的政治、经济、文化交流全面展开。中国传统文化与西方现代文化的碰撞与交融在更大规模、更深层次上进行。这一时期"寻根文学"的爆发，让中国文学挣脱出"伤痕"和"反思"等政治文化模式的圈囿，将目光投向边疆、山川、大漠和荒原，投向神秘悠远的民族杂居地带，特别是一些执着于表现本民族文化的少数民族作家的创作，如扎西达娃、乌热尔图、郭雪波等，打破了主流文学叙述话语单一、垄断的话语霸权，从某种程度上修正了主流叙述话语存在的偏见，让世界由此看到了中国文学多元共生、驳杂斑斓的风景。"寻根文学"在对传统文化的态度上与"文化保守主义"有明显的相通之处，所以它崛起于"现代派"激烈的反传统呼声中，又很快与海外新儒学的研究形成了隔岸呼应。今天看来，它仍然有重要的文学史价值。20世纪末风靡世界的全球化浪潮，在中国激起了以现代新儒家为代表的文化保守主义的崛起与发展，他们立足传统文化对现代性的反思，对西方现代化过程中负面现象及其原因的分析批判，深化了对现代化本质的认识。在张炜的《九月寓言》，陈忠实的《白鹿原》以及张承志、史铁生、北村等作家的创作中都可以看到明显的文化保守主义倾向。而在迟子建发表于1995年的长篇小说《晨钟响彻黄昏》中，我们已经看到她否定现代文明、

---

① 朱水涌：《现代性的空间焦虑——中国当代文学六十年的一种精神状态》，《厦门大学学报》2009年第6期。

回归传统文化的价值取向以及为现代人找寻精神家园的努力。《右岸》的发表,就是这种追求和努力的一次总爆发,只是鄂温克人的山林被现代文明侵蚀了,他们古朴自然的生活方式被城市化进程阻断了,也因此,《右岸》发表后很多论者将其视为鄂温克民族的一首"挽歌"。以上是对与《右岸》密切相关的迟子建的文化立场的探讨,下面将以叙事学理论为依据,进入《右岸》的叙事世界。

第三节 《额尔古纳河右岸》的叙事视点和叙事细节

小说是讲故事的主要形式,从古今中外对小说的认识和小说观念的变化来看,小说都与故事有关。小说借用谁的眼光来讲故事,站在何种角度,以什么方式来叙事,就是我们所说的叙事视点,即叙事人的着眼点。艾布拉姆斯对此有过明确的定义,他认为叙事视点是指"叙述故事的方法——作者所采用的表现方式或视点,读者由此得知构成一部虚构小说的叙述里的人物、行动、情境和事件"。[①] 通常在叙事视点上,作者首先考虑的是叙事人的人称问题,即他在小说中是以旁观者的姿态来叙事,还是用作品中人物"我"来叙事,这是我们理解作品的一个关键。

一 谁在"讲"故事?

谁在讲故事?以何种方式讲故事?是叙事学必须要面对的课题,也是每一个小说作者要考虑的问题。霍米·芭芭认为,民族是一种"叙述",选择怎样的讲述方式则与该民族的文化特性密切相关。《额尔古纳河右岸》讲述的是一个关于鄂温克族的故事,而鄂温克族是一个有语言无文字的民族,口耳相传是这个民族文化和历史承传的主要方式。所以迟子建在小说中采用第一人称"限知叙述视点"展开故事的叙述,意味着"讲"故事(即"言说"的方式)对鄂温克民族的重要性。叙事者"我"是一个年届九旬的鄂温克族最后一位酋长的妻子,讲述了她的族人在过去一个世纪的故事。"我"以当下视角开始叙事,从"我"有记忆时讲起,回忆了"我"还是个孩子的时候见到的、经历的、认识的鄂温克部落和他们

[①] [美]艾布拉姆斯:《欧美文学术语词典》,北京大学出版社1990年版,第261页。

的生活。也就是说，叙述者不仅担负着叙述整个故事的重任，还是小说中的重要人物，经典叙事学告诉我们，叙事者是作家设计出来的讲故事的人，"小说叙事借用谁的眼光，关系到故事的呈现方式和小说展开的视域。小说家想告诉读者多少东西，这和他选择的视点关系非常大"。[①] 也就是说，谁来"讲"故事，不是简单的叙事技巧问题，而是隐含着作家的价值判断。《额尔古纳河右岸》中的"我"，虽然是小说中的人物，但"我"既不是自传体作品中的"我"，也不是小说的主人公，"我"在小说中的作用主要表现在以下两方面。

第一，"我"作为叙事者引领读者进入故事，进入一个历史悠久的鄂温克族部落。自然首先进入的是"我"自己的故事，这个故事是已进入暮年的"我"对自我漫长人生故事的回忆，叙事中，"我"从一个孩子的所知所感讲到"我"的青年直至老年，每个阶段的"我"的眼光和感受是截然不同的："我"出生的当天，父亲猎到了一头黑熊；我初来人间听到的声音是乌鸦的叫声，"但这不是真的乌鸦发出的叫声。由于猎到了熊，全乌力楞的人聚集在一起吃熊肉。我们崇拜熊，所以吃它的时候要像乌鸦一样'呀呀呀'地叫上一刻，想让熊的魂灵知道，不是人要吃它们的肉，而是乌鸦"。在"我"出生的当天晚上，"全乌力楞的人在雪地上点起篝火，吃着熊肉跳舞。尼都萨满跳到火里去了，他的鹿皮靴子和狍皮大衣沾了火星，竟然一点都没伤着"。这位尼都萨满是"我"父亲的哥哥，也是我们的族长。显然，"我"的故事从一开端就表现出特殊的意味，它不仅密切联系着鄂温克民族的日常生活，也联系着这个民族的隐秘的历史和宗教。"我"的故事有了前因，也必然会有后果。读者跟随"我"的故事，开始体验"我"不同阶段的人生体验。也就是说，作者选择"我"作为叙事者，是因为"我"不仅是在讲述故事，"我"同时还在体验这个民族、这个部落所经历的一切。小说写到，在"我"幼年的深夜，希愣柱[②]外常有风声传来，希愣柱内也有风声：父亲的喘息和母亲的呢喃，这特殊的风声是"我"的父亲和母亲制造的，让"我"常以为他们害了重病。然而就是在这样的风声中，"我"的弟弟降生了。等到父

[①] 吴晓东：《从卡夫卡到昆德拉：20世纪的小说与小说家》，生活·读书·新知三联书店2003年版，第21页。

[②] 鄂温克人的房屋，参见小说。

亲死了之后,"我"对一直爱着母亲的尼都萨满怀着深深的警惕,"我"不想让他和母亲制造那样的风声。待"我"和弟弟都成年,有了各自的丈夫和妻子时,"我"开始体会到母亲的孤独,然而母亲却在一次彻夜不停的舞蹈中永远离开了这个世界。在幼年的"我"眼里,乌力楞的成年男人身边都有女人,只有尼都萨满是孤身一人。"我"曾以为他在狍皮口袋里供奉的神一定是个女神,他可能会和女神在一起。由此我对尼都萨满的狍皮口袋充满了好奇,一心想找机会打开看看,借此,孩童的"我"带领读者一起走进了鄂温克萨满的世界,也为读者提供了接近鄂温克人宗教和信仰的方式。随着年龄的增长和时间的推移,"我"先后亲眼目看见了两代萨满——尼都萨满和妮浩萨满的死亡,"我"对萨满的体验也由儿童时的好奇和神秘走向了对他们舍己救人的牺牲精神和以身殉教情怀的敬畏和赞美。这种叙事者将讲述故事与体验同步进行的叙事结构,让"意义通过主体间的交往而得以建立。主体之间通过分享经验,使得相互间的理解成为可能,并且因此而构成相互间的交流,达到一定的意义的共享"。[①] 特别是作为孩子的眼光和感受与成年后的眼光和感受是明显不同的,两者之间通过交流和对话共同分享着鄂温克民族的经验,并渗透在"我"的讲述中,让鄂温克人的生活情形走进了读者的视野,"我"的感受和体验也帮助读者走进"我"的内心,理解了"我"作为一个鄂温克女人对大自然的情感和对本民族的悲悯情怀,小说的叙事张力因此得到最大限度的表现。

第二,叙事者"我"还是架通文本虚构世界与现实世界的桥梁。既能如上文所述带领读者进入小说故事,感受鄂温克民族百年间经历的风云变幻,又能自如地出乎其外,在故事之外与读者构成了对话。因为"处在现实的阅读语境中的读者,在进行阅读时出于情感或理解的需要,不可避免地需要从虚构的文本世界回顾到现实世界,或者说把文本中的故事叙述还原到现实世界中来展开"。[②] 在《额尔古纳河右岸》中,叙事者"我"在叙事的现在时刻,已经是一个年届九旬的老人,经历了漫长而又坎坷的人生,不仅有自己丰富的体验,也对民族的历史和文化不断地进行

[①] 郭湛:《论主体间性或交互主体性》,《中国人民大学学报》2001年第3期。
[②] 赖骞宇、刘济红:《叙述者问题及其功能研究——以〈纪念爱米丽的一朵玫瑰花〉为例》,《江西社会科学》2007年第8期。

反思，这样的角度不仅让读者身临其境，备感亲切，"我"对鄂温克族当下境遇的忧思还与现实生活中人们的情感逻辑保持了一致。此外，小说结构由《清晨》（上部）、《正午》（中部）、《黄昏》（下部）三部组成，在每一部分故事之前，都有一篇短小的故事外讲述，它们与尾声"半个月亮"一起不仅构成了叙述者"我"故事外讲述的时间线索，也代表着故事中的"我"的童年、青年和壮年时代，还暗合了鄂温克民族百年来日趋式微的历史命运：从晚清时悠然自得的游牧生活到伪满时期沦为日本鬼子的奴役；从新中国成立后林业工人进驻山林的砍伐导致的自然环境的恶化到新时期政府安排鄂温克人离开山林下山定居的举措。显然，作者是为了让叙述"意义具有主体间性，在主体间传递，并以此将众多主体联结起来，形成一个意义的世界"。① 才在每部前面特意安排了"我"在故事之外的讲述，这是叙事者对读者的讲述："我是雨和雪的老熟人了，我有九十岁了。雨雪看老了我，我也把它们给看老了。如今夏季的雨越来越稀疏，冬季的雪也逐年稀薄了。它们就像我身下的已被磨得脱了毛的狍皮褥子，那些浓密的绒毛都随风而逝了，留下的是岁月的累累瘢痕。坐在这样的褥子上，我就像守着一片碱场的猎手，可我等来的不是那些竖着美丽犄角的鹿，而是裹挟着沙尘的狂风。"② 与故事的倒叙手法和对过去时态中人物和事件的回忆不同，"我"在故事之外的讲述，将读者从虚构的故事中引向了当下：鄂温克人赖以生存的自然生态遭到破坏，雨雪稀少，沙尘暴肆虐。原先充满生机的鄂温克部落已经不复存在，"我"的儿孙们和部落的青壮年们都被政府安置到山下的村庄里，驯鹿也被带到山下圈养。故事外讲述充当了小说叙事结构中的填充部分，使小说的结构更加流畅、紧凑和严密。就像元剧中的楔子，通常"楔子的使用都是主体结构或框架不变的情况下，再于细处有所填充。这也就是说，相对事物的主体结构或框架而言，楔子总是后补的，前者的客观存在是后者产生的前提"。③ 尽管如此，"我"在故事外的讲述依然葆有独立的审美品格，让读者看到了一个经历岁月漫长的洗礼依然热爱自然、热爱生命、守望民族文化传统的鄂温克女性形象，"我"的精神风貌和文化性格也传递出作者对鄂温克文

---

① 郭湛：《论主体间性或交互主体性》，《中国人民大学学报》2001 年第 3 期。
② 迟子建：《额尔古纳河右岸》，人民文学出版社 2010 年版，第 1 页。
③ 解玉峰：《元剧"楔子"推考》，《戏剧艺术》2006 年第 4 期。

化的态度和评价。

"我"的特殊身份(最后一个酋长的女人)使叙事的语气充满了女性的温情,也使故事的基调有一种历经沧桑巨变之后的从容和节制。

二 谁在"听"故事?

对于小说的叙述者——讲故事的人来说,谁来听故事显然十分重要。尤其是接受美学的兴起,更是将读者——倾听故事的人提升到了一个非常主动和重要的地位:"观赏者对艺术作品的鉴赏活动,就其实质而言,是借助经验和想象对作品中空白和模糊点的充实,对潜在要素的发现、发展和实现。"[①] 美国的叙事修辞理论家詹姆斯·费伦则关注处于不同层次上的读者,他"借鉴和发展了拉比诺维茨的四维度读者观。①有血有肉的实际读者,对作品的反应受自己的生活经历和世界观的影响。②作者的读者,即作者心中的理想读者,处于与作者相对应的接受位置,对作品人物的虚构性有清醒的认识。③叙述读者,即叙述者为之叙述的想象中的读者,充当故事世界里的观察者,认为人物和事件是真实的。④理想的叙述读者,即叙述者心目中的理想读者,完全相信叙述者的所有言辞"。[②] 费伦的观点为我们接下来的探讨提供了理论依据。在《额尔古纳河右岸》中,究竟谁是叙述者的读者,即谁是"我"的听众,这是一个非常有趣的问题。"我"在开始讲故事的时候,"我"所在的激流乡已经变成了一座空城,"我"的族人已经下山定居,整个乌力楞就剩下"我"和安草儿(我的有几分痴傻的孙辈)。"我"的讲述没有了实际的在场的听众,只能想象在大自然中寻找:"就让雨和火来听我的故事吧,我知道这对冤家跟人一样,也长着耳朵呢。"在"我"讲故事的此刻,刷刷的雨声就在耳畔。而希楞柱里"我守着的这团火,跟我一样老了",但从来没有熄灭过。"雨"和"火"在"我"眼里不仅是有生命的,它们还是鄂温克族现实和历史的在场者与见证者。作为自然之子的鄂温克人,世代追随野生驯鹿生活在茂密的古老山林中,从未离开过山林,与外界也很少接触,他们因此比较完整地保存着极其古老的生产方式和生活内容。在狩猎生产劳

---

① 朱立元:《接受美学导论》,安徽教育出版社2004年版,第14页。
② 转引自申丹《多维进程互动——评詹姆斯·费伦的后经典修辞性叙事理论》,《国外文学》(季刊)2002年第2期。

动中鄂温克人与自然既抗争又和谐相处，养成了自然崇拜的思维法则，太阳神、月亮神、草神、各种动物神、水神、火神等都是他们绝对敬重的自然神灵。"我"以雨和火作为听众，就是赋予这些自然神灵以人格，在故事中我们互相成为对方的观察对象："雨雪看老了我，我也把它们给看老了。""我"在它们身上寄予自己的理想和信仰，它们则将灵性渗透了"我"的生命。在"我"的讲述进行到正午的时候，有更多的自然之物加入了聆听的行列，"让袍皮袜子、花手帕、小酒壶、鹿骨项链和鹿铃来接着听这个故事"。它们都是"我"的心爱之物，陪伴我走过了漫长多彩的人生，在"我"眼里，它们同样也是有生命的存在，甚至每一个物件背后就有一个动人的故事，这些故事汇入了"我"的讲述，成为"我"故事的组成部分，使得"我"的故事更加生动、起伏，意味深长。由此看来，"我"既是在与大自然对话，以自然为虚拟的听众来完善"我"的故事、见证我的成长。同时，"我"更多的是讲给自己听，"我"通过这种自言自语、自编自演的方式，温情地回顾自己的一生，也细致地再现鄂温克人的民族风情。"我"讲述的过程也是自我倾听的过程，"我"以此不断表达和呈现我们民族与自然和谐共处的关系，也袒露我对民族困境的矛盾和忧虑。当然，《额尔古纳河右岸》中的叙述读者还有其更为复杂的意蕴，我们可以深入具体文本进行分析。"我"在讲述中偶尔会有短暂的停顿，与"我"虚拟的听众"你"或"你们"进行对话：

> 如果你们问我，你这一生说过什么错话没有？我会说，七十多年前的那个夏天，我不该诅咒那些生病的驯鹿。（小说第46页）

> 我打开鹿皮口袋，里面的物件就像久已不见的老朋友一样，纷纷与我来握手了。我刚碰过鼓槌，桦皮刀鞘就贴向我的手背了。我刚把扎手的银簪子拨弄开，那块冰凉的手表就沉甸甸地滑入我的掌心了。
> ……
> 我的故事还没有讲完，我想我刚打开的鹿皮口袋里的那些物件，一定在清晨时就张开了它们的耳朵，上午时跟着雨与火、下午跟着安草儿捡到那些东西，听了故事。我愿意把余下的故事继续说给它们。如果刚来到我身边的紫菊花接不上我的故事，你不要着急，先静下心跟着大伙一起听吧。关于这故事的源头，等我讲完后，让桦皮花瓶再

单独地说给你吧。桦皮花瓶可不要推脱，谁让你把紫菊花拥进怀抱，并且吮吸了它身体里流出的清香的汁液了呢！（小说第156页）

我们看到，在"我"的讲述中，接连出现了以第二人称"你"称谓的倾听者，"你"或者是刚出现的"紫菊花"，或者是跟在"我"身边很久的"桦树皮花瓶"（这是"我"的第二任丈夫瓦罗加送的礼物），它们都是自然之物。借用詹姆斯·费伦的观点，这个"你"，可以是"一个内在的文本的'你'——受述者——主人公——与一个外在的文本外的'你'——有血有肉的读者。"[1] 也就是说，"你"既有可能是叙述者在文本中的听众，也有可能是文本外的实际读者。但显然，在"我"的讲述中出现的"你"属于"第二人称受述者，而非指正在读本句各个字的你。"[2] "你"在这里并不具备实际的读者的功能，而只是"我"虚拟或预设的听众，目的同样在于看似讲故事给你听，实际上是在讲给自己听。在费伦看来，"受述者越是受到完整的描写，受述者与叙事读者之间的距离就越大；同样，受述者受到的描写越少，二者间的重合就越大"。[3] 而在上述引用的文本中，"你"本属于自然物，浑然天成，与"我"之间虽无法用语言交流，却有情感上的呼应，"你"是"我"故事的参与者，甚至构成了"我"回忆中的某个线索，所以不可能与叙事读者的身份重合。正是"你"的独特身份，使"我"的讲述获得了自我认可，也使实际上的读者在"我"的讲述中始终处于观察者和受述者之间，他们试图寻找平衡点，让"我"的讲述充满了叙事张力。对于只有语言没有文字的鄂温克族来说，"讲"和"听"本身就是阐释民族文化和历史的重要方式，而"我"作为女性叙事者，还隐喻着一个边缘、弱小民族面对主流话语的"无言的诉说"。

《额尔古纳河右岸》作为一部优秀的叙事作品，其背后必隐伏着作家独特的小说艺术叙事策略。对于迟子建来说，女性特有的敏感、自身个性对喧闹的趋避、故乡多民族混居的生活经验，等等，固然都有助于她笔下一个个生动奇妙故事的生成，迟子建无疑具有一个优秀作家所具备的卓越

---

[1] ［美］詹姆斯费伦：《作为修辞的故事》，陈永国译，北京大学出版社2002年版，第108页。

[2] 同上。

[3] 同上书，第116页。

的讲故事的才能。但显然，在迟子建众多的小说作品中，她并不是靠讲故事推演情节的发展，特别是她近年的几部长篇小说，比如《伪满洲国》《穿过云层的晴朗》《额尔古纳河右岸》等，迟子建都是以一个个精细入微、精彩纷呈的细节推助故事的进程和人物性格的发展，《额尔古纳河右岸》更是将少数民族日常生活细节描写的真实性和对人性之美之善的追求高度融合，形成了一种以细微介入宏阔、以现实介入历史、以边缘指涉主流的独特的叙事策略，营造出一种苍凉与温情并存、婉约的笔调与精细的写实相交融的风格。进一步说，在《额尔古纳河右岸》中，她就是以从容不迫的态度、细致入微的写实笔墨，通过对鄂温克族日常生活细节的精彩描写，让这个中国人口最少的民族之一进入了当代文学的视野，在她笔下："细部所产生和具有的力量，一定会远远覆盖人物、情节、故事本身，而且，它所提供的生活经验、生命体验和艺术含量，既诉诸了一个杰出作家的美学理想和写作抱负，也能够体现出一个作家的哲学、内在精神向度和生活信仰。"[1] 这里的细部与我们所说的细节并无二致，迟子建对此也有过明确的表述和独到的理解，她说："在我看来，一个细小生活事件，既能打断历史波流，可能加速历史的前进。我觉得思想化的、个性化的东西其实就是包含在日常生活的每一个细节当中。"[2] 在《额尔古纳河右岸》中，迟子建通过"我"的讲述，在一天之内细致地描述了鄂温克族一个部落百年来的生活样貌和情态，时间的跨度是晚清到21世纪初：从光绪年间李鸿章派驻人马到漠河开金矿到俄罗斯商人进入族群营地从事商品贸易；从民国二十一年日本人成立"满洲国"进入山林对鄂温克人进行血腥镇压到40年代末人民解放军对逃到山中土匪的大清剿；从1957年大批林业工人进驻开发大兴安岭到60年代自然灾害时期山外的汉族饥民进山偷猎驯鹿；从1959年政府在乌启罗夫为鄂温克人盖建木刻楞房到猎民孩子免费上小学；从1965年激流乡安居点的建造到"文革"后期造反派对鄂温克人的迫害；从70年代电影放映队上山慰问林业工人到"我们"民族最后一位酋长的逝去；从80年代山上林场的增多和动物数量的骤减到1998年大兴安岭火灾对部族所在山林的蔓延以及妮浩萨满跳神求

---

[1] 张学昕：《细部修辞的力量——当代小说叙事研究之一》，《中国现代文学研究丛刊》2013年第7期。

[2] 迟子建、周景雷：《文学的第三地》，《当代作家评论》2006年第4期。

雨、唱完最后一首歌离开人世，"我"的讲述始终沿着一条简单明确的线性时间线索，历史的发展也由此展现出清晰的脉络。然而时间的漫长和线索的单一丝毫没有带来阅读的沉闷和乏味，"在阅读中甚至可以感到其笔墨行进的速度之快，几乎到了不假思索的程度"。[①] 遍布全书的琐碎、平实、充满神秘气息的细节，不断再现着鄂温克人本色的、原生态的生活，让他们的风俗、信仰、喜怒哀乐和思维方式，洋溢着旺盛的生命活力，透发出作家独特的生命观念和审美旨趣。"经验是理性的，而生活却是感性的，很琐碎，一天到晚，所有的细节构成温暖的生命支流，它推动着我们朝前走下去。"[②] 正因如此，《额尔古纳河右岸》没有写成一部鄂温克人日常生活的流水账，也不是汉族作家笔下的一段少数民族的传奇历史，它是"一首苍凉的长歌"（迟子建语），即使在这首长歌的尾声，仍然回荡着苍凉的余音："月亮下面，是通往山外的路，我满怀忧伤地看着那条路。安草儿走了过来，跟我一起看着那条路。那上面卡车留下的车辙，在我眼里就像一道道的伤痕。"由此获得了艺术的真实。

三 神性的动物细描

作家蒋子丹说，迟子建有一双融入自然的眼睛，她笔下的世界一定是阔大和丰富的。的确，《额尔古纳河右岸》里那些渗透了灵性和神性的动物描写，无不折射出迟子建博大丰富的自然情怀。动物崇拜曾广泛流传于世界各地的诸多古老民族中，由此产生了属于不同民族的、丰富多彩的动物神话和传说，表达了少数民族对人与动物的生态关系的认识和想象。在《额尔古纳河右岸》里，迟子建广泛借鉴和借用了鄂温克族古老的动物神话，比如鹿神话、熊神话、蛇神话等，不断激活和拓展自己的想象力，为它们赋予了丰富和意味深长的当代内涵：比如动物与鄂温克人的亲密关系对当代社会生态环境恶化的警示作用；鄂温克人对自然生命的尊重与动物知恩图报的人性化品格对当下社会道德重建的启发意义，等等。在迟子建笔下，鹿、熊、猎犬、鹰、驯鹿甚至狐狸都充满了灵性，它们具备了许多人类所不具备的美德。小说中有一只名叫奥木列的猎鹰，它的主人是猎民

---

① 蒋子丹：《当悲的水流经慈的河——〈世界上所有的夜晚〉及其他》，《读书》2005年第10期。

② 张铃、迟子建：《要把一个丑恶的人身上那唯一的人性的美挖掘出来——迟子建访谈录》，《山花》2004年第3期。

达西。达西曾经被狼袭击，瘸了一条腿。为此收养了奥木列，希望这只鹰能帮助自己寻狼报仇。乌力楞有人嘲笑奥木列是个废物，只知道张嘴吃肉，达西为此绝食了三天，表示要将自己的食物省下来给猎鹰吃。

> 第四天猎鹰突然飞走了，哈谢对达西说，你白对它那么好了吧？到底是禽兽啊，说走不就走了？!
> 达西不急不慌的。他对哈谢说，等着吧，我的奥木列会回来的！
> 傍晚的时候，猎鹰果然扑棱棱地飞了回来。它不是自己回来的，它叼回了一只山鸡。……达西的眼泪立刻就流了出来，他知道他的奥木列看他不吃东西，为他寻找食物去了。（小说第49—50页）

看到这一幕的族人们开始相信奥木列是一只真正的神鹰。读到此处的读者也一定被这个细节所打动，为奥木列的灵性和忠诚而赞叹。就在这年最严寒的时令，也是瘟疫发生的那段时光，奥木列跟着达西悄然踏上了复仇之旅。从此他们再也没有回来：

> 这天早晨回到营地的驯鹿仍是玛鲁王走在最前面，然而它的嘴下多了一样东西，它叼着一只翅膀。迎着驯鹿的林克发现那只翅膀后，觉得奇怪，就把它拿到手中。它仔细地看着那只翅膀，一看就心惊肉跳了，那褐色中隐藏着点点的白色以及条条深绿颜色的翅膀，难道不是达西的奥木列身上的翅膀吗？（小说第52页）

大家循着驯鹿的足迹，终于在白桦林里找到了奥木列和它的主人达西。"那片战场上横着四具残缺的骸骨，两具狼的，一具人的，还有一具是猎鹰的。"现场的情况告诉人们，奥木列终于帮助达西复了仇，但它和主人在与狼搏斗时也身负重伤，狼死了，他们也回不来了。在这场血腥而又酷烈的人狼厮杀搏斗中，奥木列的忠诚和勇猛生动的外化了鄂温克人的品格和民族性格。而作者对驯鹿的细微描写，也隐含了对"人化"自然的追求。被称作"四不像"的驯鹿，性情温良、富有耐力，它的浑身都是宝，皮毛、茸角、鹿筋、鹿鞭、鹿胎都是名贵药材，鄂温克人用它们可以从俄国商人手中换取必需的生活用品。驯鹿还是鄂温克人外出时的骑乘工具、搬迁时的运输工具，它可以负载很重的东西穿山越岭。驯鹿可以说是鄂温克人在艰苦自然环境下不离不弃的亲密伙伴。作者在小说中用充满爱意的笔触细致地描述了驯鹿的习性,赞美了驯鹿身上的神性。玛鲁王是驯鹿大家庭中的家长,营地迁徙时由玛鲁王负责驮运神像,"看见它们,我们就像在黑暗中看见了两团火光"。外出觅食的驯鹿总是在玛鲁王的带领下回归营地。达西与狼搏斗遇害的那天,驯鹿们在回家途中看到了一片白骨,立即从残存的猎鹰翅膀上知道达西死了,为了给主人报信,玛鲁王就叼回了奥木列的翅膀。鄂温克人世代笃信萨满教,而"萨满教的核心思想就是自然万物被当做神灵本身或神灵栖身之所,以一种对神灵的敬畏感来仰视自然,把自然置于一个至高无上的神的地位来加以崇拜和爱戴"。① 鄂温克人与动物唇齿相依的亲密关系,折射出萨满教对他们的价值观和行为方式的渗透。迟子建的细描,不仅复活了这种人与自然相依相偎的生活场景和氛围,也反映了作家对这种自然、朴素生活的爱与情感。

四 诗性的死亡细描

鄂温克的本义是"住在山林里的人",作为自然之子,他们的生死只能听命于天然法则的掌控。迟子建在田野调查中发现,鄂温克人的平均寿命还不到50岁,他们的死亡方式虽然是多种多样的,但来自于自然的意外伤害却是最直接的动因,比如被熊害死、被严寒冻死、被雷电击死,等等。② 因此,《额尔古纳河右岸》里不断出现与死亡相关的话题以及对死亡的具体而微的描写:"如果你七十年前来到额尔古纳河右岸的森林,一定会常常与树间悬着的两样东西相遇:风葬的棺木和储藏物品的'靠老宝'。"这两样在山林中寻常可见的东西关乎着鄂温克人的死亡与生存。然而,死亡对于鄂温克人来说,不过是生命的另一种存在形式,所以他们不回避死亡也不忌讳谈论死亡,在鄂温克人眼里,每一个生命都是怀着对另一个世界的希望而消亡。小说中的死亡细节总是充满了诗意——象征的意蕴。叙事者"我"在漫长的人生中,不断经历着亲人的死亡,年幼的姐姐列娜被冻死、壮年的父亲林克遭受雷击而死、丧父的母亲备受情感折

---

① 雷鸣:《危机寻根:民族文化的认同与现代性反思——对少数民族作家生态小说的一种综观》,《前沿》2009年第9期。

② 参见迟子建、周景雷《文学的第三地》,《当代作家评论》2006年第4期。

磨而死,"我"的两任丈夫拉吉达和瓦罗加,他们一个在生命的盛年死于严寒,一个则死于黑熊的袭击。每经历一次死亡都使"我"在伤痛之余,激发出对生命的更强烈的热爱和怜惜。"我"年幼时目睹了姐姐列娜的夭亡,预先洞悉真相的尼都萨满叹息了一声说:"列娜已经和天上的小鸟在一起了。"发现女儿尸体的父亲林克也说,列娜的"嘴角挂着微笑,好像在做一个梦。她一定是睡熟了,才从驯鹿身上掉下去。困倦的她跌到柔软的雪地上,接着睡下去"。列娜无论是像长着翅膀的小鸟一样从此翱翔于天空,还是永远沉睡在纯洁、柔软的雪的世界里,都是鄂温克人对死亡的充满活力的想象和表达。而林中随处可见的风葬棺木则是这个民族对生于自然又归于自然的生命形式的完美诠释。迟子建曾经说:"我从早衰的植物身上看到了生命的脆弱,同时我也从另一个侧面看到了生命的从容。因为许多衰亡了的植物,在转年的春天又会焕发出勃勃生机,看上去比前一年似乎更加有朝气。"① 秉承自然给予的生命启示,迟子建笔下的死亡获得了一个温暖、柔软的向度:鄂温克人都是怀着尊严、以一种从容的态度走向死亡;他们活着时与自然相依相偎,死了也要与自然融为一体。"我"父亲林克为寻找驯鹿而遭受雷击死亡,尼都萨满特意在松树林中选择了四棵直角相对的大树,为林克搭建了一张很高的铺,他说林克的生命是被雷神取走的,雷来自于天上,要还雷于天,所以林克的墓一定要离天近一点。笃信神灵的鄂温克人相信,死亡也是神灵所赐予的,应该坦然接受和面对。他们"把身体看作是神灵的一部分或者是自然的一部分。神灵随时都可以把他们的生命取走,无论是在痛苦或者快乐的时候,生命都可戛然而止"。② 林克遭受雷击而亡,萨满不仅要将雷神归还于天,也要让林克最终魂归雷电,获得永远的神性。汤因比认为:"宗教使人认识到人类虽然有卓绝的巨大能力,但也仍然不过是自然界的一部分。而且人类如果想使自然正常地存续下去,自身也要在必需的自然环境中生存下去的话,归根结底必须得和自然共存。对于一个具有意识的存在——因而就有选择力,就不得不面临某种选择的存在来说,宗教是其生存不可或缺的东西。人类的力量越大,就越需要宗教。"③ 迟子建的书写将萨满教贯穿于

---

① 迟子建:《假如鱼也生有翅膀》,湖南文艺出版社2005年版,第206—207页。
② 迟子建、周景雷:《文学的第三地》,《当代作家评论》2006年第4期。
③ [日]池田大作、[英]阿诺德·约瑟夫·汤因比:《展望二十一世纪:汤因比与池田大作对话录》,国际文化出版公司1999年版,第38页。

鄂温克人的生活细节当中,揭示了萨满教渗透下的鄂温克人独特的生死观和生态观,高扬了他们即使死后也要与自然融为一体的境界。

有学者指出:"你如果能够把你的写作推向一个两难的世界,一个无法抉择的世界,一个有矛盾但又永远解决不了这个矛盾的世界,它的世界就大了。"① 可以说,迟子建在她的小说中建构了一个充满悖论的世界:一个人与自然既矛盾抗争又和谐相融的世界。崇敬自然的鄂温克族原始的生活方式不可避免受到了来自自然的威胁,在狰狞凶险的大自然面前,人们只能束手待毙。年青一代的鄂温克人不得不离开山林,去寻求一种更接近现代文明的生活。但也因此派生出一个世界性的难题:工业文明的高度发展是不是要以自然生态的恶化为代价?全球化时代的来临是不是意味着少数民族边缘文化的彻底消亡?正是在这样一个充满悖论的世界里,迟子建表现出她作为一个作家对人类文化发展趋势的忧思。

小说中通过"我"的眼睛呈现的母亲的死亡场景是又一个极富感染力的细部描写。母亲在鲁尼和妮浩的婚礼上,穿着尼都萨满送她的羽毛裙子跳起了她最擅长的舞蹈,直到大家都去休息了,她还围绕篝火旋转着:

> 天上出现曙光的时候,我披衣起来,走到昨夜大家欢聚着的地方。结果我看到了三种灰烬:一种是篝火的,它已寂灭;一种是猎犬的,伊兰一动不动了;另一种是人的,母亲仰面倒在地上,虽然睁着眼睛,但那眼睛已经凝固了。

在这里,篝火是写实也是意象,对火的崇拜是鄂温克人常见的原始宗教思维,在狩猎生活中,他们无论走到哪里都会带着火种。小说的叙事者"我"将火比喻为自己跳动的心脏,从某种意义上讲,火就是鄂温克民族生命的象征。根据弗雷泽的研究,在民间信念中,火具有太阳一样的功能,是能够产生温暖的力量,也是对健康和幸福有益的事物,不仅能使人畜兴旺,也能帮助他们消除来自自然的灾害。② 在这里,熄灭的火犹如对母亲之死无望的哀悼,隐喻着一个属于母亲也属于鄂温克族的时代的终

---

① 引自谢有顺的博客 http://blog.sina.com.cn/s/blog_59380f500100088m.html。

② 参见[英]弗雷泽《金枝》(下册)第62章,徐育新等译,大众文艺出版社1998年版。

结。母亲曾经是乌力楞最美丽能干又善舞的女子,她的身上蕴藏着取之不竭的旺盛的生命力。丧夫之后的母亲,原本可以和深爱她的尼都萨满重新开始美好的人生,但氏族内部的陈规陋习,决定了哥哥不能娶弟媳为妻,这道不可跨越的鸿沟,将一对深爱的男女生生分离。母亲的生命在昼夜不停的舞蹈中戛然而止,从容而忧伤;篝火也在彻夜燃烧中化为灰烬,满含苍凉与悲悯。但母亲最终是回到了信仰的怀抱,与自然神灵——火神——融为一体。在这里,"生活细节闪烁出奇特的面目,这个庞大的生活区域交付给纤细而又敏感的内心。文学负责记录内心,记录这里的潜流、回旋、聚散以及种种不明不白的波动和碎屑"。[①] 迟子建不仅让她笔下的每一个细节都渗透着鄂温克人对大自然的敬畏,对生命的敬畏,使之得以融进鄂温克人的文化传统中;同时,这些细节又具有不可替代的象征和比喻意义,如同上述引文列举的那样,没有比篝火的熄灭更能表现鄂温克民族生命力衰微的意象了。在这里,迟子建再次以她的细节展示了鄂温克人与自然和谐交融的生命图景,也流露出作家对这个民族未来命运的深切抱慰和永恒关怀。

五 洋溢着浓郁山林气息的细节

有论者在评价迟子建时说:"作为一个作家,故乡的山野生活,给了她许多好感觉和好细节,使她一写起大自然的种种就下笔有神,在大多都市长成的女作家里独树一帜。"[②] 在故乡给予迟子建的好感觉和好细节中,最让人难以忘怀的是对鄂温克人与自然浑然天成的日常生活方式的描写,"他们能从动物的叫声中,听出它们的欢乐和悲伤,能从夏日飞舞着的蝴蝶的颜色上,判断冬天时会不会有雪灾。这些常识,或者说是智慧,都是生活在大自然中的人才可能产生的"。[③] 因此,迟子建笔下的细节总是散发着少数民族山林生活的独特芳香,在质朴和细腻中又氤氲着忧伤和诗意。例如对林克猎熊的过程,作者写道:

为了能获取上好的熊胆,父亲找到熊"蹲仓"的树洞后,用一

[①] 南帆:《奇怪的逆反》,《当代作家评论》2008年第6期。

[②] 蒋子丹:《当悲的水流经慈的河——〈世界上所有的夜晚〉及其他》,《读书》2005年第10期。

[③] 迟子建、郭力:《现代文明的伤怀者》,《南方文坛》2008年第1期。

根桦木杆挑逗它，把冬眠的熊激怒，才举起猎枪打死他。熊发怒的时候，胆汁旺盛，熊胆就会饱满。

……

林克确实是个优秀的猎手，当堪达罕沉入水中，让湖面的月亮又圆满起来的时候，他非常镇静，耐心等待着。直到它从湖水中站了起来，心满意足地晃了晃脑袋，打算上岸的时候，林克才把枪打响。……我看见堪达罕侧歪了一下身子，似乎要倒在水中的样子，但它很快又站直了，朝枪响处奔来。……林克又在它身上连打两发子弹，它才停止了进攻。不过它也不是立刻就倒在水中的，它像酒鬼一样摇晃了许久，这才"咕咚——"一声倒下了，溅起了一朵巨大的水花。（小说第41页）

跟随林克打猎的"我"，眼见堪达罕的鲜血把湖心染成了黑夜的颜色，却不由得想起它悠闲潜水吃针古草的样子，"我的牙齿打战，腿也哆嗦起来"。类似的还有对母亲剥桦树皮、"我"和丈夫做碱场过程的精细描写，不仅使故事具有了动人的真实性，还真切地展现了这个山林民族在极为艰苦的自然环境下强烈的求生意志和生存智慧，折射出他们的人性在努力与自然融合过程中的坚毅、沉静、善良和宽厚。在另一类细节中，迟子建则着力于对鄂温克民族顽强的生命力和不屈不挠的抗争精神的刻画，比如达西驯鹰，小说先详细交代了达西为刮掉山鹰肚子里的油腥而采取的一系列措施，达西甚至将山鹰放在婴儿的摇车里折腾了三天，直到山鹰脱胎换骨为止。接下来，作者又不厌其烦描写了达西如何在山鹰腿上系上皮条，在尾巴上拴上铃铛，让它不能高飞；此后达西拿出他当年剥下的狼皮铺在地上，一遍遍训练山鹰冲向狼皮，在山鹰退缩的时候，达西不惜坐在狼皮上拍着自己残存的一条腿痛哭失声：

他这样哭了几次之后，猎鹰仿佛明白了这张狼皮是主人的仇人，它很快就把狼皮当做活物了，不仅扑向它的次数越来越多，而且一次比一次凶猛。

这些细节真实聚焦了鄂温克人生活的本色和生命的意志，通过这些细小的、不引人注目的地方，迟子建有效地纳入了自己的异族生活积累和经验,再现了鄂温克族作为狩猎民族生活的艰辛与不易,同时也张扬了这个民族身上的血性和雄强的生命意志,表达了她对当今时代人性的健全发展和人类生存理想的思考。

第三章

时代性与民族性的交融：王蒙少数民族叙事论

少数民族叙事是王蒙文学叙事的一个组成部分，特指王蒙以新疆生活为背景的一系列创作，它们集中反映了"文革"前后期新疆各族人民充满时代色彩的日常生活。除了《在伊犁》系列小说，还包括王蒙在20世纪70年代末到80年代创作的《队长、书记、野猫和半截筷子的故事》《歌神》《买买提处长轶事》《心的光》《最后的"陶"》等短篇小说，中篇小说《杂色》以及2013年出版的长篇小说《这边风景》[①]。它们不仅是考量王蒙文学价值的一个窗口，从中还可以透视中国当代文学民族叙事的深度和广度。赫·马尔库塞曾说："艺术的基本品质，即对既成现实的控诉，对美的解放形象的乞灵，正是基于这样一些方面，艺术在这里超越了它的社会限定，摆脱了既定的言行领域，同时又保持其势不可挡的存在风貌。"[②] 可以说，王蒙民族叙事的系列作品，就是以其控诉现实又超越现实的叙事姿态，体现出鲜明的民族性和恒久的艺术魅力。

第一节 纪实与虚构——"文革"时期的少数民族镜像

作为一个时代感极强的作家，王蒙的民族叙事首先传达了他对当代中国少数民族农村社会情状与走势的主体认知和整体概括。《队长、书记、野猫和半截筷子的故事》（以下简称《半截筷子的故事》）是王蒙民族叙事的早期作品，它以十年动乱期间的新疆农村为背景，生动勾画了农村基

[①] 《这边风景》为70万字的鸿篇巨制，开始写作于1974年，于1978年完稿。原稿在尘封近40年之后，于2013年正式出版。

[②] [美]赫·马尔库塞：《美学方面》，引自绿原译《现代美学析疑》，北京文化出版社1987年版，第7页。

层干部的形象。小说的人物结构与当时农村社会主体结构表现出明显的同一性。自50年代末开始，中国农村形成了权力支配下自给自足的公社体制，所有农民都被纳入其中，"到了1961年实行'三级所有、队为基础'的体制后，生产队成为基本核算单位，这种设置打破了村落中宗族划分的格局"，[①] 一直延续到改革开放初期。《半截筷子的故事》的人物构成，表现为公社、生产队、农民三者间的框架模式，在这种由现实结构关系而来的人物关系中，生产队干部处于矛盾的焦点，他们既是上情下达的桥梁，又是普通农民的主心骨。因此，王蒙在小说一开始就交代了他的叙事意图："为人民公社的基层干部画像"。在小说中，生产队长铁木耳和大队党支部书记库德来解放前都是地主的长工，他们珍惜来之不易的新生活，全心全意地维护农民的利益，始终与农民同甘共苦。公社革委会副主任谢力甫是一个汉语维吾尔语都学得不错的年轻人，从公社秘书岗位提拔为副主任后，自我感觉"身量变高了，体态丰满了，嗓音洪亮了，举止大方了"，他置农忙生产于不顾，专门研究报纸上刊登的"四人帮"写作班子炮制的堂皇文章。谢力甫扶持重用有贪污陷害前科的农民哈皮孜作为先进农民的代表去州里宣讲，哈皮孜"载誉归来"。由于出自谢力甫手笔的宣讲材料"新得出奇，高得可疑"，引来了农工部长带领的调查小组，"部长发现，六队社员既不知晓材料的内容，更不明白怎么是哈皮孜代表他们去开会。听了材料全文以后，一个个茫然莫解"。这桩颇有喜剧色彩的纠葛最终以州委收回哈皮孜的奖状，重新为六队发奖，谢力甫也受到严肃批评而告终。它隐含了叙事主体对政治运动和意识形态抑制农村生产力发展的忧思，也有知识分子对农村基层干部的深切体认。《在伊犁》系列小说的故事情节也基本上是由人物与人物之间的关系构成的，虽然隐含着先进人物与落后人物的矛盾和斗争，但人物之间的对立不是绝对不能调和的，而是夹杂着许多生活情感在内的，如亲情、爱情、友情等，矛盾的化解虽有政策的宣导和领导者的个人能力，但维吾尔族人与生俱来的朴素的文化信念在其中发挥了极其重要的作用。

只有通过民族叙事的视角，我们才能更为清晰地发现王蒙笔下的维吾尔族农民不被时代浪潮淹没的民族性格。显然，王蒙所关注的并非仅仅是"文革"极"左"路线在少数民族地区的泛滥及其对于少数民族群众的戕

[①] 张一平：《当代中国农村社会结构的演变》，《兰州学刊》2006年第6期。

害，也不仅仅是异乡风俗、边陲风景，而是"那些境遇、教养、身份乃至语言文字、宗教信仰全然不同的维吾尔农民以及一切善良者的拳拳之心"。[①] 这成为王蒙民族叙事的主要动力。《哦，穆罕默德·阿麦德》是《在伊犁》系列小说的首篇：穆罕默德·阿麦德一家从较为贫瘠的南疆喀什噶尔迁徙到北疆伊犁后，物质生活极端贫困，住着"歪歪扭扭的用烂树条编在一起抹上泥就算墙的烂房"，父母及弟妹穿的都是破烂衣裳，穆罕默德·阿麦德在精神上也备受周边农户的歧视，比如他身为未婚男儿（巴郎子）却擅长拉面条，并且打架时撞头。在伊犁人看来，"男人打架，可以用拳头，可以动刀子，就是不准撞头……"在叙事者"我"的眼里，阿麦德也不男不女、做派颇有几分猥琐。但一个偶然事件的发生，激活了阿麦德人性中的善良、正义和坚忍。回乡的维尔族姑娘玛依努尔因父亲贪图钱财将她许配给了伊宁市的一个木匠，玛依努尔不满意这桩婚事，但又无力反抗。穆罕默德·阿麦德帮助玛依努尔出逃。面对全村人的疑惑和玛依努尔父亲的淫威，阿麦德不但据理力争，批评玛依努尔的父亲不该包办女儿的婚事，即使玛依努尔的父亲用维吾尔语中最下流的语言羞辱他，阿麦德也"没有撞头，他双手交叉在胸前，低垂着头。打架只能和平辈打，骂架也是如此，对于上一辈人，他保持着应有的礼节，打不还手，骂不还口，他只是沉默着"。半年后，逃走的玛依努尔平安归来，并如愿嫁给了一个她中意的俊郎。没人理解阿麦德为什么要这样做，犹如鲁迅笔下的鲁镇，人们很快忘记了祥林嫂的悲惨境遇一样，村民们对阿麦德的所为也仅仅抱以善意的嘲笑。但王蒙不满足以"在场者"的身份讲一个维吾尔族农民的故事，而是要以文学手段给予这个人物生活化和审美化的表现，同时增强小说叙事的活力（这一点我们将在下文做进一步的具体分析）。就是这个物质生活极端贫瘠的农民阿麦德，竟珍藏着相当于汉文50余万字的维吾尔族长诗《纳瓦依》，并能背诵其中的许多章节。显然，阿麦德在关键时刻迸发的精神能量无不来自于自身民族文化的熏染，这使王蒙的民族叙事显示了很多新农村叙事小说所不具备的深度，他没有停留在对农民的外围世界的精描细画上，而是发现并展示了人物个体精神的成长过程。《在伊犁》叙事的背景是"文革"中的伊犁，但王蒙叙事的关注点在于：

---

① 王蒙：《在伊犁·台湾版小序》，《王蒙文存》第21卷，人民文学出版社2003年版，第117页。

政治运动虽然抑制了个体农户的劳动创造力和积极性，阶级斗争意识形态下的"文革"话语可以侵蚀甚至占领维吾尔族民众的生活文化空间，但维吾尔族文化传统中的美德如同河流中的暗涌，是边缘的、力量微小的，又是生生不息的在民间流淌、奔腾，阿麦德身上的善良、仗义源于维吾尔族传统文化的哺育，他的行为方式也无不是这个民族的古老传统在今天的显现。"我"在初到伊犁时，就受到阿麦德热情的帮助，此后阿麦德向"我"借十元钱的行为，让"我"产生了不快并开始怀疑他的热情，"我"断定这次借钱是有借无还。时隔八年，当"我"要离开伊犁时，阿麦德却闻讯赶来塞给"我"九块钱，他为一时凑不到十元钱而歉疚。"我"由此悟出："这大概是维族人的一种礼法吧，人在，早还债晚还债可以不那么认真，人走了，那就要清清楚楚。"在《虚掩的土屋小院》《淡灰色的眼珠》等作品中，叙事者的这个意图就更加明显。无论是房东穆敏老爹（《虚掩的土屋小院》）还是木匠马尔克傻郎（《淡灰色的眼珠》），他们颇有一些小农生产者的习气，他们狭隘的思想观念和封建意识在日常生活中时常可见，但他们幽默、达观、重情重义，他们以朴素的文化良知和在长期生活中积淀的智慧转化成对"文革"极"左"暴政的特殊反抗形式，他们坚持合乎人伦与民俗的行为举动，都是王蒙民族叙事的鲜明指向，也为我们提供了对维吾尔族传统文化的当代阐释。我们由此看到未被主流意识形态下的宏大叙事所遮蔽的民族叙事的一种魅力。"文革"时期的中国，农村社会的集体平均主义的格局"为了将农村劳动力束缚在集体之中，就必须让所有农户之间没有或很少有差别"。[①] 农民失去了自主经营的权利，集体劳动往往"干一个小时，就会叫歇，一下午至少要歇两次"（《虚掩的土屋小院》）；一般情况下，"太阳还老高，组长宣布收工，但一律不得回家，以免给人以本组收工太早的不良印象。大家聚在地边抽烟，意思是如果碰到上面有人来检查，就重新下地比划比划；如果没有，等暮色昏黄时再起立各奔各家"（《哦，穆罕默德·阿麦德》），遇到像责任心较强的如穆敏老爹一样的人领导农民干活，干上一两个小时，"人们不等他发话，先后自动停止了手底下的活，把砍土镘立在地里，坐到渠埂上吸烟"（《虚掩的土屋小院》）。这种被特定现实所固

---

① 陆益龙：《中国农村社会结构六十年的变迁：回眸与展望》，《马克思主义与现实》2009年第6期。

化的人生，并不能遏制少数民族农民旺盛的生命力和对生活的热爱之情。从不在队里干活，还天天跟别人辩论的马尔克"傻郎"，凭借木匠手艺做了儿童小摇床，准备在夏收期间拿到伊宁市的早市上去卖，遭到把守村口的小民兵的阻拦，马尔克"衣冠齐整，精神焕发，虽然受阻，但并不急躁，而是耐心地、有板有眼、有滋有味地与小民兵辩论"。围观的乡邻都知道马尔克出村的目的，可就是心照不宣，"我"帮着马尔克说情，使马尔克获得一个小时时间出了村。马尔克直到晚上才回村，但他立刻诚邀"我"去他家里做客，以答谢"我"对他的帮助。在王蒙笔下，懒惰与勤快、愚钝与精明、真诚与油滑在马尔克身上实现了和谐与统一。穆敏老爹（《虚掩的土屋小院》）因思考生与死的问题而陷入了苦闷，连日来既不愿上工，也不在家干活。但某天离家五个小时再回来的时候，穆敏老爹"面色红润，气喘吁吁，两只眼睛瞪得又圆又亮又大，说话声音洪亮，与前几天那种痴呆抑郁的样子判若两人"。追问个中缘由，原来穆敏老爹外出时发现村里有人家的院墙侵占了道路15厘米，经吵架无法解决，便抄起砍土镘把那家人已经打起来的墙根全部拆了。在剩余的时间里穆敏老爹则帮助场上的青年男女装车扛麻袋，老太婆认为今天是老爹的歇工日，干了公家的活也没法算公分，老爹却完全不以为意，重要的是扛起麻袋来，精神重新振作了。这件事表面上看来不合逻辑也不合情理，但却显示了维吾尔族人崇尚自然、热爱劳动、以勤劳为荣的基本价值取向，穆敏老爹在劳动中扫清了精神的阴霾，重新获得了生命的活力。这既是维吾尔族人民长期赖以生存和发展的精神所在，也是我们中华民族乃至于人类生生不息的奥秘。由此，王蒙笔下这些鲜活的少数民族农民形象散发出同时代其他农民身上所没有的光芒，洋溢着一种前所未有的崭新的人生境界，显示出王蒙民族叙事既忠实于时代又超越时代的审美特征。值得一提的是，王蒙在他的一系列民族叙事的作品中，始终平等、宽厚地对待他笔下的少数民族人物，既不是俯视，也不是仰视，而是坦然地平视。这些人物形象，打破了80年代中国文坛单一、凝重的人物格局，丰富了当代文学的人物画廊。

《在伊犁》创作于"文革"十年政治动乱刚刚结束的80年代，当时的中国作家内心郁积了太多的文化与政治的压力，他们有强烈的文化焦虑与政治焦虑需要释放。复出文坛的王蒙把纪实性作为创作小说的自觉追求，与时代赋予他的现实紧迫感和民族责任感有直接的联系，而以再现新疆生活场景为其重要旨归的《在伊犁》更是如此,王蒙说:"回想和谈论我们在伊犁的生活,唤起并互相补充那些回忆,寄托我们对伊犁的乡亲友人的思念之情,快要成为我和家人谈话的一个'永恒主题'了。"[①] 对新疆生活的一种唤起和回忆,成为《在伊犁》的叙事动力和叙事资源。为制造一种逼真的现场感,使小说显得更加真实可信,王蒙将叙事视角由外向内转变,《在伊犁》系列小说基本上采取了第一人称叙事视角。小说以"我"——落难的作家王民(王蒙)作为贯穿始终的人物兼故事的叙述者,"我"既是伊犁风情、人物和故事的目击者、叙事者和评论者,同时也是人物事件的参与者和交流者。以现代叙事学的观点来看,"我"属于参与故事、成为故事内的叙述者,"即所谓同故事(homodiegetic)叙述者。故事内叙述者或同故事叙述者,又称为'叙述代言人'(narrator - agent),这是一个在叙事作品中同时作为其所讲述的情境和事件中的人物、并对这些情境和事件产生可见影响的叙述者"[②]。《在伊犁》中的"我"是一个诗人(作家),来自遥远的首都北京,因在"文革"中获罪而被下放到新疆伊犁接受劳动改造,且被当地老百姓称为"老王"。一方面,"我"作为第一人称叙事者,因其身份与现实生活中的王蒙高度吻合,使作品具有明显的纪实性;另一方面,"我"还是一个参与故事的人物,是王蒙笔下的一个有个性、有血肉的艺术形象,不能简单地将"我"和作者本人完全等同起来,只能说在"我"身上留下了作者清晰的面影。"我"作为小说人物——叙事者在构筑小说时,赋予了作品和人物特殊意义和艺术效果。为此,纪实与虚构的界限在小说中十分模糊,它们互相纠缠,构成了文本的叙事张力。无论是作为叙事者的"我"还是小说人物的"我",出现在《虚掩的土屋小院》《淡灰色的眼珠》《哦,穆罕默德·阿麦德》等作品中,都与现实世界中的王蒙有着互文性、同构性和互相阐释的生命关系。作品中的人物穆敏老爹、马尔克、穆罕默德·阿麦德、好汉子依斯麻尔,甚至不怎么重要的阿卜杜拉裁缝都有生活原型,而且出现在多篇作品中,与小说的故事"互相参照,互为补充,互为佐证"[③]。《虚掩的土屋小院》讲述了"文革"期间"我"下放到伊犁农村

[①] 王蒙:《在伊犁·后记》,《王蒙文存》第8卷,人民文学出版社2003年版,第236页。
[②] 谭君强:《论叙事作品中叙述者的可靠与不可靠性》,《思想战线》2005年第6期。
[③] 王蒙:《在伊犁·后记》,《王蒙文存》第8卷,人民文学出版社2003年版,第236页。

时的生活片段。"我"的房东穆敏老爹和阿依穆罕大娘就是以王蒙下放到伊犁巴彦岱的房东阿卜杜热合曼老爹和赫里其汗老妈妈为原型,现实中的王蒙曾与两位老人朝夕相处、情同手足,一起度过了六年时光。小说中的"我"作为一个外来户、一个汉族知识分子在思维方式、行事习惯等方面与穆敏老爹产生的分歧,"我"既难以认同又无力改变的矛盾心态,都使叙事者的身份和思想言行在文本内外实现了某种契合,赢得了读者对"我"叙述的可靠性与真实性的信任,也让文本的纪实色彩更加鲜明。然而,王蒙不打算仅仅做一个新疆生活的近距离旁观者和记录者,使《在伊犁》成为一个落难知识分子农村生活的实录,他最终"文性难移","未能恪守那种力求只进行质朴的记录的初衷。……越写越像小说了"。[①]何况从叙事策略的角度看,"我"作为第一人称叙事者的视点是受到限制的,无法像全知视角下的叙事那样随心所欲,同时"我"作为参与其中的人物,"我"与叙事对象之间缺少必要的疏隔,不能将叙事与想象的触角伸得更远,使叙事的审美性受到明显的压制。新时期之初的"伤痕文学""反思文学"创作思潮都不同程度地存在着这种艺术缺陷,作家们都是那个时代历史事件的亲历者与参与者,他们急于在时代洪流中汇入自己的声音,甚至有将现实直接当作叙事对象的苗头,导致文本与现实之间的距离被缩短了。在这种特定语境下,王蒙并没有回避他的小说对纪实性的追求,但他也强调:"复杂化了的经历、思想、感情和生活需要复杂化了的形式。"[②]而文学创作"不仅是选择和剪裁,它要用现实的材料构成一个虚构的世界。……这种想象和虚构的动力离不开感情,爱与憎,追忆与希求"[③],因而,他更注重如何将现实的故事和体验艺术地化为一波三折的小说,从而实现生活真实和艺术虚构的统一。所以在《虚掩的土屋小院》结尾,作者写道:

> 写起伊犁的人和事来,没有什么人比房东二老更叫我觉得熟悉、与我关系更亲密、更能牵动我的心了。在我成人以后,甚至与我的亲生父母,也没有这种整整六年共同生活的机会。然而,我几次提笔都

---

① 王蒙:《在伊犁·后记》,《王蒙文存》第8卷,人民文学出版社2003年版,第236页。
② 王蒙:《我在寻找什么?》,《王蒙文存》第21卷,人民文学出版社2003年版,第27页。
③ 王蒙:《当你拿起笔》,《王蒙文存》第21卷,人民文学出版社2003年版,第168页。

第三章 时代性与民族性的交融：王蒙少数民族叙事论

写不成，他们似乎算不上什么典型，既不怎么先进，也不奇特、突出。甚至写个畸形人物也比他们好写，说不定更吸引人……但我一想起穆敏老爹和阿依穆罕老妈妈来，就有一种说不出的爱心、责任感、踏实和清明之感。我觉得他们给了我太多的东西，使我终生受用不尽。……特别是穆敏老爹，他虽然缺乏基本的文化知识，却具有一种洞察一切的精明，和比精明更难得的厚道与含蓄。数十年来我见到的各种人物可谓多矣，但绝少像老爹这样的。

可见在王蒙心里，这些难忘的回忆和经历确已深刻持久地蓄积为他难以释怀的情感，同时也自然而然地积淀成为他文学叙事的经验资源，并孕育出他民族叙事的主题，即表达对"维吾尔农民以及一切善良者的拳拳之心"（王蒙语）。因故，王蒙不以普通的写实叙事为满足，而是通过丰富的文学手段来表现生活的经验和经历。他的独特性在于，一方面叙写小说细节的真实性，特别是对关乎维吾尔族人的基本生存，像饮食起居、人际交往、爱情、婚丧嫁娶等家庭日常琐事的细节，进行了饶有趣味的描写和刻绘，比如阿依穆罕妈妈的"彻日饮"茶、维吾尔族人出远门之前的上路"乃孜尔"（《虚掩的土屋小院》）、穆敏老爹酿造葡萄酒的过程（《葡萄的精灵》）、马尔克傻郎招待客人的礼节（《淡灰色的眼珠》）等，都真实鲜活地映射出新疆少数民族特殊的文化形态；另一方面通过对小说人物"老王"的心理复杂性的描写，使其与其他人物之间保持了必要的距离。在《哦，穆罕默德·阿麦德》中，"老王"在基本掌握了维吾尔语之后，向村人打听穆罕默德·阿麦德是不是"艾杰克孜"（汉语性变态的意思），这个带有侮辱性的词语连当地人都认为不能随便使用；"老王"因此对穆罕默德·阿麦德采取疏离的方针："遇到他邀请我到他家里去，请十次，我去上一两次，而且去了以后就表示我很忙，不能多坐。"甚至"老王"在离开伊犁前遇见穆罕默德·阿麦德的时候，都没有和他多谈，阿迈德的境遇似乎在"老王"眼中已经变得有些无关痛痒。与此形成鲜明对照的是阿麦德始终如一的友善和热忱，面对"老王"的冷漠和蔑视，他反而心疼"老王"不该学会甚至使用维吾尔语中的一些"脏话"，由此，作为人物的"我——老王"的性格呈现出复杂性和多面性，而叙述者"我"所描绘出的穆罕默德·阿麦德的形象也具有更加广阔的思想与行动空间，他不是抽象的民族的象征符号，而是一个血肉丰满的、活生生的人物形象，透过这个形象，王蒙一步步接近了维族人的精神和灵魂。

第二节　政治叙事与日常生活叙事的抵牾与互动

　　王蒙有一段广为人知的少共经历，新中国诞生前夕，不满14岁的少年王蒙已是中共北平地下党的成员，亲历了北平的解放和新时代的来临。50年代初，共青团干部王蒙在工作之余创作了长篇处女作《青春万岁》，首次把政治热情融入小说中的人物身上，写出了那一代青年人特有的革命激情和理想主义的生活。从1956年针砭党内官僚主义作风的《组织部来了个年轻人》开始，到90年代的"季节系列"长篇小说乃至21世纪之初出版的长篇《青狐》，王蒙笔下反映的人生形态基本上是社会政治文化层面上的人生形态。他始终自觉追求政治热情与艺术趣味的结合，努力寻找文学与政治融通的方式和途径。王蒙民族叙事的主要作品《在伊犁》（系列小说）、《这边风景》等都以"文革"为背景，《这边风景》的原稿更是创作于"'四人帮'正在肆虐，'三突出'原则统治着整个文艺界"[①]的70年代初，在那种特殊的历史境遇下，即便是远离政治中心的新疆，也陷入了日常生活政治化的非正常状态。所以，在这部劫后余生的长鸿巨制中，作者融政治与日常生活为一体的叙事意图表现得十分明显。如同王蒙自己所说："在小说里有永远不会过时的话题，比如热爱祖国、热爱家乡、热爱边疆、民族团结，在我们这个祖国大家庭里，他们的生活，他们的精神面貌，更需要有《这边风景》一类的作品展现。只要生活没有停止，就仍然有吃喝拉撒睡、有爱情、有唱歌，西瓜仍然是甜的。"[②]《这边风景》就是从新疆维吾尔族人民的日常生活小事出发，描写个体在全民政治化的特定历史时期遇到的种种情况和问题。首先，作品将"文革"时期特定社会历史境遇的展示和维吾尔族人日常生活的诗意描写互相融合，立体地反映了少数民族人民是以怎样的心态、体验和情感介入了"文革"时期的政治生活。政治叙事是王蒙创作的整体取向，在《这边风景》中他自觉地表达了对现实政治语境的认同和迎合，小说甫一开始，

[①] 崔瑞芳：《我的先生王蒙》，长江文艺出版社2004年版，第107页。
[②] 《文学的记忆——王蒙长篇小说〈这边风景〉研讨会》，《南方日报》2012年2月25日。

作家就营造出一个充满强烈时代政治氛围的叙事空间。1962年是中国当代历史上极不平凡的一年，国内外阶级斗争都异常复杂、尖锐。中苏交恶之后，苏联不断挑起边境流血事件，导致中苏边界冲突升级。而在中苏边境的新疆伊犁、塔城地区，苏联策动6万余中国公民越境逃往苏联。小说的主人公伊力哈穆——一个30岁的维吾尔族党员，就在这个时候结束了三年工人生活回到了故乡伊宁。然而自他走出车站的一刻起，映入他眼帘的就是稀少的行人、萧条的市面、紧闭的门窗和人们惶恐的目光，还有因准备出境去苏联而丢失了孩子的同村妇女乌尔汗……赶回到家乡跃进公社爱国大队之后的伊力哈穆更是面临着极为复杂严峻的政治形势：生产队的两吨多小麦在一个夜间被偷走了，时任大队书记的库图库扎尔下令全大队晚间戒严，一时间人心惶惶、人人自危，村民们的正常生活受到极大的威胁，伊力哈穆该如何应对乡亲们的困惑和疑问？小说写道：

> "等等，"伊力哈穆抬起了手，他起身打开了自己的行李包，从最里面拿出了一个不太大的镜框，他用袖子擦拭了一下其实并无灰尘的玻璃。"你们请看！"
> "毛主席！"众人都站了起来。米琪儿婉扶着巧帕汗也凑了过来，同声欢呼。镜框里镶着的是毛主席和维吾尔族老贫农库尔班吐鲁木握手的照片。
> ……人们谁不以为，那双紧紧握住主席的巨大的双手正是自己所熟悉的、或者干脆就是自己的手呢？"这就是我们大家，"伊力哈穆点着头，微笑着说，"毛主席的手和我们维吾尔农民的手紧紧地握在一起。毛主席关心着我们，照料着我们。看，主席是多么高兴，笑得是多么慈祥"。（上册第21页）

小说中和毛主席照相的于阗老农库尔班吐鲁木曾两次进京，受到毛主席的亲切接见并留下宝贵的合影，库尔班吐鲁木也因此成为新疆人民仰慕的英雄。这些宝贵的历史瞬间都被作者纳入小说文本，栩栩如生地反映了新疆少数民族农民对毛主席的衷心热爱和无限信赖。新中国诞生以来，是毛主席、共产党顺应历史的发展潮流和新疆各族人民的心愿，成功地化解了历史上遗留的民族隔阂，带领新疆各族人民走上了和平发展的道路。王蒙的书写准确地把握了时代的政治脉搏，也让人们看到特殊年代日常生活中强烈的政治意味。此外,伊犁哈萨克自治州的成立、纪念列宁诞辰90周年活动、"四清"运动、中共八届十中全会关于"千万不要忘记阶级斗争"号召的提出以及关涉到20世纪六七十年代新疆边境的历史事件,都在文本中得到直接或间接的呈现和回应。然而,擅长政治主题的王蒙,却是因政治获罪被抛入了社会底层,从而在他的政治智慧遭遇重创的年代获得了生存的智慧,这就是他多次感叹过的:"即使在我们的生活变得沉重的年月,生活仍然是那样强大、丰富、充满希望和勃勃生气。"[①] 在《这边风景》中始终有一股日常生活叙事的强大动力不断弱化着政治叙事带来的压力,免除了小说沿着单一的政治化趋向越走越远的危险。由于特殊的时代环境所限,20世纪六七十年代的文学创作(即所谓的"文革文学"),大多留下了为政治服务的印痕,作家们都无可避免地在政治和阶级斗争的路线框架中写作。像浩然的《艳阳天》《金光大道》,在反映农民的精神面貌和思想性格、表现他们改天换地的精神的同时,也充满了主流意识形态的阶级斗争话语,将大量的笔墨聚焦于农民的阶级感情和阶级本性。从创作时间上看,《这边风景》写于1974—1978年[②],在叙事形式、抒情形态、价值取向上都有"文革文学"的鲜明印记。然而,生活之树常青,《这边风景》之所以能够在30多年之后出版并赢得读者的喜爱,正是因为它内部充盈的日常生活故事叙事流所显现出的巨大魅力。日常生活作为与人的存在息息相关的领域,构成了人之存在的基本面貌和全部表现形态,日常生活叙事则是"对个体日常生活经验进行想象性表达的一种叙事形态。……从本体论的高度上看待日常生活,把日常生活作为具有独立意义的审美表达对象,并强调在日常生活中发现意义和价值",[③] 阅读《这边风景》文本,王蒙正是通过对维吾尔族乡村日常生活状态的关注与表现,不仅使它们成为具有独立意义的审美表达对象,也为小说赢得了更为自由和开阔的叙事空间,凸显出维吾尔族民间生活蕴含的独特诗意和浪漫风情。《这边风景》将"文革"时期的历史生活融汇到日常生活场景中的叙事方式,使伊犁河畔跃进公社爱国大队1962年的生活景观鲜活、灵动地呈现在读者面前,有效地抑制了"文革"时期主流意识形态

---

① 王蒙:《在伊犁·后记》,《王蒙文存》第8卷,人民文学出版社2003年版,第236页。
② 虽然2013年出版之前,作者进行了必要的修改,但"基本保持"原貌。见《这边风景》腰封。
③ 董文桃:《论日常生活叙事》,《江汉论坛》2007年第11期。

政治话语的泛滥，尽管政治风云瞬息万变，但人们看到的却是以不变应万变的生活常态。白天在通往庄子的路上，时常"有那么一些游手好闲的男青年，最喜欢靠在、坐在桥栏杆上休息。在这里可以晒太阳、吹风、得清凉、'吃空气'、吸烟、听流水声。更主要的是看过往的行人，其中特别是过往的姑娘和年轻媳妇们"。而在村庄的夜晚："晚春的清风吹拂着面孔，送来了农村特有的混合在一起的庄稼、野草和树叶的香气。"寻常的维吾尔族人家，随处可见砌得方方正正的土炉、矮矮的夏日茶室、为严冬保暖而钉在门上的新毡子以及流淌着的温暖、润泽、舒适的家庭生活的热气。公社的高音喇叭之下，乌孜别克人的老旧的留声机也在悄然转动；每一个周五，伊斯兰教的祈祷日——主麻日，清真寺里挤满了穿着老式民族服装的信徒们。伊斯兰教对维吾尔族四百年的渗透，使"人们不能无视它的影响、凝聚、吸引、慰安及动员的力量，尤其不能无视它对于人民生活的规范作用"。如果说，在极"左"政治愈演愈烈的境况下，宗教信仰极大地安抚了新疆少数民族农民颤动不安、如坐针毡的紧张惶惑情绪，那么，作者着意于体验并表现了这种少数民族人民独有的宗教生态生活的魅力，无疑是他对小说甚至文学艺术本体精神的持守，也证明了作者坚实的生活积累，同时也使《这边风景》得以从大多数"文革文学"中脱颖而出。

此外，王蒙民族叙事凸显了政治理性与艺术个性的颉颃构成的艺术张力。文学创作作为人类的艺术活动之一，本身就是从审美的视角去感受生活，观察生活，并运用自己的想象力去创造具有审美价值的艺术形象和意境，文学与哲学、科学的最大不同即在于始终以形象性、直观性和情感性等感性方式作为主要特征。因此，作家需要有不同于一般人的敏锐的感受力和细致的观察力，才会有作品中不同凡响的艺术个性，也才会引起读者的审美共鸣。写作《这边风景》时，王蒙已经下放新疆十多年，他在这片生活着多个少数民族的热土上，既获得了迥异于内地文化中心的全新的生命体验，也找到了基于审美性的感性释放的渠道。同时，由于特殊的政治遭遇，自以为"已经改造的很可以的了"的王蒙，也尽可能小心地把握着时代的政治情势，真诚地用文学投射"文革"时期伊犁乡村的现实政治生活。由于"政治理性是人类建立在一定的政治利益基础之上的精神现象，是受人的政治目的和意志所支配的精神活动及在政治生活中按一定逻辑规则和逻辑程序运作的认知形式和认知能力"。① 因而具有明确的意识形态特征。虽然它也是对现实生活的能动的反映，但却侧重表现的是群体的意向性。50—70年代的当代文学，从整体上看，政治理念和群体意向极大地规约了文学的感性和个性，文学几乎沦为意识形态和政治话语的传声筒或附庸。文学创作"不是从生活出发，从感受出发，不是艺术的酝酿与发酵在驱动，而是从政治需要出发，以政治的正确性为圭臬，以表现自己的政治正确性为第一守则乃至驱动力"，② 作家的审美感觉被高度政治化、理念化和阶级化了，原本充溢着激情和想象的文学受到政治理性的严重削弱。甚至在王蒙发表于1978年的短篇小说《向春晖》中，主人公的姓名仍然充满了"文革"色彩，多年后，王蒙对这种政治理性掩盖了文学感性的作品做了中肯的评点："有筋骨脉络，却没有肌肉神情，没有细节，没有丰满的生活情趣，没有气韵生动。"③ 因此，《这边风景》既是"处心积虑、小心翼翼"的，又是"生气灌注的书写"（后记）。在此，我们通过小说中两组互相对立又纠缠的意象进行必要的分析。一方面，小说描写了一组充满时代政治内涵的意象，比如有线广播喇叭、《东方红》和《大海航行靠舵手》的乐曲、社会主义教育工作队（简称社教工作队）、"四清"工作组，等等，呈现出动荡社会中的人物关系和生活内容。比如定时播报的有线广播喇叭俨然成为政治意识形态向普通农民渗透的一种手段和机器，成为他们日常生活不可或缺的一部分。小说写到，社员们听完了广播，通常意犹未尽，他们"议论着，回想着，互相询问着。似乎都有点不满足……越来越多的人来到了队长的家里"，继续热议他们关心的时政问题，而队长伊力哈穆还要带领大家跟着广播学唱《大海航行靠舵手》，歌词已经译成了维吾尔语，连伊力哈穆睡在摇床里的小女儿，听到歌声后脸上也露出了明快的笑容。对于居心叵测的恶人来说，他们对有线广播则是又恨又怕，大队长库图库扎尔应麦素木的邀请到家中做客，在享用了美食之后，麦素木拿出家里珍藏的留声机播放乌兹别克斯坦歌曲，沙沙的噪音使库图库扎尔陷入了一种软弱伤感的情绪：

---

① 何颖：《论政治理性的特征及其功能》，《政治学研究》2006年第4期。

② 王蒙：《大块文章》，作家出版社2007年版，第5页。

③ 同上书，第4页。

突然，一阵威严的声响打乱了这一切，压倒了这一切。一阵恐怖使库图库扎尔发起抖来，不知道发生了什么事情……几秒钟之后，他才明白，是有线广播喇叭响了，公社广播站开始播音。麦素木跳了起来，像一只烫了脚的小鸡。他试图用棉衣罩住喇叭，但喇叭的声音依然响亮。他想把电线拉断，结果，一拉，喇叭连同保护扬声器的木匣一同落了下来，电线仍然没断，喇叭里赵书记正在讲社会主义社会的阶级斗争。

等麦素木掏出小刀割断电线，喇叭才不响了。然而，公社赵书记讲话的声音仍然传到屋里来，是从大队的高音喇叭中放出来的，这是谁都无法罩住也无法割断的。

显然，在王蒙笔下，有线广播就是党的阶级斗争路线的传声筒，拥护有线广播就是拥护党的路线政策；反之，则是与党和人民为敌。这种非黑即白、非善即恶的"文革"极权化思维恰是王蒙日后强烈抨击的思维方式，由此也真实地反映了时代政治理性对王蒙创作的约束。另外，在小说中，与表现时代政治的意象紧密联系在一起的是一组反映各民族劳动人民的生活、情感、渴望，充满了浓郁的民族味、农村味、新疆味的意象，它们不断消解着小说的政治化意象乃至作者的政治焦虑，让我们从中窥见了王蒙以细腻的艺术感觉和形式去创造对于当时社会生活的观察、体验和想象的努力，用王蒙自己的话来说就是对如何写出"又红又专"的作品的探索，特别是"作者能够以一个维吾尔人的眼睛看中国，看世界"，由此"培育人们想象他者与去除偏见、同情他人与公正判断的能力"。[①] 使作品显现了不同于主流少数民族叙事的动向，彰显了建立在差异冲击之上的文学价值。在《这边风景》中有诸多洋溢着文学感性的人性化描写，承载了人们对伊犁河畔少数民族的微妙想象和情感投射。王蒙描写新疆伊犁，既不注重对异域生活的再现，也不是某种先在的关乎少数民族的理念的阐释，它确确实实是王蒙新疆情结的载体，也就是说，作者虽然有明确的政治意识，但小说的生成更是出自于王蒙创作情感心理的促动。维吾尔族学者姑丽娜尔·吾甫力对此有一段精彩的评述，她说："新中国成立以来，

[①] 姑丽娜尔·吾甫力：《民族故事可以这样讲——〈这边风景〉读后》，《光明日报》2014年7月28日。

少数民族怎样用自己的方式演绎国家的故事,以及他们对国家的态度,对国家的情感,其实这方面在汉语文学中相对来说是比较少的,也是被长期忽视的一个重要命题,那么,在这一点上,这个非常重要的命题在当代中国语境中显得尤其重要,有很多这样的群体被忽视,他们的话语没有很好的表达场合。王蒙这部作品恰恰切中了民族文学的要害。"① 正是投放了全部生命和情感,王蒙才进入了维吾尔族人民和新疆其他少数民族的生活,穿越了民族的界限。在《这边风景》中,王蒙不是游客,也不是"他者",小说随处可见的具有民族味、农村味、新疆味的鲜活的意象,比如毡子、净壶②、馕、土炉、坎土曼等和渗透于日常生活的民俗风情,足以证明王蒙写的是他自己那一段作为维吾尔族人的生活,这也是小说中最精彩、最生动的部分。对于维吾尔族人来说,毡子是普通家庭的必备之物,一切活动包括吃饭、睡觉、谈话都在毡子上进行,不仅起着桌椅板凳和床铺的作用,它还代表了维吾尔族人因地制宜对简朴而又舒适的生活方式的追求,也保留着汉族古代席地而坐,"割席"绝交的某些特点。同样,对一贯讲究清洁的维吾尔族人来说,抖毡子去尘是一件很不轻松又充满了技巧的工作。小说不吝笔墨活灵活现地描写了热合曼老爹抖毡子的整个过程:

> 毡子很大,四米多长,三米宽,当然也很重。热合曼摆出一副搏斗的姿势,他两腿劈开,腰背前倾,两臂伸张,抓住毡子的两个角,用力上下抖动,掀起了羊毛毡子的波浪,霎时间毡子好像也获得了生命,用自己的强劲的振动摇撼着、扯拽着老汉的身躯和臂膀。刺激着、挑逗着老汉使出更大的力气。而随着老汉的加力,毡子在热合曼的心目中变成了传说中的妖龙,它也加倍躁怒地发起威风来,冲腾着,拉扯着,似乎在向人挑战,要把人摔倒,同时还吐出了弥天盖地的、呛人的尘土。老汉来劲儿了,脸红了,他更加勇猛和奋不顾身地展开了同妖龙的搏斗,终于摸到了妖龙的脾气,手臂的起落渐渐与毡子的振频合拍,妖龙似乎开始认输了、驯服了,按照人的意志而起伏舞动,尘烟也越来越稀薄、消散了。最后,打干净了的毡子,这被驯

---

① 《文学的记忆——王蒙长篇小说〈这边风景〉研讨会》,《南方日报》2012 年 2 月 25 日。
② 按照作者在作品中注,是洗手洗脸专用的线条曲折的比较高的铜壶。

服的妖龙垂头丧气地耷拉在雪上，再服服帖帖地被卷折在热合曼的脚下。热合曼老汉以一种得胜的姿态和庆功的情绪拍打着自己身上、脸上、眉毛和胡须上、帽子上的尘土。（下册第476页）

如此情畅意浓、真朴自然又不失夸张的描写，弥漫着维吾尔族人的生命元气和生活情趣。作者以一系列比喻和诗意的想象为日常劳动场面赋予了美感，或者说，对于维吾尔族农村生活的深厚体验和作家的艺术敏感使他能够以诗意的方式呈现维吾尔族人的普通生活。紧接着作者将笔触转入热合曼老汉拍打完毡子之后的饮茶、早点，"这也是这个家庭的例行的提问、讨论、学习和上课的时刻"。热合曼虽然年过六十，但却有着强烈的求知欲，时事、政治、天文、地理他都关心。在这个早晨，融进阿卜都热合曼一家生活的话题则是社教工作队，因为有几个队员要住到自己家里，队员中免不了有汉族同志，热合曼要抓紧在早茶时间让孙子为他们老夫妻普及几句汉语，这顿美妙的早茶就在诵读汉语"不要客气"中度过了，社教工作队"这个充满特定时代政治内涵的意象就这样迅速进入维吾尔族人的日常生活话语中，与散见于小说中的诗意想象和诗化细节彼此颉颃吾尔，汇成了小说多声部的叙事话语，产生了巨大的叙事张力"。

第三节　性别与族别视域下的少数民族女性形象

以时代和政治为创作主旋律的王蒙，在他笔下塑造过一系列个性鲜明、追求进步、具有现代意识的女性形象，如短篇小说《布礼》中的凌雪、《蝴蝶》中的海云，长篇小说"季节"系列中的叶冬菊、周碧云甚至《青狐》中的卢倩姑等。这些女性都被政治信仰和革命事业的巨大的魅力直接影响，并最终让自己的命运和人生选择服膺于前者，她们甚至在男性政治身份的优越感面前表现出弱者的姿态，有些还充当了男性的附庸，这从一个侧面投射出作家明显的男权意识和政治文化心理。与之相比，王蒙在其民族叙事中建构的一系列少数民族女性形象，她们乐观从容、敢爱敢恨，有坚忍顽强的生命意志，彰显出族别和性别的双重特质，从一个特定的角度展示了少数民族妇女的历史文化记忆。

首先，王蒙的笔触多指向处于社会下层的维吾尔族女性的生存境遇，反映了她们封闭的生活空间和悲苦、坎坷的身世命运。阿依穆罕大娘（《虚掩的土屋小院》）生育过六个孩子却无一存活，漂亮勤快的爱莉曼姑娘[①]（《淡灰色的眼珠》）因为疾病，在幼时就失去了一只手，爱弥拉姑娘（《爱弥拉姑娘的爱情》）不惜一切追求属于自己的爱情却没有获得她所期望的幸福和快乐，有着淡灰色眼珠的阿丽娅（《淡灰色的眼珠》）美丽睿智却身患绝症，出身贫苦的农民长女乌尔汗（《这边风景》）为了改变命运铤而走险却不慎丢失了亲生儿子。她们大都饱经磨难，但都不甘于向命运屈服，也很少怨天尤人，而是以乐观、顽强、智慧的姿态包容生活享受生活感恩生活。阿依穆罕大娘为前夫守寡十几年后改嫁给穆敏老爹，无儿无女的她最大的爱好就是喝茶，大娘像煎中药一样用湖南茯茶烧奶茶，不仅自己享用还以此款待左邻右舍以及各路客人，她曾经十天喝完了两公斤茶叶，在物质匮乏、生活饥馑的60年代，阿依穆罕的爱好堪称奢侈，但她始终保持着这一生活的乐趣，她喜欢说的是："柴火""茶叶""还有钱"都是老头子的事情，没有了，老头子会拿回来的。阿依穆罕的"奢侈"里饱含着她对穆敏老爹的无限依赖和信任，这在穆敏那里得到了十分有趣的呼应："他确实是在惊呼，然而满脸仍是笑容，他好像在着急，却仍然充满轻松，他好像是在埋怨（甚至有点慷慨激昂），却又充满得意，也可以说是欣赏，或许是在炫耀。"最终他一声长叹："可怜的老太婆！"或许这正是经历了大半生坎坷的阿依穆罕独特的生存乐趣和智慧，因为穆敏老爹从中获得了一个男子汉被需要被依赖的尊严，这对孤苦无依的半路夫妻也因此生活得和睦、欢乐。有着淡灰色眼珠的阿丽娅，是个美丽、端庄、慈爱又矜持的维吾尔妇女，在经历了一次失败的婚姻后，过了整整十年单身生活，拒绝嫁给任何人。而当遇到年轻英俊又冒着几分傻气的木匠马尔克（人称马尔克傻郎）时，她毫不犹豫带着父亲留下的丰厚产业出嫁了。阿丽娅用自己的智慧赢得了幸福，马尔克虽然时常犯傻气，但他深爱并敬重自己的妻子。而阿丽娅既处处关心呵护爱冒傻气的丈夫，还以自己的方式维护丈夫的体面和尊严。她比丈夫年长五六岁，却坚持在外人面前称呼丈夫为"马尔克哥"。在得悉自己身患绝症不久于人世

[①] 在新近出版的长篇小说《这边风景》中，也有一个失去一只手的姑娘爱弥拉克孜，从小说的描写来看，这两个人物具有互文性。

之际，阿丽娅强忍着病痛的折磨为丈夫物色了未来的妻子人选。热爱文学的爱弥拉姑娘，执着地追求自己心目中不以现实利益为目的、不乏浪漫想象的爱情，尽管理想与现实的巨大裂隙使爱弥拉姑娘婚后迅速变成了一个蓬头垢面的村妇，但她在追求爱情的过程中表现出来的勇气和坚持依然闪现着人性的尊严之光。在王蒙笔下，这些堪称不幸的女性并不是生活中的悲剧人物和失败者，阿丽娅虽然被病魔夺去了生命，但马尔克坚守着对她的爱情，冷冰冰的拒绝了想嫁给他的姑娘，在以后的日子里，村里已经没有任何人叫他"马尔克傻郎"，大家都尊称他为"马尔克阿凡提"（阿凡提的本意是先生）。显然，这是作者深植于维吾尔族生活现实之后做出的独特的审美观照，如同前文所述，王蒙的民族叙事是他自觉地站在维吾尔族的视角和立场上描写这个民族的生活，所以才能真实深刻地表现维吾尔族独特的民族心理和精神特质，挖掘这个民族人民灵魂的独特的美。

其次，王蒙塑造的少数民族女性形象，虽然都生活在闭塞的乡村，但她们仰慕并追求知识，表现出内在的精神诉求。新疆生活着40多个少数民族，其中生活在伊犁河谷的维吾尔族、哈萨克族、回族、柯尔克孜族、塔吉克族、乌孜别克族、塔塔尔族、东乡族、撒拉族等十多个民族，都信奉伊斯兰教。伊斯兰教的教义已经广泛渗透到他们的传统社会规范、生活伦理、日常仪式以及节庆习俗之中。《古兰经》认为，男女都是安拉的造化，因此，在灵魂和人格上是平等的。在婚姻、宗教义务等方面，伊斯兰教也主张男女平等，赋予男女穆斯林同样的权利和义务。这使得女性在家庭和社会都有属于自己的相对独立和自由的地位，并非性别权力格局中的绝对弱者，客观上为她们接受教育创造了条件。王蒙在《哦，穆罕默德·阿麦德》里描写过一个一心想考大学中文系的维吾尔族姑娘玛依努尔，由于"文革"的爆发被迫还乡当了农民。但她在劳动之余，坚持读汉文小说，为他人讲述汉族古代寓言故事。随着知识的积累，玛依努尔的自我意识也越发明确。当她得知父亲贪图财礼把她许配给伊宁市的一个木匠时，以逃往异地躲婚来反抗父亲对自己婚姻大事的干预，最终她为自己选择了如意的郎君；《淡灰色的眼珠》中爱莉曼姑娘，五岁时因为手上生疮被截去了左掌，但并没有因此放弃对知识的追求。小学毕业后她每天步行一个半小时到伊宁市上初中，毕业后又住宿读了财会学校。在偏远的伊犁乡村，爱莉曼算得上是一个真正的知识分子。这些少数民族女性都敢于蔑视世俗法规，主动追求自己的真爱，与她们接受了教育有直接的关系。

再次，王蒙的民族叙事没有忽略对女性性别特征和自我意识的关注和表现。"十七年"以来的小说，由于以革命战争和社会主义建设为主题的居多，即便是女性小说创作，也大多是对女性的政治解放和社会地位的关心与思考。产生于"文革"期间的作品，更是呈现出明显的政治化倾向。但王蒙的《这边风景》在全景式地展现伊犁河畔跃进公社爱国大队1962年的生活景观时，并没有忽略对小说艺术的自觉探索，尤其是他对女性情感的描写基本上摒弃了男性主体的想象方式，他笔下女性形象所达到的心理深度远远超越了同时代的作家作品。在《这边风景》中，女性人物占据了十分重要的地位，可是"谁在意过小丫头们的友谊？"王蒙以这样的标题直接切入了维吾尔族姑娘吐尔逊贝薇的心理。身为副队长的女儿，又是三八红旗手，吐尔逊贝薇自然是一个劳动能手，有主意，有魄力。特别是每年锄玉米的时候，正是她带领妇女们大显身手的时机。可是今天她却没有了往年的心情和干劲，小说写道：

……谁注意过小姑娘们的友谊？她们形影不离，梳一样的头发，戴一样的头饰，穿一样的靴鞋。甚至她们当中如果有一个人有某种习惯动作——譬如挤一挤左眼吧，不久，朋友们就都会挤起左眼来。她们在一起眉飞色舞地说啊，说啊，没完没了的说啊，她们的谈话对于最亲爱的生身母亲也是保密的。在小学的时候，我们的吐尔逊贝薇、雪林姑丽和狄丽娜尔便是这样的友伴。她们在一起做功课，在一起踢毽子，在一起编织和挑花。……就是这样摩肩促膝地度过了她们的童年和少年时期。（上册第49页）

在这里，王蒙以极其细腻的笔触描写了三个维吾尔族小姑娘吐尔逊贝薇、雪林姑丽和狄丽娜尔之间纯洁又感人的友谊，她们不同的个性以及各自不同的人生选择和人生遭遇。雪林姑丽在17岁时就被父母做主嫁给了一个马车夫，从此"像受了霜的禾苗，她脸上的玫瑰色日复一日的消退着"。目睹了她的不幸的吐尔逊贝薇和狄丽娜尔一起商量，约定25岁以前谁也不结婚。可是狄丽娜尔很快与一个俄罗斯青年廖尼卡相爱并结婚，他们欢乐的歌声让人们不能不相信爱情的甜蜜与真诚。然而，中苏两国关系的突变，导致俄罗斯族的廖尼卡被捕入狱，狄丽娜尔的幸福生活瞬间破碎。三人之中唯一没有嫁人的吐尔逊贝薇，面对女友的境况，早就没有了在田间唱歌、闹嚷的心情和精力，她必须边劳动边照料帮助她的女友们，可是作为一个未婚的姑娘，女友们的有些事情又是她解决不了的。吐尔逊贝薇曾经一拳就可以把男孩子打倒在地，但她却不能帮女友摆脱困境，她由此陷入了矛盾和困惑中。不得不承认，作家把维吾尔族姑娘的微妙心理和变化的情绪拿捏得十分准确，将这段女孩子之间的友谊描写得纯而又纯，感人心肺。以至于王蒙在这一章的"小说人语"中忍不住自我标榜："心细如发，发现了新大陆上的一株小草……天假王手，怎么像个女孩儿写的！"[1] 在对雪林姑丽的描写中，王蒙也没有让不幸的婚姻吞噬掉她作为女性的自尊自爱。雪林姑丽被喝醉酒的丈夫泰外库推倒在地，头上撞了个窟窿，流了很多血。闻讯而来的队长伊力哈穆表示要斗争处分泰外库，伤痛中的雪林姑丽却强调说，丈夫并没有打她，只是醉酒后推了她一下，导致自己的头撞在了锅沿上。雪林姑丽对婚姻的自我反思也令人对她刮目相看，她说："我们本来彼此就都是外人。怨我自己那时候太软弱，不敢违背继父和继母的意旨。"在自己受伤卧床的时刻，她还拜托队长伊力哈穆去过问一下丈夫的事情，生怕他捅出更大的篓子，既伤害别人也伤害自己。可见，雪林姑丽虽然是一个农村女青年，但面对不幸的命运，她没有自怨自艾、自暴自弃，而是敢于承担自己应负的责任，大胆追问造成不幸的原因，表现出明显的自爱、自尊、自立的现代女性意识。

第四节　别具一格的话语系统

恩格斯认为，民族的区分界限是由语言和共同感情来确定的。中国是一个多民族社会，出自血缘、地缘、文化、语言、宗教等因素的族性意识仍顽强地影响和支配着社会的交往和人们的情感。在王蒙的民族叙事中，着墨最多的莫过于维吾尔族人民的群像。维吾尔族是一个民族意识十分鲜明的民族，他们对自己民族的语言、文化有强烈的挚爱之情和依恋之情。只有掌握了这个民族的语言，才能真正理解这个民族的精神之魂。王蒙对此有深切的体认："学习语言的过程是一个生活的过程，是一个活灵活现

---

[1] 王蒙：《这边风景》（上册），花城出版社2013年版，第52页。

的与不同民族交往的过程，是一个文化的过程。你不但学到了语言符号，而且学到了别一族群的心态、生活方式、礼节、风习、一种思维方式、一种文化的积淀。用我国文学工作上的一个特殊的词来说，学习语言就是体验生活、深入生活。"[1] 在新疆16年，他不仅熟练掌握了维吾尔族语言文字，还研读了大量维吾尔文化典籍，在日常生活中也尽量像一个土著的维吾尔人一样地尽义务和说话。从而成功地将维吾尔民族话语系统部分地迁移到他的民族叙事的话语系统中，形成了《在伊犁》中独具特色的话语系统。与新时期文学截然不同，也有别于王蒙同一时期的其他创作。在这个颇具民族特色的话语系统内部，投射出那个时代浓重的面影，也包含了令人耳目一新的少数民族语言语汇，冲击和刺激着读者的感受力。离开了这套话语系统，王蒙的民族叙事就被掏空了灵魂，他笔下的维吾尔族民众形象也就失去了存在的依据。

在王蒙的民族叙事文本中，充满了具有强烈政治色彩的语汇，比如"伟大导师、万岁、教导、誓死捍卫、劳动锻炼、改造思想、革命队伍、无产阶级司令部、活学活用、又红又专、反动思想、反动言行"等时代政治色彩浓厚的语汇，这些词汇在记录"文革"历史时期的文本中随处可见，只要看见它们就会引起读者对那个时代的联想和对"左"倾政治的憎恶与排斥。但是，王蒙并非仅仅在文本中罗列了这些在"文革"期间非常流行、今天已经不被使用的语汇，而是凭借自己对维吾尔语和维吾尔族文化的熟练掌握，以具有浓郁民族色彩的话语方式让这些词汇具有明显的现实指涉功能，同时又巧妙地消解和架空了这些泛政治化语汇的本义，讽刺了那个极"左"政治肆虐的时代，强化了作品的民族意蕴。例如在《半截筷子的故事》里，公社革委会副主任谢力甫要求生产队长铁木耳组织社员学法家，铁木耳坦承，报纸一到，大家就把它裁成了二指宽的纸条用来卷漠合烟抽。谢力甫因此被气走，铁木耳说："一个共产党员向另一个共产党员说了真话，就能使那个党员肚子发胀。"木匠马尔克傻郎（《淡灰色的眼珠》）在批判大会上声讨公社革委会扣发农民口粮的行径，但仍不忘记在最后喊上几句"坚决反对修正主义""誓死捍卫中央文革小组"的口号；当"文革"的烈火疾速烧到了伊犁农村的时候，被卷入其中的维吾尔族农民们在高呼万岁——"亚夏松"和打倒——"约卡

---

[1] 王蒙：《王蒙读书》，复旦大学出版社2005年版，第378页。

松"时竟然喊颠倒了(《好汉子依斯麻尔》)。显然,只有深入维吾尔族人的生活并熟谙维吾尔族语言,王蒙才有可能从中获取启示、汲取大量营养,提炼出属于自己的文学语言,使它们既存留了时代的特征和气氛,也融进了王蒙自己的语言风格,同时又生动地表现了维吾尔族人的"塔玛霞尔"(此语按照王蒙的解释:是轻松惬意又包含着一点狡黠的意思,笔者注)。

在《虚掩的土屋小院》里,老王与穆敏老爹正热烈地探讨有关世界几大洲几大国的概念时,阿依穆罕大娘插嘴说:"还是我们的中国好!我们中国的科学技术也愈来愈进步了!我们比欧罗巴好!也比苏联赫鲁晓夫好!再有就是斯大林好!当然,毛主席最伟大,最好!"穆敏老爹收到了失散多年的弟弟从南疆写来的信,开头这样写道:

……谨向我的居住于伟大祖国的钢铁边陲、富饶美丽的绿色的四时宜人的伊犁河谷、并在伟大导师毛主席的光辉与慈祥的笼罩下、正经历着史无前例的无产阶级文化大革命的洗礼,同时在通向人间天堂的金桥毛拉圩孜公社度过着幸福的日子的失散多年的阿哥,我的可敬的勤劳的贤惠的与慈爱的嫂嫂,与来自毛主席居住的地方伟大的北京的汉族大哥老王同志致以色俩目……

作家汪曾祺把语言放到了小说本体的高度,他说:"语言是小说的本体,写小说就是写语言。小说使读者受到感染,小说的魅力之所在,首先是小说的语言。"① 王蒙显然不是通过这些片言只语展示维吾尔族人高超的语言表达能力,而是想借此传达"文革"时期全社会的整体文化语境:当政治浪潮席卷到祖国的边陲时,连普通农民都不可避免陷入了麻木而又癫狂的精神状态。此外,王蒙在民族叙事中还广泛吸取了维吾尔族、哈萨克族的谚语和歇后语等,例如:

因为富才把钱花光,因为馕多才把茶喝光。
当着别人夸赞人家的老婆是第二号傻瓜,当着别人夸赞自己的老婆是第一号傻瓜。(以上见《淡灰色的眼珠》)

---

① 《汪曾祺文集文论卷》,江苏文艺出版社1993年版,第1—2页。

高个子气傻了眼，矮个子气断了魂。

各人有各人的路子，傻瓜有傻瓜的路子。（以上见《虚掩的土屋小院》）

走到哪里锅也是四只耳朵（意即天下乌鸦一般黑）。

尽管狗在叫，骆驼队照样行进。（以上见《杂色》）

这些谚语、俗语出现在王蒙的文本中，为营造小说整体的民族叙事语境，产生了不可或缺的作用。

总而言之，民族叙事不单是王蒙对一种叙事姿态的选择，更传达了他明确的价值导向和取舍，"即使在那不幸的年代，我们的边陲，我们的农村，我们的各族人民竟蕴含着那样多的善良、正义感、智慧、才干和勇气，每个人心里竟燃起那样炽热的火焰。……即使在我们的生活变得沉重的年月，生活仍然是那样强大、丰富、充满希望和勃勃生气"。[①]《在伊犁》的崭新的审美特征也因此才可以凸显出来。

[①] 王蒙：《在伊犁·后记》，《王蒙文存》第8卷，人民文学出版社2003年版，第237页。

第四章

行吟在滇藏大地：文学地理学视镜下的范稳少数民族写作

中国古代文论家对于文学与地理的关系，早在先秦时代就开始了关注与思考。比如《管子·水地》篇以地和水为世界万物的本原，对水的推崇尤甚，认为"从包括无机物、动植物、人类以及神怪在内的天地万物的产生与成长，到人们的道德品质、风俗习惯，都要由水来决定"。① 有明显的地理环境决定论的色彩。南北朝时期刘勰的《文心雕龙》，可谓集前人之大成，对人文与自然的关系有了更具体和深入的阐发。在《文心雕龙·辨骚》篇里，刘勰讲到屈原《骚》的诞生时说"楚人之多才乎"，"虽取熔经意，亦自铸伟辞"，并特别提到"论山水，则循声而得貌；言节候，则披文而见时"，对《离骚》中山光水色、节令气候所体现的楚地风情进行了形象生动的阐释。纠正了前人在人文与自然地理关系上的偏颇之见。近代梁启超在《中国地理大势》（1902年）中对中国政治、哲学、文学艺术与地理环境的关系进行了全面思考和研究，文章指出："由是观之，大而经济、心性、伦理之精，小而金石、刻画、游戏之末，几无一不与地理有密切之关系。天然力之影响于人事者，不亦伟耶！不亦伟耶！大抵自唐以前，南北之界最甚，唐后则渐微。盖'文学地理'常随'政治地理'为转移，自纵流之运河既通，两流域之形势，日相接近，天下益日趋于统一。"② 不仅使"文学地理"开始成为一种明确的学科概念为后人所关注，还明确指出文学地理与政治地理之间的关系。当代学者杨义在近年来的文学地理学研究中认为："文学地理学的基本思路，即在过去文

---

① 王博：《〈管子·水地〉篇思想探源》，《管子学刊》1991年第3期。
② 梁启超：《中国地理大势论》，《饮冰室合集》第2册《饮冰室文集》之十，中华书局1989年版，第86—87页。

学研究注重时间维度的基础上,强化和深化空间维度,展开了与中国文化特质相关的诸多空间要素;文学地理学的精髓,也是文学地理学的第一原理,在于使文学接通'地气',恢复文学存在的生命与根脉。"① 杨义尤其对文学地理学之空间的流动进行了深入的阐述,他说:"空间的流动,往往可以使流动主体的眼前展开两个或者两个以上的文化区域和文化视野,这种'双世界视景',在对撞、对比、对证中,开发了人们的智慧。"② 杨义先生的观点和思路为我们研究汉族作家的民族叙事开启了一个更为广阔的视域,对于生于川南、长于云南、足迹遍布滇藏高原的作家范稳来说,他事实上已经拥有了两个或两个以上文化区域的生活体验,占有和掌握了多个民族的文化资源,因而具备了杨义先生所说的"双世界视景",他的民族叙事作品,从"大地三部曲"(《水乳大地》《悲悯大地》《大地雅歌》)到《碧色寨》,由此都开拓出了一种新的精神境界和思想深度。《水乳大地》出版于2004年1月,作品立足于滇藏交界地带独特的社会自然环境,描绘了多民族杂居地区藏传佛教、基督教和东巴教从冲撞走向融合的过程,展示了一幅民族历史百年变迁画卷,作品一经出版,便以其"厚重""广博"获得评论界的好评。《悲悯大地》出版于2006年7月,作家通过写澜沧江东西两岸两个家族的年轻人追寻心中的"藏三宝"的种种经历,表现了善与恶、人与自然、人性与神性等丰富的精神内涵,从而使悲悯的主题呈现出震撼人心的力量。《大地雅歌》讲述了发生在藏区大地历时近一个世纪的凄美的爱情故事。作家本人希望在这部书里"写信仰对一场凄美爱情的拯救,以及信仰对人生命运的改变,还想讴歌爱情的守望与坚韧"。③《碧色寨》书写的是铁路、火车进入彝族山寨的故事,依然表现了不同文明之间的矛盾和冲突,但作者却更多地融入了西方文明所代表的强势文化对东方文明(弱势文化)的侵略和掠夺的思考。

---

① 杨义:《文学地理学的信条:使文学连通"地气"》,《江西师范大学学报》2013年第3期。
② 杨义:《文学地理学的渊源与视镜》,《文学评论》2012年第4期。
③ 范稳:《从慢开始,越来越慢》,《大地雅歌》,北京十月文艺出版社2010年版,第428—429页。

第一节 范稳民族叙事的自然地理背景

范稳的文学创作生涯开始得很早，早在 20 世纪 80 年代大学二年级时他已经开始写小说。但大学毕业后的第一份工作，却是云南地矿局的地质大队，这份当时看上去比较艰苦的工作，给范稳提供了与大自然亲密接触的机会，他说："我进入社会接触的人不是城里人，是在野外第一线的地质队工作人员。那些人非常朴实、诚实。……他们每年开春进山，冬天才回大队。"① 这一段具有田野调查意义的、很接地气的工作经历，不仅锻炼了范稳的体魄和心智，也扩展了他的文化视野。多年后范稳意识道："一个生活在云南的作家的优势就在于充分地利用本地区的民族文化资源，而不是跟在别人的后面，追逐文坛上一波未平、一波又起的文学潮流。"② 但这一时期范稳的创作并没有显示出他的"双世界视景"，他发表的一些反映大学生活和身边年轻人婚恋生活的作品都反响平平，如小说集《回归温柔》、长篇小说《冬日言情》等。这时期的范稳，还没有明确意识到自己要开掘的是一口怎样的井。有论者对此进行过形象的比喻，大意是说范稳犹如一个掘井人，他在掘了几口之后，开始选择了其中一口，一直往下掘。③ 之前的城市生活题材的创作，就是范稳最初开掘的几口井，他早期工作中与云南地理空间结下的不解之缘，则为他开掘出属于他的那口井（藏文化）提供了源源不断的驱动力，用范稳自己的话来说，就是云南作家不能愧对云南的文化资源。

一 在现场：让生命体验接上地气

任何作家都只能产生于一定的自然地理环境和文化空间，成长和发展于特定的自然地理环境和具体的文化空间；自然地理环境和文化背景既是作家成长的基本条件，也是作家成长的基本要素。考察范稳的人生和文学轨迹，我们不难发现他的出生和成长地与其创作之间存在的必然联系。范

---

① 张文凌：《范稳：四年写本书，就像上了一次大学》，《中国青年报》2004 年 3 月 16 日。
② 同上。
③ 张幄：《范稳：大地情歌》，《云南艺术》2007 年第 5 期。

稳生于四川南部，长于云南，长期行走于滇藏大地，他的小说里时常出现的高耸的雪山、深切的峡谷、广阔的草原、苍茫的森林；古老的寺庙、古朴的村庄、歌舞的海洋、神秘的教堂……都以他生活过的自然环境为原始与基础的来源。因此，对范稳及其创作来说，他的出生地四川南充、他长期生活的云南昆明、他多次深入的滇藏地区尤其是藏东南香格里拉地区的地理空间和文化背景，具有决定意义。

范稳的出生地四川，在历史上被称为巴蜀，位于中国西南内陆，四面群山环抱，形成了闻名于世的四川盆地。这里物产丰富，自古以来就享有"天府之国"的美誉。地形的独特和物产的丰饶，形成了巴蜀地区强悍的民风和好胜的性格。自秦汉时起，几次移民高潮又带来了不同地域民族文化习俗的交汇，遂使巴蜀成为一个兼容交汇型的以汉族为主体的多民族的特殊文化区，至今仍然生活着彝族、藏族、羌族、土家族、苗族等14个少数民族。各民族之间的交流和沟通也使这一地区的民俗显示出明显的地域差异性，总体而言，川人都有着强健、灵活的下肢和坚韧的性格。在20世纪中国文学史上，巴蜀作家曾以其创作鲜明的地域文化特征占据了重要的一席。范稳的前辈艾芜就是其中的杰出代表，在艾芜笔下，可以看到一幅幅岷沱流域、川西坝子甚至滇缅边地的风景画，以及生活在此间的小偷、扒手、强盗、流浪汉、偷马贼、盐贩子、赶马人、抬滑竿的、私烟贩子等底层人物，自然风光与人物之间"就像天空中的乌鸦，飞在一道那么合适，那么自然"。艾芜也和大多数川人一样，拥有一副好脚力，可以从容行走在山水之间："我自己，由四川到缅甸，就全用赤脚，走那些难行的云南的山道，而且，在昆明，在仰光，都曾有过缴不出店钱而被赶到街头的苦况的，在理是，不管心情方面，或是身体方面，均应该倦于流浪了。但如今一提到漂泊，却仍旧心神向往，觉得那是人生最销魂的事呵。"① 穿行于巴蜀和滇缅不同的文化区域，常年的漂泊与流浪体验，影响了艾芜想象世界的方式，也最终成就了艾芜独具特色的文学世界：他笔下原生态的自然环境、充满自然野性的生命形态、放浪于自然山水间的存在方式，至今仍散发出荡气回肠的生命气息。清代孔尚任曾有过精彩论述："盖山川风土者，诗人性情之根柢也。得其云霞则灵，得其泉脉则秀，得其冈陵则厚，得其林莽烟火则健。凡人不为诗则已，若为之，必有

---

① 艾芜：《想到漂泊》，《艾芜文集》第10卷，四川人民出版社1989年版，第158页。

一得焉。"① 诚然,作家生于斯长于斯的山川河流就是潜藏在作家身上的地理基因,不仅赋予了作家不同的秉性,还使作家的审美方式和艺术追求体现出鲜明的地域文化特色,巴蜀作家对四川地理时空的呈现和人文文化的传承已经证明了这一点。杨义认为:"作家一旦从自己原初记忆和深受感染的生活出发进行写作,他就会以地域文化捕捉外来流派,对外来流派进行地域文化的染色。这就是'地气'濡染洋风。"② 也就是说,地域文化会成为作家写作内在的精神资源,使他们的创作氤氲着某种独特的"地气"。90年代,身在云南的范稳创作了两部关于四川"袍哥"题材的长篇小说《骚宅》和《山城教父》。20世纪90年代以后的中国社会,开始全面以经济建设为重心,大步跨入了市场经济的新时代。商业文化逻辑与消费主义意识形态在社会生活中日益扩张,使各种带有乌托邦色彩的理想主义价值观念逐渐被实用和现世的观念所取代。范稳大学毕业后一直生活在昆明,接受了云南多民族文化润泽,他坚持"在大地上行走和学习,在书房里阅读和写作"③ 的文学立场,但也深切感受到当时社会的浮躁和拜金主义的流行,他回头反观过去的生活,体悟到"过去时代的东西,好像更灵动,更飘逸,现实的东西太实在了"④。范稳幼时就听说过的四川"袍哥"的传说,甚至小时候的邻居里就有一个袍哥,此时袍哥成为他很想探究想追踪的目标。遥想抗战时期,川籍作家沙汀曾在他的长篇小说《淘金记》中入木三分地刻画了袍哥大爷的形象,勾勒了一幅幅具有巴蜀地域文化蕴藉的生活画面。自幼在川西北地域文化中浸染的沙汀,"在有传奇色彩的舅父带领下一度浪迹江湖'跑滩',对乡镇上层社会——基层政权、地主势力、袍哥势力三位一体所展示的人际关系网络和强力社会,以及强力社会变动的内幕与种种病态十分熟悉"⑤,所以,沙汀的创作不仅在地理环境、生活习俗等外在文化现象上具有浓郁的地域乡

---

① (清)孔尚任著,汪蔚林编:《孔尚任诗文集》(全1—3册),中华书局1962年版,第475页。
② 杨义:《文学地理学的信条:使文学连通"地气"》,《江苏师范大学学报》2013年第3期。
③ 范稳:《我在文化多元的云南》,《当代》(长篇小说选刊)2004年第2期。
④ 张喹:《范稳:大地情歌》,《云南艺术》2007年第5期。
⑤ 邓伟:《时空视野下的互动显现——试论沙汀的巴蜀地域文化资源》,《乐山师范学院学报》2003年第1期。

土特点,更描画出袍哥人物在思想方式、行为方式上具四川性格的文化因子。那么,和沙汀在一个相同或相似的地理文化空间中长大的范稳,该如何创作他的精神意义上的返乡之作呢?《山城教父》以四川袍哥界的"教父":俗称袍哥舵把子的范绍增(绰号范哈儿)为原型,讲述了范绍增从旧中国威震长江流域的帮会头子到新中国人民解放军将领和政府官员的传奇一生,虽然围绕这个川籍历史人物创作的各类体裁的作品有很多,但范稳在《山城教父》文本里还是以充满鲜活地气的袍哥生活情态为读者留下了较深的印象,比如袍哥内部惩戒的《黑十款》:出卖码头挖坑跳,红面视兄犯律条。弟淫兄嫂遭惨报,勾引敌人罪难逃。通风报信有关照,三刀六眼谁恕饶。披素不停拜兄教,四十红棍皮肉焦。言语不慎名黜掉,亏欠粮饷自承挑。还有"兄弟齐心吃大户,皇帝老儿怕个球"的歌谣和"拖棚子""拉肥猪""打起发""接观音""抢童子""升红抛灰,扎埋子"① 等袍哥行话,反映出作者在面对巴蜀民间地域文化时的审美取向。范稳把来自自然地理空间的感应与熏陶称为"在现场",他说:"这些东西是所有的书本都不能教给我们的,也是一个作家绝对凭空想象不出来的。"② 所以,已经浸淫了云南多元文化资源的范稳,通过"在现场"获得的情感和生命体验,掘开了藏文化这口井,"体验'这里'有别于'那里'的文化遗传和生存形态"。③ 建构起了属于自己的"双世界视景"。

二 在路上:范稳文学字典的关键词

在杨义的文学地理学观念中,有一个十分重要的概念叫"路的效应",杨义认为:"人要动,就要不畏长途,上路寻找新的发展机遇。"④ 同样,在范稳的文学字典里,也有一个关键词叫"行走",范稳说:"行走是为了逃避都市生活的单调枯燥和不可遏制的颓废萎靡",在云南"只要走出书斋,行走于大地,我们就可以面对丰富灿烂的少数民族文化,就可以找到自己的创作灵感,打下自己的江山"。⑤ 这是范稳坚持的文学立

---

① 参见范稳《山城教父》,花城出版社1997年版,第41、14、24、70页。

② 杜士玮:《文化型作家范稳——与范稳谈〈水乳大地〉》,http://www.chinawriter.com.cn。

③ 杨义:《文学地理学的渊源与视镜》,《文学评论》2012年第4期。

④ 同上。

⑤ 范稳:《我在文化多元的云南》,《当代》(长篇小说选刊)2004年第2期。

场,也是他的文学选择。1999年6—8月,云南人民出版社组织了一次"作家走西藏"的文化活动,有七位作家参加这次活动并通过不同的路线"走进西藏",其中扎西达娃走的是藏边线,阿来走的是川藏线,范稳走的是滇藏线。这一次行走,不仅为范稳开启了新的艺术之旅,也开启了他崭新的精神之旅。在那之后的四年间,范稳在藏区"跑了10万公里路,接触了1000个藏民,拍了1万张照片,看了1000万字有关藏文化的书"。① 他在火塘边倾听藏族民间故事,与藏传佛教徒一起去神山朝圣,以便在漫长的朝圣路上捕捉他们对雪山的感情。在范稳看来,只有融入西藏的神山神水,才有可能用藏族人的眼光去看西藏的雪山、森林、草原、湖泊和天空中的神灵,他力图用自己的创作抵达藏文化的精神深处。范稳的"在路上",虽然不同于磕着等身长头、穿越草甸翻过山崖、风尘仆仆的雪域朝圣者,但他却是一个从肉体到灵魂都经历了异常艰辛的内转经和外转经体验的文化人,他用全部的身心匍匐在地,去谛听雪域文化的神韵,并由此感受到雪山神灵的庇护。范稳曾表白道:"我不是一个普通的旅行者,我为肩负自己的文学使命而来,我渴望被一种文化滋养,甚至被它改变。"②

我们稍加回顾就可以发现,范稳行走的路线主要围绕着藏区展开。他在走进西藏的地理空间之前已经是一个藏文化甚至多民族文化的探路者。说他是探路者,是因为范稳对民族文化的痴迷和研究并非只是做大量的案头工作(这当然是他文化探寻的一部分),而是坚持贴着大地、贴着大山大水,用范稳自己的话来说叫"地质找矿",他说,找矿的程序一般是这样的:先是普查,地质队员沿着可能成矿的地带按图上标好的路线走,发现有成矿条件的地点就标在图上;然后是详查,手段是挖槽、挖坑,解剖地表;成矿条件被进一步揭示出来后,就沿着矿脉打山洞,上钻机,就这样把一座矿山的情况摸清楚了。③ 这段自述不仅是作家的经验所谈,从某种意义上也说明了他的文学创作与自然地理的不解之缘。范稳的家乡四川自贡,自秦代起就分属于巴郡、蜀,这里至今仍然生活着彝族、藏族、回族、苗族、土家族等多个少数民族,是一个兼容交汇型的多民族文化区

---

① 张幄:《范稳:大地情歌》,《云南艺术》2007年第5期。
② 范稳:《从慢开始,越来越慢》,《大地雅歌》,北京十月文艺出版社2010年版,第428—429页。
③ 参见周习《范稳的文化写作》,《文艺报》2013年3月25日。

域。大学时范稳由自贡到了重庆,毕业后从重庆赴云南,之后多次由云南入西藏。不同地理空间的转换,始终行走在路上的感觉,都让他自诩为一个浪迹天涯的游子,但融进血脉中的乡音和特定的地域文化记忆,不仅表现在他与人的交往当中,也深刻影响了他的创作风格。云南是范稳的第二故乡,也是一个多元文化生长、交融、碰撞的多民族省份,"每个到过云南的文化人,都感叹云南所拥有的丰富多彩、色彩斑斓的文学资源"。① 多年来行走在云南大地上,范稳对滇西北地区如万花筒般的多民族文化赞叹不已。尤其是沿着滇藏茶马古道进藏的经历,环绕梅里雪山的转经体验,以及进藏途中遇到的寺庙、喇嘛、教堂和峡谷深处的小村庄,都让范稳感受到藏族的悠久历史和灿烂的宗教文化与大自然的契合,他的进藏之路,就是一条朝圣之路,"是一次以心灵和肉体与自然和神灵贴近、交流的幸福之旅"。② 藏文化的主体在青藏高原。在我国,除西藏自治区以外,藏族还主要分布在川、青、甘、滇四省,在四川有甘孜藏族自治州、在青海有果洛、玉树藏族自治州、在甘肃有甘南藏族自治州、在云南有迪庆藏族自治州。其中四川甘孜、青海玉树、云南迪庆的德钦藏区在传统上与西藏昌都合称康区,这一地区的藏族也被称作康巴人。从地理位置看,"康巴"处于青藏高原与云贵高原、四川盆地过渡地带的横断山区,怒江、澜沧江、金沙江、雅砻江、大渡河等大江大河平行地贯穿全境,高山深谷是这个区域最主要的地貌特征。从文化视角看,"康巴文化"构成了藏文化的主体,成为我国西南民族地区最具地方特色的地域文化之一,"就多样性而言,世界上恐怕很少有一种地域文化能与康巴文化相媲美"。③ 范稳多次沿着滇西北德钦穿越澜沧江峡谷、滇藏公路进入藏东南香格里拉藏区,在这样一个自然地理环境非常独特、文化传统极其丰富和多样的地区常年游历,不仅看到了人类文明进步的痕迹,也看到了信仰的代价和力量。他曾经写道:"我在康巴人中找到了我所要展示的悲剧英雄。我喜欢这样的英雄人物形象:放荡不羁,豪迈血性,侠义肝胆,并且时运

---

① 范稳:《我在文化多元的云南》,《当代》(长篇小说选刊) 2004 年第 2 期。
② 范稳:《雪山下的朝圣》,中国青年出版社 2005 年版,第 11 页。
③ 石硕:《关于"康巴学"概念的提出及相关问题———兼论康巴文化的特点、内涵与研究价值》,《西藏研究》2006 年第 3 期。

不济。"①

这种"在路上"的体验，引领范稳进入了多个文化区域，展开了多个文化视野，他不仅看到了汉文化、藏文化、彝文化、纳西文化、羌文化、回族的伊斯兰文化等多种文化的交流融汇，也认识到不同观念与文化的冲突、落差，彼此的征服直至和谐共生，在"藏地三部曲"中，《水乳大地》描写了始终在路上（藏地）寻找出路和生机的天主教；《悲悯大地》中，阿拉西（教名洛桑丹增）的一生都"在路上"，他受尽磨难寻求到了佛、法、僧藏三宝，洗净了自己的罪孽，也换来了藏地的和平，实现了自己的理想；在《大地雅歌》中，扎西嘉措（教名史蒂文）的人生道路同样充满坎坷，但他始终竭尽全力用一颗虔诚的心皈依基督教，不惜以大半生的时光"在路上"流浪，是坚定的信仰和爱情拯救了他，最后他回到了魂牵梦绕的故乡。

第二节　范稳民族叙事对滇藏自然地理的文学呈现

迄今为止，范稳已经推出了四部民族叙事的长篇小说：《水乳大地》《悲悯大地》《大地雅歌》和《碧色寨》，其中前三部被合称为"藏地三部曲"，显然它的故事发生的地理空间都是围绕着"西南藏区"建构的。在第四部小说《碧色寨》中，范稳将地理空间转移到滇越铁路沿线的一个苗族村寨，演绎了20世纪初铁路给云南这个偏远省份及苗族村寨带来的瞬间辉煌，展示了文明与野蛮、光明与罪恶、金钱与人性的较量与冲突。由于篇幅所限，本节对《碧色寨》不做更多的涉及与探讨。总体看来范稳民族叙事文本对自然地理的文学呈现，既有空间的建构，也有意象的表现。

一　范稳民族叙事的地理空间建构

在文学地理学看来，"空间是指与特定地理相联系的空间，同时也包

---

① 范稳答《北京晚报》记者问，http://blog.sina.com.cn/s/blog_4b5619680100sd77.html。

含着作家在作品中表现出的想象空间与心理空间"。① 范稳民族叙事涉及的地理空间,很多是现实生活中的实存。"藏地三部曲"故事发生的背景基本在四川、云南与西藏交界处的卡瓦格博雪山下的澜沧江峡谷,那里是中国少数民族聚居的地方,现阶段仍有藏族、彝族、纳西族、回族、苗族、土家族、羌族等十几个少数民族生活在这里,也是康巴文化最盛行的地方。假如我们从康巴地理概念的演变进行梳理,大体上就能解读出这里自然环境的特殊性。唐代吐蕃时期,藏语"康"即边地之意,居住边地的康区人就叫"康巴"。康巴地处青藏高原东南缘,是青藏高原向四川盆地和云贵高原的过渡地带,其境内西北部地带与青海高原相连,海拔多在4000米;中部地区在海拔3500米左右的森林和河谷地带;东南部为高山峡谷地带,海拔也在2500米以上。就总体情况而言,形成"两山夹一川,两川夹一山"的壮美险峻的自然风貌。这些由高峻雪山、晶莹冰川、深长河谷、茂密森林、开阔草原分割镶嵌所构成的特殊地形地貌,气候变化十分复杂。② 在纪实作品《雪山下的朝圣》中,范稳写道:"位于云南西北部迪庆藏族自治州德钦县境内的梅里雪山,是一座远近闻名的神山。它地处滇藏结合部,海拔高达6740米,是云南的第一高峰。……更为重要的是,梅里雪山是藏族人心目中最神圣的神山。它耸立在白云之上,蓝天之下,仿佛一座巨大的金字塔,圣洁、孤傲、挺拔、伟岸、冰清玉洁、雄踞天宇。"③ 他说:"当我每次觐见到卡瓦格博雪山的真容,虽然我不是一个藏族人,虽然我也不是一个虔诚的佛教徒,但我总能在一瞬间知道敬畏,心灵深处总是受到强烈的震撼和冲击。这座像父亲一样伟岸的雪山,这座千百年来雄踞在藏族人心灵里的神山,不仅仅是一个宗教的象征,更是一个血肉丰满、情感丰沛、悲心博大的神灵,庇护着苍生,滋养着这方水土,哺育出独具特色的民族文化。"④ 由此可见,"藏地三部曲"的地理空间大都建立在滇藏等多个地区的结合部或过渡地带,它的文化或文明也"处在两个或者多个文化板块的结合部,这种文明带有所谓原始野性和强

---

① 邹建军、周亚芬:《文学地理学批评的十个关键词》,《安徽大学学报》2010年第2期。
② 参见凌力《康巴文化产生的特殊背景》,《四川民族学院学报》2013年第5期。
③ 范稳:《雪山下的朝圣》,中国青年出版社2005年版,第2—3页。
④ 范稳:《像膜拜卡瓦格博神山一样膜拜自己的文化》,引自"范稳新浪博客",http://blog.sina.com.cn/s/articlelist_1263933800_0_1.html。

悍的血液，而且带有不同的文化板块之间的混合性，带有流动性"。①"藏地三部曲"就是通过对这片地貌险峻复杂又隐秘闭塞的地区地理空间的建构，实现了对藏东南多元文化景观的文学表述。在另一部近年出版的《碧色寨》中，范稳直接将小说的地理空间建构在100年前由法国人修建的、至今还存在的滇越国际铁路周围，书名"碧色寨"就来源于铁路经过的一个彝族村寨"碧色寨"，至今"还是这个地名。因了这条铁路，碧色寨在20世纪50年代以前，是个名噪一时的地方"。为了"在文字上留住一点它当年的光彩和历史记忆"，范稳坚持以这个村寨的名字做了书名。滇越铁路不仅穿越了崇山峻岭，还经过了彝族、苗族等少数民族聚居地区，当年这些尚且过着刀耕火种生活的民族，因滇越铁路的建成，经受了西方工业文明与中国古老的农耕文化和狩猎文化的激烈冲撞与融合。当然，范稳小说文本中的地理空间并非对现实的简单投射，而是投注了作者对现实地理的审美想象和诗性编织。

首先，范稳在"藏地三部曲"中真实再现了滇藏地区险恶的自然地理环境，营构了一个由蛮荒的山峦、纵深的峡谷、怒吼的澜沧江以及陡峭的悬崖组成的独特的地理空间（虽然《大地雅歌》后半部分的故事空间被拓展到了台湾，但峡谷里100年来未曾停歇过的宗教对峙和仇杀，依然是主要线索和背景）在《水乳大地》中，沙利士神父被迫从澜沧江西岸借助一根溜索到澜沧江东岸开辟新的传教点时，他发现"这里到处是巉岩绝壁，山梁上荒草丛生，树木遮天蔽日，野兽出没，人迹罕至，连一条路也没有"。"在峡谷中想要一块稍大一点的土地无异于痴人说梦话，耕地的牛能走上十步不用回头，就算是上好的土地了。"②《悲悯大地》的故事则在更为肃杀的自然环境中展开："那个时候，在西藏东部蛮荒隐秘的雪山峡谷中，从青藏高原奔腾下来的澜沧江是下山的猛虎，把峡谷搞得森严肃杀，恐怖晕眩。江水如刀，大风似箭，从峡谷中穿越而过，塑造出这段鬼斧神工的大峡谷，也塑造出这峡谷中的人们，像悬崖一般挺立，如雪山一样骄傲。"贡巴活佛所在的云丹寺"位于澜沧江峡谷西岸一处高山台地上的红教寺庙，在它的上面是耸入云天的卡瓦格博雪山，它是藏东一带有名的神山，在峡谷两岸一系列纵向排列的十三座雪山中，数它最高最雄

---

① 杨义：《重绘中国文学地图的方法论问题》，《文史知识》2007年第11期。
② 范稳：《水乳大地》人民文学出版社2004年版，第96—101页。

伟,就像一个伟岸的大丈夫,雄踞在天宇和大地之间。……而寺庙的下方,则是万仞绝壁,绝壁之下便是滔滔南去的澜沧江。夏天的时候,寺庙里的喇嘛们诵经的声音便伴随着身下澜沧江的轰鸣,让人时常分不清澜沧江水是从喇嘛们的喉咙里奔涌而出的呢,还是喇嘛们献给神山以及诸佛的经文,在峡谷里翻滚出了气势磅礴的波浪"。① 恶劣的环境和匮乏的资源,决定了峡谷众生的生活方式和爱情婚姻观念,"那年月兄弟共妻的习俗在峡谷里很普遍,人们认为这是家族财产永不分割的最好选择,也是做儿子的对父辈的最大孝心。千百年来峡谷里的藏族人家在有限的生存资源里谋生,置下一份家业已相当不容易,怎么能因为娶妻生子而瓜分父辈乃至祖宗的家产呢?"② 即便是家境优越的阿拉西和弟弟玉丹,也共同娶了管家顿珠的女儿达娃卓玛。这种奇特的婚姻方式,也只能存在于特定的地理环境中。

由此可以看出,范稳小说地理空间建构的现实基础和川、滇、藏地理环境对作家的深刻影响。然而,文学虽然和地理有着历史渊源的亲缘关系,但小说的艺术价值绝不在于对现实地理环境的真实再现,而在于透过这些独一无二的地理个性,展示藏区独特的人事风情。因为地理环境是一个民族赖以生存的客观条件,也决定着这个民族人们的道德观、价值观、审美观以及生活方式,从而构成了这个民族独有的地域文化记忆。范稳的民族叙事正是在鬼斧神工的自然环境下,极富诗意地构筑了藏族、纳西族人民的精神生活空间。在《水乳大地》里,范稳描写了藏传佛教庄严的寺院、藏族纳西族民众各自安详聚居的村落,还有藏人"煨桑"的青烟、纳西人在悬崖峭壁上搭建的晒盐场以及藏族青年和纳西族姑娘殉情的草甸、横跨在澜沧江的溜索等;它们一方面展现了滇藏地区人民在绝苦之境下的生活智慧和热情,另一方面又使小说氤氲着凄美的诗意氛围。

其次,范稳民族叙事建构的地理空间都是地理版块的结合部或过渡带,也是多种文化的混杂、冲突乃至交融的区域。范稳曾在散文《澜沧江大峡谷小镇》中记述过西藏昌都地区芒康县的小镇盐井:"这个地处川滇藏结合部的小乡村深藏在澜沧江峡谷的半山腰,湍急的江水在峡谷底轰鸣南去,滇藏公路顺着江水的流向逆水而上,在崇山峻岭中蜿蜒爬行,从

---

① 范稳:《悲悯大地》,《长篇小说选刊》中国作家出版集团2006年版。
② 同上。

盐井镇穿越而过。这是一条随时都在改变面貌的、脆弱卑微的公路,在雨季,稍微大一点的雨就可使公路饱受重创,泥石流、塌方、滚石等在一瞬间就让刚才还好端端的公路面目全非。"就是这样一个自然力量强大无比,人类生存条件极其恶劣的小镇,在当地人眼中却是一个繁华的大地方,"因为这里不仅可以随时见到来自川、滇、藏三省区的人们,还有来自青海、陕西、甚至浙江、福建的商人。他们带给偏远的盐井外部世界的信息,让盐井人觉得,自己和世界相隔得并不远"。这里既是中国与东南亚诸国的相接之处,又是西南多省交叉、结合和过渡地带,不仅深受周边诸多民族文化的濡染,也受到邻近国家和地区的文化影响。在《水乳大地》中,法国外方传教会的教父最初看见的金字塔似的雪山,"与缅甸和印度的东北部地区挨得很近,甚至比去圣城拉萨都近"。[①] 此后沙利士神父带领教民们寻找出路的三年里,"向南沿着澜沧江水流的方向终于打通了前往云南的道路,向东则找到了一条可以走到四川藏区的路,……而到拉萨的道路则是那些借道而来的马帮们发现的"。[②] 这显然是对滇、藏、川交汇地带复杂地理环境的真实写照,也隐喻了天主教在藏区传播的艰难历程。然而,比自然环境更加神秘、迷人的是这里的人文风情。小说中,范稳通过来自法兰西传教士家族的德芙娜小姐的眼光,生动展现了澜沧江大峡谷深处的文化魅力。德芙娜小姐最初借助滑翔伞在空中鸟瞰了这片土地的雄奇和蛮荒,但她却没能按照科学数据的精确计算降落在澜沧江东岸的天主教堂内,因为来自峡谷的风险些将她和滑翔伞一起吹向湍急的澜沧江中。情急之下,德芙娜小姐默念了藏传佛教徒时时都在念诵的六字真言而安全降落在公路上。经历了这惊险而又神奇的一幕,原本是来寻访天主教堂的德芙娜开始对藏传佛教的力量深信不疑并由此对后者产生了兴趣。她深信是藏区存在的神灵们的力量挽救了她,她认为:"峡谷两岸连绵巨大的山体和天地之间纵向排列的雪山是在传说中生长的令人敬畏的神灵,他们庇护着峡谷里的牛羊、野兽、青稞、麦子、男人、女人以及江边的盐田。"在受过良好的地理学教育,还对人类学充满兴趣的德芙娜看来,澜沧江峡谷"完全可以作为人类进化历程的教科书。史前造山运动和河流切割的痕迹新鲜而滋润,仿佛创世传说中的世界刚刚在这里完成,而创世

[①] 范稳:《水乳大地》,人民文学出版社2004年版,第4页。

[②] 同上书,第97页。

的祖先们，还隐匿在那人类永不可及的雪山之巅。山体表层的运动如此剧烈，由山崩和泥石流造成的伤痕处处可见，那些巨大山体的伤口，年年都在流血，年年都在增添新的创伤"。① 德芙娜不仅爱上了西藏，还学会了用藏人的眼光打量那些雪山、河流和玛尼堆。

在范稳的"藏地三部曲"中，既有不同宗教信仰之间的冲突，也有因此而产生的生活方式、思维模式之间的矛盾与冲突，具体表现在以藏族为主体的藏文化、以纳西族为主体的东巴文化和西方传教士代表的天主教文化之间从水火不容到水乳交融的变迁。《水乳大地》中有这样一段描写，藏传佛教的五世让迥活佛和闯入澜沧江峡谷的天主教神父们围绕佛、法、僧三宝和圣三位一体的关系展开了激烈的辩论，让迥活佛的一席话直到今天还让峡谷的众生没齿难忘："让迥活佛说：'辩论让我们彼此了解对方。我们是在不认知你们宗教的情况下和你们辩论，而你们并不了解历史悠久的藏传佛教对这片土地的意义。我认为我们或许应该尊重你们的宗教，但是你们也要尊重我们的宗教。我们都是替神说话的僧侣，尽管我们各自供奉的神是多么地不一样。但我们对众生怀有同样的悲悯。'"② 让迥活佛的一席话不仅显示了藏传佛教的巨大包容性，还道出了不同宗教信仰蕴含的仁爱、慈悲、救世度人的共性。藏传佛教是当今藏族社会的主要宗教信仰，是藏民族生活中的重要组成部分，而且已经成为他们重要的生活方式。川、滇、藏三省是我国藏族的主要居住区，也是藏传佛教最盛行的地区。佛教自公元7世纪由印度传入西藏后，不断吸纳西藏早期宗教，如苯教的诸多元素，并在传播过程中融合了藏族语言文化的若干特点，最终在公元10世纪后期形成了西藏占主导地位的宗教，即藏传佛教。因此，"藏族文化是一种以苯教为基础、佛教为指导，并吸收了汉文化和其他一些民族文化的文化"。③ 同样，川、滇、藏三省也是我国纳西族的主要聚居地区，纳西族本身就是一个具有丰富的多元文化的民族，其中以本土原始宗教东巴教传播最广泛、信众人数最多，在东巴教信仰的基础上逐渐形成的东巴教文化，融世俗与宗教于一体，成为中国少数民族文化中最贴近现实生活的一种宗教文化。就像范稳在《水乳大地》中所描述的那样，

---

① 范稳：《水乳大地》，人民文学出版社2004年版，第77页。
② 同上书，第30页。
③ 丹珠昂奔：《佛教与藏族文学》，中央民族学院出版社1988年版，第7页。

生存境遇十分恶劣的纳西族人是忠实的东巴教信徒，他们重生不重死、重情不重命。身在峡谷中的纳西族人不但受到经济地位高于他们的藏族土司发动的武力战争的威胁，还受到来自天主教神父的精神胁迫，只能不断地迁徙才能活命，"岩羊能立足的地方，我们纳西人也能活下去"。他们在荒无人迹的绝壁上生生地开采出600尺的盐田，为了生存，更为了维护纳西族人的尊严。族群之间由于不同文化体系导致的摩擦和冲撞，最终以悲剧形式折射在年青一代的身上。纳西族的女儿阿美与八世野贡土司顿珠嘉措的儿子扎西尼玛相爱。由于"藏纳不得通婚"的祖训，导致他们的相爱注定是悲剧。纳西人认为"如果一对恋人不能选择婚姻，那么就选择死亡。爱和死，是一对如影相随的，非此即彼的孪生兄弟"。最终这对恋人双双殉情。然而，纳西族的东巴文化却以其独特的魅力征服了天主教的沙利士神父，他在漫长的岁月里，潜心研究东巴象形文字，死后留下了大量宝贵的研究资料。信奉藏传佛教的藏人不相信救赎，他们只求来世，为了来世，他们宁愿受尽今生的一切苦难。藏文化熏陶下的藏人，格外看重精神的纯洁和享受。而以杜朗迪神父为代表的传教士，坚信上帝的力量无所不在，一心要将上帝的福音传播到峡谷，为此轻易地否定了藏传佛教的意义，杜朗迪神父狂妄地宣称"你们的宗教是那样的荒谬，所以只配坐在矮处，接受我们的教诲"。面对传教士对藏传佛教的亵渎，佛教徒们发起了暴动，最终酿成了峡谷里的大血案。同样是藏人的托马斯，因为是峡谷里最早入会的基督徒，被愤怒的佛教徒视为异己而被捆绑起来，托马斯以死捍卫了他信仰的基督，同样昭示了藏人精神的高度。《水乳大地》的结局可谓意味深长，五世让迥活佛转世到东巴教祭司家中，九世松觉活佛转世到天主教民家中，藏民安多德做了天主教的神父。如果说《水乳大地》更多地表现了多种文化由冲突、互斥到融合、共存的历程的话，《悲悯大地》则讲述的是一个藏族人的成佛史，充满了佛教文化的神韵。但是小说中达波多杰的命运也隐含着基督教罪与罚的宗教观念，则突出表现了藏文化的精神内核，学者贺绍俊指出："藏文化是特别强调人的精神性的，我感觉到，藏族人民把精神享受看得比物质享受重要得多，即使在物质极度贫乏的状态下，他们的精神追求也无比的强烈。《悲悯大地》表现了这一点。"[1]《悲悯大地》的副标题是"一个藏人的成佛史"。主人公阿拉西

---

[1] 贺绍俊：《悲悯与精神容量》，《小说评论》2006年第6期。

是商人的儿子,他几乎被认为是洛珠活佛的转世灵童,只因家门前多了一棵核桃树,使他错失了这段佛缘。

二 范稳民族叙事的自然意象分析

意象在中外文学创作和批评中都是一个司空见惯的词语,一般情况下,"意象作为象征的一种表达方式,是丰富复杂的情绪、意念、思想的载体。'意象'可以作为一种'描写'存在,或者也可以作为一种隐喻存在"。[1] 而文学地理学视野下的意象,"它们属于地理空间的一个部分,是组成地理空间必不可少的元素"。"考察文学中的地理空间要素,自然意象是主要的对象与首要的内容",[2] 依据黄霖先生在他的相关论著中对意象的分类,范稳小说中的自然意象属于第三类"本体性意象",是客观对象化的意象[3],它们以现实中客观存在的物象为基础,浑然天成,不仅是文本的组成部分,创化着小说的现实题材和客观表象,也凝聚着主体的情感和价值取向。以下将在此基础上对范稳民族叙事的自然地理意象进行相关考察和研究。

1. 峡谷意象

"藏地三部曲"中作者着墨最多的是峡谷意象,也是小说文本的核心意象。由于我国藏族的主要聚居区四川南部、云南滇和藏东南地区是以高山峡谷为主体的自然地理区域,藏人的生活与峡谷的地理地貌和气候条件须臾不可分离。在范稳笔下:"那条大峡谷仿佛不是由澜沧江千百万年地冲刷而成,而是它一夜之间的杰作,两岸的悬崖和陡坡就像用刀劈出来的一样。"[4] "这一段雄伟壮观的、险峻严酷的峡谷完全可以和美国的科罗拉多大峡谷媲美。"[5] 小说中的峡谷意象既是以澜沧江大峡谷的现实情境为原型构成的文本形象,又是作者主观情思投射下的自然意象;既与现实中的澜沧江峡谷互相印证,又成为小说文本中极为重要的核心意象,承载了繁复的象征性内涵。所谓峡谷,在百度百科中被定义为深度大于宽度的谷

---

[1] [美]韦勒克:《意象·隐喻·象征·原型》,汪耀进《意象批评》,四川文艺出版社1989年版,第51页。

[2] 邹建军、周亚芬:《文学地理学批评的十个关键词》,《安徽大学学报》2010年第2期。

[3] 参见黄霖《意象系统论》,《学术月刊》1995年第7期。

[4] 范稳:《水乳大地》,人民文学出版社2004年版,第3页。

[5] 同上书,第69页。

坡陡峻的谷底，狭而深，其主要特征为横剖面常呈"V"字形。在景观学中，峡谷既是河流地貌，也是风景地貌。范稳叙事文本中的澜沧江峡谷，山高谷深，江流湍急，林密草莽，不仅信息闭塞、交通阻隔，而且与外界联系十分困难。各少数民族的生活受到极大的限制和挑战，他们既要面对饥荒、灾难、疾病、瘟疫等超自然的存在物，还要面对各种民族争端和宗教矛盾。峡谷的险恶、神秘和封闭，打开了少数民族百年历史文化的幽深画卷。在自然环境极端恶劣的峡谷里，藏族、纳西族人民练就了强健而又灵活的体魄和不屈不挠的生命意志，"早在上帝的创造力之外，峡谷地区的人们便利用一根藤篾索作为渡江的工具了"。来自法兰西的传教士亲眼见到"一个又一个藏族教民从溜索上飞越而来，从六十多岁的老人到十来岁的孩子。……那些大无畏的藏族人在跨越这道生死线时就像在荡秋千嬉戏一样，有的人甚至还在过溜索时吸着鼻咽哩"。[①] 在地少人多的峡谷里，纳西族人被逼上了生存的绝境，他们凭借智慧和勇气将600公尺盐田建在了悬崖上面。峡谷的险恶激扬着藏族人和纳西族人自足自乐、自苦自强的精神风范。同样，范稳笔下的峡谷，是封闭、隔绝和蒙昧的隐喻，它孤立于现代文明之外，大多数民众终其一生都没有走出过峡谷，峡谷里的时间也是静止的，"流传在峡谷里的创世歌谣和英雄传奇被人们唱了一代又一代，但是每一代的吟唱者给人们叙说的并不是洪荒年代的历史，而是昨天刚刚发生的事情"。然而，峡谷又是沟通汉地与西藏的走廊，凝结着少数民族人民对外面的未知世界的想象和希望。在《水乳大地》中，当两个法兰西传教士穿过绵长深邃的峡谷，带着天主教叩开西藏的大门时，不仅为世界上宗教最完整、最强大的民族——藏族提供了一种理性和文明的参照，也让现代科学之光开始烛照蒙昧的峡谷。传教士带来的西式快枪征服了傲慢的野贡土司，传教士在疾病肆虐时拯救藏民的西药丸、手术刀和医术，也为天主教争取了峡谷里的第一个受洗者。而在《悲悯大地》中，马帮商人都吉就是凭着坚忍而有力的双脚，往返于峡谷，将从汉地驮来的商品运往雪域，那些汉地来的商人无法翻越一座又一座的雪山。都吉由此在峡谷里积攒下了富可敌国的财富。在隐秘的"V"形峡谷里，人们曾经看到有神的使者穿梭往来于大地与天庭之间，也时常发生魔鬼收走小孩的事情。"魔鬼收走峡谷里的小孩的事这些年常有发生，天上的闪电是

[①] 范稳：《水乳大地》，人民文学出版社2004年版，第96页。

魔鬼挥舞在人们头上的一根鞭子,它不仅把小孩的命夺走,有时还把成群的牛羊赶到天上去。"在峡谷里,神话和现实意象常常赋予了文化丰富深邃的蕴含,峡谷既是藏文化精神的象征,又为藏文化赋予了隐秘和神奇的色彩。"在人与神可以一同交流与舞蹈的美好岁月,居住在滇藏接合部澜沧江峡谷两岸的藏族人经常可以看到神的使者往来穿梭于大地与天庭之间。"

2. 雪山意象

如果说峡谷意象与藏文化的神秘相关联,那么范稳通过雪山意象打造了一个虚与实、意与象、物质与精神、现实与想象结合的藏地雪域世界。首先,雪山是神灵世界的象征。在藏区,雪山是非常神圣的。它们"不是北方的那些季节性的雪山,而是指巍峨的西藏高原上终年积雪的神奇山岭。他们耸立于世界屋脊之巅,傲视大地上的芸芸众生",[①] 雪山不仅留下了藏民世代生存繁衍的足印,也寄予了他们对神灵世界的无限向往。在漫长而艰辛的岁月里,雪山既是藏民们的现实依赖,更是他们祖祖辈辈的精神寄托。范稳笔下的雪山意象,以现实中的梅里雪山群为主要原型,进行了大量的实景描写。其中海拔6740米的卡瓦格博雪峰高洁雄奇,是藏民心中的八大神山之首,也是范稳着力书写的意象。在《水乳大地》中,范稳数次对卡瓦格博雪山进行了如实的描写,初入西藏的法兰西神父骑在马背上用望远镜看到卡瓦格博雪山壮丽雄伟的身姿时,也禁不住赞叹道:"阿尔卑斯山和它相比,不过是一座小山头罢了。"藏传佛教的几世活佛用尽毕生精力在雪山下阴暗、潮湿的山洞里静坐苦修,才修成了高深的法力。在《悲悯大地》中,范稳直接赞美卡瓦格博"在峡谷两岸一系列纵向排列的十三座雪山中,数他最高最雄伟,就像一个伟岸的大丈夫,雄踞在天宇和大地之间"。在藏人心目中,每一座雪山都有一则则动人的传说,他们虔诚地称之为神山。"当一个本地的藏族人说到卡瓦格博雪山时,你会看到他的眼神里满是敬畏,他的话语中充满虔诚,他身体语言的每一个动作甚至都谦卑了下去,你总能听到这样一句话'阿尼卡瓦格博','阿尼'在本地康巴藏语中,是父亲的意思。"[②] 可见,雪山在藏地又是一个人们心中的意念世界。范稳小说中通过借鉴藏民族的民间神话传

[①] 范稳:《雪山下的朝圣》,中国青年出版社2005年版,第2页。
[②] 范稳:《神山的守护者》,《社会观察》2011年第9期。

说,为雪山意象赋予了复杂的喻指性。在传说中,卡瓦格博原是一个凶恶的魔王,是藏传佛教的创始人莲花生大师在此修行时降服和感化了他,使卡瓦格博成为"藏巴拉"(金牦牛)出现的地方,成为佛法的护法神。在贡巴活佛为阿拉西剃度授戒、取法名洛桑丹增的那个早晨:"澜沧江西岸的卡瓦格博雪山红光万丈,仿佛在炽烈地燃烧,天空中飘着淡雅的檀香、沉香等天国才会有的胜妙香味,风声中有仙乐从雪山上传来,草地上的花儿竟然顶破覆盖在它们上面的积雪一夜之间全部开放。"(《悲悯大地》)藏民们在感受到雪山带来的神圣吉祥之光时,也找到了解脱烦恼的法门:具悲心,行善事。范稳由此把握和表现了藏民对雪山的情感向度。此外,在围绕雪山意象的延拓描写中,范稳发现"在这类故事的背后所隐藏着的思维模式具有重要的认识价值,它至少提供了一些在人类思维发展的漫长进程中较为原始,但同时又可能是最为生动的模式范本"。① 也就是说,在藏地,早期宗教的印记依然存在于人们的生活中。在《大地雅歌》里,不可一世的康菩家族据说有卡瓦格博神山女儿的血脉,传说七百多年前,澜沧江峡谷曾经出了个有名的猎手康菩·登巴,猎只老虎就像打兔子一样轻松自如。"有一天猎手在山崖上看见了一只额头发红、目光锐利、翅膀阔大、身姿雄健、双爪刚硬、羽毛闪闪发亮的雄鹰,在当地人的传说中,它是卡瓦格博神山之鹰,是神山的女儿,也是神山的巡行者。别人见到这神鹰,一定要磕头焚香,感谢神山的恩赐。"但猎手竟然产生了征服雄鹰的渴望。他翻山越岭、爬冰卧雪,从云端追到云尾,从峡谷底一直追到雪山巅。连卡瓦格博神山发怒降下雪崩,也没有能阻挡猎手要与雄鹰比高低的勇气。三年之后,猎手和雄鹰都累到只剩下最后一口气了。最后雄鹰变成一个仙女一样的姑娘,她彻底被猎手征服了。康菩家族向来以自己有卡瓦格博神山的女儿、雄鹰的血脉传承而骄傲。几百年来,红色的额头,坚挺高贵的鼻子和鹰一样的眼睛,成为康菩家族高贵血脉的象征,"作为卡瓦格博神山的后裔,这座高耸的雪山就是康菩家族在神界的寄托,在俗界的象征"。② 显然,康菩家族与卡瓦格博雪山的神奇传说凝结着藏民的思维模式和文化心理特质,"是巫性体验与现象世界之间的神驰意往道交感应,因而蕴含了相当浓郁的审美情怀和文学倾向。只有以此为介质,人与

---

① 宁骚:《非洲黑人文化》,浙江人民出版社1993年版,第323页。
② 范稳:《大地雅歌》,北京十月文艺出版社2005年版,第63—65页。

世界之间的现实性联系才不是生硬比附和物理关系，而是有着心理预设的神性关联"。① 范稳正是将雪山所象征的神灵力量与藏族人的现实生活紧密联系起来，展示了雪域文化的神奇与绚丽，也为当代小说注入了一些新的思考和艺术质素。其次，雪山意象以博大的情怀映射出了普通生命的虔诚和卑微，卡瓦格博雪山不仅是大自然的奇迹，它屹立于天地之间，养育了环绕它而栖居的各少数民族人民。范稳通过雪山意象灌注了主观情思和审美意识：这是需要用生命膜拜和守望的雪山，在雪山的威严和博大面前，每一个生命都是微不足道的。在《悲悯大地》中，当佛的慈悲也无法阻止两个教派的喇嘛们为争夺神灵的代言权和俗界的僧众在雪域斗法弄权、挑起战争时，人们只能寄希望于卡瓦博格雪山的神灵。雪山放生羊的出现，暂时安抚了人们惊恐不安的心灵。这只大约六百岁的放生羊对贡巴活佛说"众生要看到自己的罪孽，法轮才会初转。佛陀也是经过了九九八十一难，才涅槃成佛。伤害越深，人们的罪孽越重，开悟也才来得更快"。人们虔信放生羊代表的雪山神灵，相信战争的到来是因为佛法的魔鬼在作祟。因为雪山下有许多豹子、狗熊等嗜血猛兽，"一只放生羊六百年来没有被吃掉，这本身就说明此羊非同一般"。雪山意象的喻指性由此得到了挖掘和展示。在小说中，白玛坚赞头人的二儿子达波多杰在和哥哥为女人而起的纷争中失败了，他被哥哥逐出家门，打算寻找快刀、快枪和良马，实现康巴男儿的英雄梦想。"卡瓦格博雪山上的风像刀一样地砍杀过来，飞舞在天空中的不仅仅是雪花，还有胳膊粗细的枯枝，拳头大的石头，以及魔鬼的咆哮。这风不是沿着山谷拦腰刮来，也不是从山上往下吹，而是从山下往山上涌。仿佛风在雪山面前也知道敬畏。就像那个磕长头的朝圣者，每当过雪山时，他只能从下往上磕，而下山时，则需要走到山下后，根据下山的实际距离估算，再选择一个地方花上几天时间，一气面对雪山再磕它上千个长头，把下山路上该磕的长头补回来。因为没有朝山下磕的头，只有向雪山跪拜的身姿。"② 无论是信仰神灵的藏传佛教徒还是信仰上帝的天主教徒，还有多神崇拜的东巴教徒，最终都被雪山的博大情怀所折服。曾有研究者将雪山精神视为西藏文化精神的重要组成部

---

① 马明奎：《少数民族文学意象的叙事性研究》，《文艺理论研究》2011 年第 5 期。
② 范稳：《悲悯大地》，《长篇小说选刊》2006 年第 4 期。

分，强调了它崇尚威严、安详、神秘的精神特质。① 那么，范稳对雪山意象的描写在某种意义上就是西藏文化精神的文学呈现。

3. 树木（核桃树）意象

树木崇拜在许多少数民族的原始宗教中都占有重要地位，树木和森林都是富有神灵的。因此，树木和森林也是文学创作中备受作家重视的意象。在《悲悯大地》和《大地雅歌》中，范稳侧重描写了核桃树，通过核桃树意象将客观世界的真实和主观想象的真实完美的结合起来，既营造了小说浓郁的藏地文化氛围，也流露出作者的诗人气质。《悲悯大地》的故事开始时，格茸老喇嘛一行来到澜沧江峡谷寻找转世灵童，因为他们的活佛圆寂时吟诵了一首优美的诗歌：

> 皎洁的月光下，
> 借我一双翅膀，
> 飞到遥远的香巴拉就回来。
> 那里雪山环绕、江河并列，
> 香巴拉的圣地开满鲜花，
> 还有两棵绿荫匝地的核桃树，
> 树上挂满了佛果。

诗中直接将核桃称为佛果，或许是因为核桃的外形酷似菩提果的缘故吧！小说写到，一个叫阿拉西的孩子生辰年岁刚好和活佛从圆寂到转世投生的时辰相符，然而，只因为他家门前的核桃树是三棵，便使阿拉西错过了一段佛缘，也注定了他日后的修行成佛之路历经艰辛与苦难。据说，西藏核桃是世界核桃的祖先，不知是否确实。但西藏的核桃资源之丰富，却是有目共睹的事实。西藏的核桃资源不仅体现在数量和分布上，更体现在至今仍然完好保存着野生核桃的一些古老特质。在藏区，仍然可以见到千年核桃吐新芽。也许正因如此，在藏传佛教中，将核桃树视为有佛缘的植物，藏民几乎家家户户的门前种有核桃树。熟谙藏民生活的范稳，描写起来可谓得心应手。《大地雅歌》中就有一棵"百年老核桃树历来被康菩家

---

① 参见周政保《答马丽华——关于〈雪域文化与西藏文学〉的探讨》，《西藏文学》1997年第4期。

族视为神树,它见证了至少五代康菩土司的兴衰,每逢神灵的日子,康菩家族的人都要到树下焚香磕头"。在藏人心里,核桃树既是自然和生命的象征,也是吉瑞祥和的征兆。核桃树甚至可以作为藏民族古老历史和文化的象征,历经沧桑,伤痕累累却傲然屹立。在小说中有一个地方就叫核桃树,这里最早"只是澜沧江峡谷深处的一片坡地。怪石林立、荒草漫漫,常有豺狼狗熊、孤魂野鬼出没。有一条马帮驿道从这儿经过,那时路边只有几棵古老粗壮的野核桃树,从南面的雪山垭口远远地就可以看见,像峡谷底的几把绿伞,因此来往的马帮都叫这个地方核桃树"。正是这个叫核桃树的地方后来成为天主教所在的教堂村。核桃树在小说中虽然是实写意象,但范稳却借助核桃树意象,在小说中引入了诗化的成分和情绪,使他的民族叙事氤氲着沈从文式的"象征的抒情"的氛围,"在那些具有象征意义的人物与事件的叙写里,展示了饱蕴着作者激情的理想世界"。[①] 在由核桃构成的文本意象世界里,范稳进一步书写了一段浪漫而又神奇的爱情故事,同样是康菩家族的两百多岁的核桃树,被一对恋人央金玛和扎西嘉措当作婚床,开始了他们跨越半个世纪的缠绵又苦难、短暂又永恒的爱情。当他们在核桃树上纵情于生命的爱与欲时:

> 树上就像蹿上去了两只相互追逐的猎豹。巨大的核桃树盛况空前地摇晃起来,春天时雪山上刮下来的雪风,也没有使它如此剧烈地晃动;多年前这片大地曾经发生过一场剧烈的震荡,一座山都被震进了澜沧江,但这棵老核桃树依然岿然不动,连树叶都没有掉一片。现在树上的两个人儿小小的战栗,猛烈的冲撞,火山喷发般的激情,却让百年老树也骚动不安起来,以至于那些还没有成熟的核桃,噼里啪啦地纷纷往地上掉。爱情的果实提前成熟了!

这是个具有象征性的场景,它的内蕴在后面的故事中才被我们逐渐领悟。范稳透过这个神奇而又浪漫的爱情故事关注的是人生永恒之门的寻找和开启,他思考的是精神与肉体、爱情与信仰、自由与责任等人生的哲理。当央金玛和扎西嘉措每夜燃烧的激情让桃仁还白嫩青涩的核桃纷纷落地时,这棵四人都合抱不住的大核桃树"再不肯帮他们掩饰这桩浪漫的

---

① 凌宇:《沈从文选集·第五卷编后记》,四川人民出版社 1983 年版,第 405 页。

爱",两个年轻人的私情终于暴露在众目睽睽之下。虽然经过种种磨难和考验他们终于逃出土司家的深宅大院,被教堂村的神父们收留。用扎西嘉措的话来说"现在的日子,不会再有喇嘛上师了,因为他们是跟康菩土司站在一边的"。可是,逃离了康菩家族的央金玛从此陷入了深深的忧虑,与扎西嘉措的爱情并不能使她获得内心的宁静与充实,"尤其让她在扎西嘉措面前也难以启齿的是:每当那个骑鹰的白衣男人出现在梦里,或者在天上跟她说话时,她常常发现自己一丝不挂。有一次,这个男人还从她裸露的胸前强行摘走了一朵盛开的花儿"。对于她的恋人扎西嘉措,她甚至觉得"现在,她躺在他的怀里,却把握不了爱人的心"。显然,范稳对核桃树意象的思考已经超越了意象本身,他"用一个作家的眼光来审视一些我们平常在都市的世俗生活从未见识过或者很少思索过的命题,民族和他的历史、文化、宗教、信仰、自然以及它们与人的关系,与人性的关系,与人的命运的关系"。[①] 实际上,没有核桃树这一实写意象,央金玛和扎西嘉措的爱情故事仍会发生,但有了核桃树的见证和参与,他们的爱情悲剧便染上了一层藏民族历史和文化的沧桑感,在藏族人心中,核桃树是有佛缘、有神性的植物,失去了核桃树的庇护,等于失去了神的护佑。《大地雅歌》试图通过这对藏传佛教徒最终对天主的皈依,表现信仰对爱的拯救。小说中的杜伯尔神父就是怀着"去开辟一条发现佛教中的基督这条新路"的神圣使命来到藏区的,这是一种对宗教信仰的执着追求,是一种绝苦之境中求生的理想,也是范稳想表达的宗教情感。因此,核桃树意象所呈示的意义就不仅是藏传佛教的神圣和隐秘,还有范稳希望通过宗教信仰让人们获得永久归宿的目的和追求。

第三节 滇藏文化地理对范稳创作个性的模塑

滇藏地区是我国藏族的主要居住地,也是康巴文化最盛行的地区。这里山高谷深、冰川纵横、森林茂密、草地开阔。不仅地形地貌极为特殊和复杂,气候条件也十分恶劣且变幻莫测。"自然环境的特性决定着生产力

[①] 杜士玮:《文化型作家范稳——与范稳谈〈水乳大地〉》,http://www.chinawriter.com.cn。

的发展,而生产力又决定着经济的以及随在经济关系后面的所有其他社会关系的发展。"① 滇藏独特的自然环境磨砺出以藏文化为主体,融合了汉、彝、回、蒙古、纳西族等多民族文化的多元一体的康巴文化,滋养出敬信神鬼、崇拜自然、个性张扬的康巴人和奋发、尚武、雄强的康巴民风。笔者认为,滇藏文化地理至少在三个层面影响了范稳及其创作:一是作家对康巴人精神气质的濡染;二是创作中对神灵现实主义的追求;三是独特的宗教立场。

一 康巴文化与范稳的精神气质

多年来,范稳以自己的谦逊、虔诚和勇气深深地浸淫在康巴文化之中,他曾说:"我经常一人在藏区的村庄里一待就是十天半月的,除了在火塘边倾听藏族民间故事、神话传说外,还感受到了乡村生活的种种细节。……对于藏传佛教徒,我随他们一同去神山朝圣,在漫长的朝圣路上捕捉他们对雪山的感情、他们对待自然与神灵的精神方式。"② 为了和康巴人成为手足砥砺的朋友,不善饮酒的他常常与豪饮的康巴人一起拼酒,每次都一起醉倒在桌子下面,久而久之,"他就得以与这群一同趴下的康巴人,拍着肩膀摸着心窝,听他们述说他们的牛羊、他们的雪山、他们的哈达、他们的神灵。"③ 同样,康巴人的血性和豪迈也激活了范稳内心狂野的一面,这显然不是身为四川人的他固有的精神气质,这些年来,范稳像一个藏人那样游走在雪域,他在藏历水羊年环绕梅里雪山转经;他在小说和散文中也倾情书写着那种放荡不羁、豪迈血性、骁勇好战、时运不济的悲剧人物或悲剧英雄。在《水乳大地》中,泽仁达娃的形象就生动诠释了范稳对康巴精神的理解和称许。小说第七章讲述了一个"迟暮英雄"瘦子喇嘛和他的藏獒达嘎的故事。瘦子喇嘛曾经是峡谷里让人闻风丧胆的杀人强盗泽仁达娃,是民国 37 年从国民政府的监狱里出逃的犯人,为了赎罪他在雪山下的村庄里做了喇嘛,在范稳看来,灵魂的皈依似乎比什么都重要。然而,瘦子喇嘛放牧时赶上雪崩,生产队的牛羊全部走失了,即使侥幸在雪崩后活下来,等着他的也是挨批甚至劳改。在自己命悬一线之

---

① 《列宁全集》第 38 卷,人民出版社 1959 年版,第 459 页。
② 张錉:《范稳:大地情歌》,《云南艺术》2007 年第 5 期。
③ 同上。

时，瘦子喇嘛和他的藏獒达嘎在雪山口遇到一个被熊咬伤的放牛娃，他身上潜隐多年的英雄豪气瞬间被唤醒，于是峡谷里展开了一场人、藏獒与狗熊之间的嗜血搏斗。忠诚机敏的藏獒达嘎在第一时间听到孩子的呼救声和狗熊的吼叫，就像一支出了弦的利箭那样射出去了：

> 瘦子喇嘛的目光追到它时，达嘎已经和一个比它的体型还要大两倍多的黑色狗熊咬在一起了。……这是两个黑色的幽灵在白色的雪地上的搏杀，……勇猛灵活的达嘎曾经一度咬住了老熊的后腿。

但是老熊以自身体积的绝对优势一次次甩开了达嘎的进攻。为了替主子尽力，为了在这场血腥搏杀中取得胜利，达嘎一次次冒死往老熊的怀里钻，试图咬住老熊的睾丸。"在一次类似于自杀式的进攻中，老熊一掌拍断了达嘎的脊梁骨，那'咔嚓'一声脆响让瘦子喇嘛的心凉透了。达嘎不得不倒下了，它在悲哀地呜咽，眼睛凄凉地望着山坡上的瘦子喇嘛，并不关心老熊即将吞过来的血盆大口。"眼见自己的忠实猛犬倒下了，瘦子喇嘛从容地将还在昏迷的小放牛娃放在安全的位置，掰下一根胳膊粗的金刚木树枝，用自己的康巴刀剔去枝丫，把它的头削尖。这个两米多长的自制兵器让瘦子喇嘛身上增添了豪气，他将自己的康巴刀留给了放牛娃，决计用金刚木武器与老熊进行殊死搏斗。

> 老熊伏在离瘦子喇嘛十来米远的地方。它摇晃着脖子长声嗥叫，还用前爪把雪地上的雪击打得四处飞扬。瘦子喇嘛早就熟悉它的这些伎俩，他双手拄着金刚木，一动不动地站在原地，像一棵已在大地上生了根的老树。
> 老熊在原地耀武扬威了几分钟，这些招数既不能吓倒对手，也没有激怒瘦子喇嘛，老熊这才知道，今天它的对手是雪山下一个孤独的暮年老英雄。

在这些人熊对峙的惊心动魄的场面中，范稳毫不掩饰他对昔日的泽仁达娃——这个康巴汉子"烈士暮年，壮心不已"情怀的赞赏。瘦子喇嘛凭借一腔血性和殊死的意志用金刚木刺杀了老熊。这个曾经在康巴地区叱咤风云、杀人如麻的土匪，这个选择用后半生的苦修来救赎前半生罪孽的喇嘛，在得知被他救下的放牛娃是他的世仇之子野贡·独西时，他将自己攒下的好运留给了这个孩子，并且帮助野贡·独西将康巴刀捅进了自己的肚子，获得了永久的解脱。相信读到这里，我们已经可以看出范稳对康巴英雄主义的崇尚，在一次访谈中范稳说："胜利者和强大势力的代言人不是我心目中的英雄，他们只是时代的宠儿，上帝给予他们的已经够多了。"① 也就是说，范稳心目中的英雄并非都是成就一番伟业的轰轰烈烈的人物，而是要活得光明磊落，死得坦荡痛快，就像泽仁达娃临死前对野贡·独西说的："临终不说多余的话，是上等的好男儿"，每一个真正的康巴男儿都是上等的好男儿，也是范稳心中的英雄。小说写到，野贡·独西杀了泽仁达娃之后，向着峡谷跪下了，痛痛快快哭了一场，直到哭瞎了一只眼睛，这是一个康巴男儿对一个康巴英雄最后的凭吊。

二　西藏文化地理与范稳的神灵现实主义追求

2004年，当《水乳大地》的出版在文坛引起广泛关注的同时，人们也总是将范稳的名字和作品与加西亚·马尔克斯的《百年孤独》联系起来，显然，前者受后者的影响以及对后者的借鉴和模仿是明显的，范稳对此也并不否认。他说："我当然也十分努力地学习、借鉴过魔幻现实主义的一些创作手法。因为我一直在从事藏民族文化与历史的写作，我发现在藏民族文化中，有许多跟过去拉美作家在魔幻现实主义作品中表现的东西相近。比如藏民族独特的宗教文化，神灵故事与传说，民风民俗等。"但他认为："藏区的文化特征并不是魔幻现实的，而是神灵世界与现实世界相交织的。因为西藏是一个几乎全民信奉藏传佛教的地区，宗教文化中的神、佛观念深入生活的各个方面。"② 正因为如此，范稳在小说中写道："在这片土地上，传说就是现实，至少也是被艺术化了的现实。人人都是神灵世界的作家和诗人，这份才能与生俱来，与秘境一般的大地有关。"③ 在《悲悯大地》中，作者借色觉活佛之口对前来寻找角上顶着英雄尸骨的独角龙的达波多杰说，我们本来就是生活在传说中的民族啊！他因此将自己的作品定义为神灵现实主义。

---

① 范稳：《和余梅女士关于"藏地三部曲"的访谈》，http：//blog.sina.com.cn/s/blog_4b5619680100dhbz.html。

② 同上。

③ 范稳：《水乳大地》，人民文学出版社2004年版，第88页。

范稳笔下的西藏，传说总是与自然现象紧密相连，自然又总是被赋予浓郁的宗教含蕴。比如著名的卡瓦格博雪山，之所以成为藏区的殊胜之地，就和藏传佛教有密切的关系。早在公元 13 世纪初，第二世噶玛巴活佛噶玛巴希曾经游历康区，为此地殊胜的人文景观所折服，不仅挥笔写下了《卡瓦格博圣地祈文》，注明这座山是成就各种事业之地，活佛还在此驻足冬夏两季，开启了圣地之门。此后第三世噶玛巴活佛让迥多吉也亲历卡瓦格博圣地，著写了《圣地卡瓦格博焚烟祭文·祈降悉地雨》。卡瓦格博从此成为藏族人心中的神山，从 20 世纪初到 90 年代末期，先后有来自英国、美国、中国、日本等国家的登山勇士试图征服这座海拔只有六千多米的山峰，但屡遭挫败。人们在为之震惊的同时，也开始对神山心怀敬畏。[1] 在慕名参拜神瀑时，范稳发现："神瀑一侧的一堵巨大岩壁上的几处裂纹，以一个地质学家的眼光看，它们是山体运动时造成的岩层错位。可是在本地的神话里，这些裂纹是空行母织布时梭子一滑，就在岩壁上留下这神秘而悠长的裂缝。"[2] 在范稳眼里，西藏就是一片属灵的山水，到处都有神灵的故事在生长并至今还被人们深信。但他也看到，西藏又在紧追时代的步履，现代化在它的土地上照样在进步和展示。"这正为一个喜欢魔幻现实主义创作风格的作家提供了某种创新的可能，不是魔幻现实主义的简单模仿，而是在此基础上的创新——就权且称之为神灵现实主义吧。"[3] 如果说，魔幻现实主义"通常具有将客观现实和以某种信仰或观念意识为基点的主观真实相交融的特点，并常常运用夸张、怪诞、象征、打破时空界限等手法来进行非理性描写（但并非采用夸张、怪诞、象征等手法的作品都是魔幻现实主义文学）"[4] 的话，那范稳的神灵现实主义则是对超越想象力和日常生活经验的"神灵现实"的书写，是他站在藏人的立场上，对西藏神奇土地上的历史和传说进行的想象性文学加工和创作。为了进一步表现神灵与现实的不可分割，范稳在《悲悯大地》中插入了他的田野调查笔记，他说："生和死有着不可逾越的鸿沟，阴界和阳

---

[1] 参见范稳《神山的守护者》，《社会观察》2011 年第 9 期。
[2] 范稳：《雪山下的朝圣》，中国青年出版社 2005 年版，第 51 页。
[3] 范稳：《和余梅女士关于"藏地三部曲"的访谈》，http：//blog.sina.com.cn/s/blog_4b5619680100dhbz.html。
[4] 曾利君：《魔幻现实主义在中国的影响与接受》，中国社会科学出版社 2007 年版，第 34 页。

界，是两个截然不同的世界。可是西藏人却说，生和死是相通并相连的，就像江河里的波浪，生和死不过是同一个波浪在转换和涌动。"① 这种独特的生死观，来源于藏传佛教的轮回说，反映了藏族人的信仰与生存状态的关系。"在藏传佛教的一些传说中，过去的高僧大德经过刻苦的修行，曾经拥有'天耳通'——能听到远方的声音，'神足通'——指日行百里，悬空飞行，这样一些神奇的法力。"范稳说："如果说作品里有某种神奇的元素，有超越我们的日常生活经验和想象力以外的东西，我想，这就是那片生长神灵的土地的馈赠。"② 纵观"藏地三部曲"，可以发现范稳的神灵现实主义经历了不断走向成熟的发展过程，这是因为作家对西藏文化和地域环境的了解越是深入，他的敬畏感也就越强，他的书写也就愈加审慎的缘故。《水乳大地》可谓是"藏地三部曲"中魔幻和荒诞描写最多的一部，比如人们亲眼看见几百岁的苯教法师骑着一面鼓从峡谷上空飞过；让迥活佛为无法阻止盐田而发生争斗便去闭关苦修，他递出来一张条子，预言女人们将不会生育，结果峡谷两岸的女人在一年里就真的没有生育；前强盗泽仁达娃能把前来勾魂的魔鬼拖回来，也能把他一生积攒的好运送给和他有世仇的孩子野贡·独西，还能让野贡·独西将他杀死，等等。在《悲悯大地》中，为了进一步追求神灵现实主义的艺术效果，范稳穿插了6篇《田野调查笔记》和3篇《读书笔记》，试图让读者从中找到一种验证，即藏族的历史、现实都和传说没有明确的分界，并且以他现实中采访到的人物和故事强化小说人物和故事的真实性。比如在写到打破生死界限的"回阳人"都吉时，范稳插入了他的"田野调查笔记（之二）"，在西藏人看来，生和死是相通并相连的，就像江河里的波浪，生和死不过是同一个波浪在转换和涌动。有的人便充当了阴间与阳界的信使，他们从死亡中回来，告诉人们阴间的讯息，藏人称他们为"回阳人"。范稳讲述了在藏区他和"回阳人"打交道的真实经历，这是奇迹，然而又是真实发生在藏区的奇迹，也只能发生在这片神灵出没的土地上。范稳坚持认为，学习一下人家对待死亡的态度，也许会让我们在面对死神时更有尊严。这使得范稳的神灵现实主义不单是一种创作手法、一种艺术追求，它是作家在滇藏大地、从藏传佛教文化中获得的生命体验和艺术体

---

① 范稳：《悲悯大地》，《长篇小说选刊》中国作家出版集团2006年版。
② 范稳：《"藏文化"总是越写越敬畏》，《信息时报》2006年12月11日。

验。正如雷达先生在评述《水乳大地》时所指出的："由于作者深刻地体悟了他所描写的这片土地，领会并感应到它的神韵，使他关于魔幻的笔墨不是移植，而是本土化的，富于创造性的。死而复生的凯瑟琳，骑着羊皮鼓飞行的敦根桑布喇嘛，滚动的有知觉的头颅，手接响雷的人，颜色变幻的盐田等等，都不是故弄玄虚的呓语，而与作者笔下的大地和谐统一，没有它们反倒是遗憾的。"①

三 康巴文化与范稳的宗教立场

范稳是一个受洗了的天主教徒，但他说："作为一个有信仰的人，我站在自己的宗教立场上说话；作为一名作家，我站在一个人文知识分子的立场上写作。"这意味着他的宗教思想构成和宗教立场是复杂的也是矛盾的，甚至有些泛神论的倾向，因为他也认为："有信仰的生活让人心灵宁静，……在有信仰的人们看来，神自然是存在的，是不可追问的。因为追问本身毫无意义。"② 于是，在"藏地三部曲"中，范稳努力地寻找不同宗教的共通之处，即不同宗教信仰蕴含的仁爱、慈悲、救世度人的共性，让不同的人都"找到适合自己的信仰，去接受一种强大的悲悯，并去悲悯众生"。所以，范稳一方面借让迥活佛、贡巴活佛、顿珠活佛之口多次强调："宗教庇护一切。"另一方面，他又通过来自西方的天主教传教士阐释："不信仰上帝，是要受到永无尽头的惩罚的。""信仰就是爱。"可以看出，范稳"希望让宗教超越种族、教派和国家的利己主义，以一种情感上的整体感（普世性的宗教教义及其道德规范、行为准则）满足信众的宗教生活和心理需求，建构广博、宽容、多元并存的宗教生态环境。"③ 如此看来，范稳的宗教立场超越了一神教的偏激和狭隘，包蕴着更为丰富宽广的人性文化内涵和对终极价值的追求。当然，我们并不否认基督教文化对范稳创作的影响和渗透。

在范稳的宗教立场和情感中，"悲悯"显得十分重要和醒目。这不仅因为他的"藏地三部曲"的其中一部就以"悲悯大地"命名，还因为在

---

① 雷达：《雷达长篇小说笔记之二十：范稳的〈水乳大地〉周瑾的〈被世俗绑架〉阎连科的〈受活〉》，《小说评论》2004 年第 3 期。

② 范稳：《和余梅女士关于"藏地三部曲"的访谈》，http://blog.sina.com.cn/s/blog_4b5619680100dhbz.html。

③ 张懿红：《宗教在当代文学中的价值引领》，《兰州交通大学学报》2011 年第 5 期。

《水乳大地》《大地雅歌》中他都不遗余力描写了"悲悯"作为情感或者情怀的力量。所谓悲悯是一种"由对人类的悲剧性生存困境的存在感悟所引发的情感体验","是对包括所有人在内的人类之悲剧性命运的同情与怜悯。""对于宗教信仰来说,爱就是悲悯,爱人就是对遭受苦难的同胞或同类的悲悯,或者说是对这些陷溺于悲剧性命运中无法自拔的整个人类的悲悯。"① 而对于任何一种宗教神学来说,"仁爱""博爱"都是其终极信念的体现。无论是基督教神学文化对宽恕、牺牲精神的倡扬还是佛教教义中对普度众生的追求,都是爱和悲悯的体现。在范稳的民族叙事中,悲悯源于宗教信仰,也就是说,悲悯总是发生在有宗教信念的个体身上。他自述曾在藏区发现了一个有趣的现象,没有信仰的人看有信仰的人,目光中充满好奇,有信仰的人看没有信仰的人,目光中流露出悲悯。所以在范稳笔下,无论是信仰藏传佛教的活佛、喇嘛和普通信众,还是信仰上帝的西方传教士和皈依了耶稣的藏族信徒,最终都在"悲悯"中获得了灵魂的安宁。在《水乳大地》中,三种宗教经过近百年的流血冲突和互相砥砺,在悲悯众生的共通情怀下达成了新的和解,走向交融与共生。《悲悯大地》则以一个藏人成佛——商人之子阿加西变成洛桑丹增喇嘛的历史,生动诠释了"悲悯"的博大和力量。《大地雅歌》则讴歌了信仰对爱和生命的拯救。同时,悲悯作为人类一种崇高的情感体验,在范稳的创作中,既表现为创作主体对他笔下每一个生命的高度关注和尊重,同时也表现为主体观照人生的一种审美方式。可以说,范稳通过对不同宗教文化整合以求同的思维方式所诠释的悲悯,包含着中国主流知识分子对边缘少数民族在当下现代社会所面临的困境的思考,也有对人类命运普范意义上的关怀和承担。

---

① 胡伟希:《论悲悯与共通感——兼论基督教和佛教中的悲悯意识》,《华东师范大学学报》2012 年第 4 期。

结　语

　　进入21世纪以来，我国作为一个趋于全面现代化的发展中国家，人口占绝大多数的汉民族的古老文化和城乡格局正在遭受着新经济时代的严重改写，生存环境恶化，生命意识不断被消解和弱化。如何在远离繁华、喧嚣和骚动的边远地带，在少数民族聚居的边疆地区寻找中华文化的生命之源和火种，是每一个当代作家的使命，也是当代文学发展的一个路向。杨义先生曾经不无遗憾地指出："主流文学执着于现实和较少心灵余裕，使得借神话原型和民间原型的狂幻，去探索深层的人性、人格和种族精魂，成了一个未了的话题。"[①] 汉族作家的民族叙事作为一种介于主流文学和少数民族文学之间的文学创作形态，以其多层次、大范围展开的各民族生活的图景，吸引了读者的阅读热情和研究者的兴趣。特别是它们对少数民族民情、民风和民性的深入细致的观察和生动鲜活的描写，对边缘生命活力的发现和挖掘，不仅为当代文学提供了新的想象源泉，也直接参与了我国多民族文化和民族精神的建构。作为一种独特的文学现象，汉族作家的民族叙事在形成与发展过程中，不仅受到80年代以来思想解放大潮的洗礼，也深受反思文学、寻根文学、新写实小说、新历史主义等文学思潮的影响，同时还借鉴、整合了少数民族民间文学（文化）资源，形成了自身独特的叙事形态与美学特征。

　　对于当代文学研究来说，汉族作家的民族叙事是一个崭新的学术领域。它理应成为中国当代文学研究特别是多民族文学研究的重要课题和组成部分，并与我国当代文学研究的深入发展保持同步。本书就是在文化人类学、文艺民俗学、民族学、社会学等学科提供的理论视野中，对当代汉族作家民族叙事这一独特的文学现象进行的全面追踪和考察，旨在挖掘汉

---

① 杨义：《中国新文学图志·序言》，北京人民出版社1998年版，第8页。

族作家的民族叙事所蕴含的对建构民族文化和世界文化的积极参与意义，呈现中国当代文学构成的复杂性、多样性和非规范性。并通过对作家个案的比较分析，深入认识汉族与少数民族文学文化的交流状态以及异质文化相遇时文学叙事的各种表现形态，揭示当代文学与现代民族国家建设之间的互动关系，展现中华各民族文化生生不息、和而不同、交融共生的文化张力，为确立中华民族文化在世界文化格局的独立地位发挥了重要作用。

此前，学术界关于汉族作家民族叙事的研究已经取得了相应的研究成果，为我国多民族文学研究增添了诸多新的活力，也在以下方面为本课题的研究带来了启示和借鉴。首先，受80年代末以来文学研究中"文化热"的影响，许多研究者将重心转向了多民族文学中的文化问题，在樊星的《"改造国民性"的另一条思路——当代作家对于少数民族文化的发现和思考》[①]中，作家阐述了当代汉族作家在挖掘少数民族文化价值方面的积极意义，认为汉族作家的民族叙事是对少数民族文化的重新发现，一些描绘少数民族绚丽多彩生活的作品，凝聚了汉族作家了解、研究少数民族文化的心血，具有保护文化多样性的积极意义。李长中在《"汉写民"现象论——以迟子建的〈额尔古纳河右岸〉为例》中肯定了汉族作家民族叙事对少数族裔文化资源的汲取和吸收，但文章同时指出："对汉族作家来说，在进入民族文化之时，长期形成的'套话'结构将制约他们对民族文化的接受和理解，由'套话'结构再参与对少数族裔文化的循环阐释，导致'汉写民'文学普遍性存在与少数族裔文化的错位。"[②] 从文化的视角对"汉写民"现象存在的问题进行了反思，也对全球化语境下主流文化的话语霸权提出了质疑。李继托的《远方的追寻——浅谈汉族作家的少数民族创作》探讨了汉族作家文化身份的建构问题，认为汉族作家离开本土文化追寻异质文化就是"踏上了一条不同于主流作家的道路"，[③] 使他们在思想上、文化上都有了本质的变迁。雷鸣的《突围与归依：礼失而求诸野的精神宿地——论新世纪长篇小说的边地书写》，考察了知识分子边地书写的现实文化语境和历史渊源，文章指出："面对新世纪的新变，'礼失而求诸野'的中国传统思维方式，又一次惯性地作用于

---

① 参见《文学评论》2008年第4期。

② 参见《中国图书评论》2010年第7期。

③ 参见《安徽文学》2009年第2期。

当代作家身上。"① 他们试图将边地异域作为唤回文化根性的依托地,在那里寻找新的精神家园。以上研究彻底打破了社会学政治学批评模式所形成的研究格局,使汉族作家的民族叙事不仅与各民族历史、民族文化和民族精神联系起来,也与中华民族追求现代化的艰难历程紧密地联系起来,使这个介于主流与非主流之间的文学创作现象呈现出立体化、多元化的形态,它不仅仅是一个文学事件,还是一种文化现象。从而引发人们去思考,如何以平等的态度对待各种不同的文化传统。其次,将汉族作家的民族叙事置于比较文学视野下进行研究,也是学术界关注的话题。这是一种跨民族、跨语言、跨文化的研究,其中既涉及汉族作家民族叙事与少数民族文学关系的研究,也有它与外来文化文学关系的研究,甚至通过汉族作家的多民族书写涉及不同少数民族之间的文学关系研究。论文《生命神性的演绎——论新世纪迟子建、阿来乡土书写的异同》② 对汉族作家迟子建与藏族作家阿来创作中关于人与自然关系的描写中呈现出的共通之处进行了细致的比较分析,他们都"通过'回忆'、通过民歌与民族语言以及对仪式的描述,来达致返归自然的精神原乡"。但在关注外来强力对原生态的破坏时,"阿来倾向于对政治强权的批判,迟子建侧重于对现代发展与生态平衡悖论的书写";探索了汉族知识分子和少数民族知识分子在全球化浪潮中同中有异的文化心态和创作取向。《民族、代际、性别与鄂温克书写——乌热尔图、迟子建比较论》一文对乌热尔图与迟子建鄂温克书写的异同进行了比较,探讨了他们因族别身份和性别的不同造成的写作差异,对少数民族的本民族书写、乌热尔图对迟子建的影响以及后者对前者的超越进行了颇有见地的论述。《边地生命的书写边地书写的生命——论张承志和红柯》③ 是一篇硕士论文,较为全面地论述和比较了回族作家张承志和汉族作家红柯的边地小说在生命意识、生命体验、文化选择等方面呈现的异同,试图展示出藏传佛教文化、伊斯兰文化与汉族主流文化交流融汇、吐纳天地的文化气象,对两位作家"以边地生命的激扬和坚韧来修补当前文明中现实与理想之间的断裂"的努力给予了崇高的评价。

---

① 参见《当代文坛》2010年第1期。
② 作者黄轶,论文刊载于《文学评论》2007年第6期。
③ 万方数据:http://wfdata.hznet.com.cn/WFknowledgeServer_Mirror/D/Thesis_Y1703918.aspx。

张雪艳、李继凯在《绝域产生大美——略谈红柯小说与伊斯兰文化》[①]一文中,对红柯小说中的伊斯兰文化元素进行了简要的分析,文章指出:"从表面过程看是红柯走向新疆,从深层看却是'文化新疆'塑造或重构红柯。而'文化新疆'在很大程度上说是穆斯林新疆。"认为红柯的小说"相当透辟地表达了伊斯兰文化的一种精神或要义:真主把他的灵魂灌入人体是为了让人保持天空和大地的纯真。"文章对少数民族文化如何影响了汉族作家给予了深度关注,肯定了汉族作家对文化多样性的尊重以及他们的创作在建立中华多民族文学格局中的积极作用。此外,周少梅的《范稳"藏地三部曲"与基督教文化》[②],刘力、姚新勇的《宗教、文化与人——扎西达娃、阿来、范稳小说中的藏传佛教》,分别从不同的角度和侧面分析了范稳民族叙事文本中所呈现的基督教文化形式和精神,探寻了藏传佛教文化对范稳小说《水乳大地》的影响。杨秀明的《心灵与言辞——王蒙、张承志新疆经验书写比较》[③]对两位作家新疆书写中对日常生活情境和宗教神性氛围的不同关注和呈现进行了具体的比较分析。但是,当下对汉族作家民族叙事的研究,主要集中在作家个案的研究,很少将其视为一种文学创作现象进行整体考察和研究;对作家作品的文本研究多于对作品民族品格和风貌的研究;对汉族作家民族创作为中国当代文学带来的审美新质和它在主流文学与边缘文学关系中的桥梁作用也都缺乏足够的关注。这就造成他们的创作难以在更为广阔的学术层面得到全面公正的研究与评价,无论是创作主体精神结构中潜存的价值还是作品文本呈现的跨民族、跨文化写作的特点都没有得到相应的阐释与揭示。

鉴于以上研究现状中的得与失,本书对当代文学中汉族作家的民族叙事进行了全方位考察和综合研究,并力求在研究的深度和广度上都有所超越。本书研究了当代汉族作家民族叙事的兴起和发展,揭示了它们在促进多民族文学的共同发展和繁荣过程中所起的重要作用。具体分析了当代汉族作家民族叙事的动机和形态,试图清晰地呈现文学与国家民族建设之间的互动关系,以此获得对我国多民族文学的重新观照,认识汉族作家的民

---

① 参见《唐都学刊》2004年第1期。

② 本文为硕士毕业论文,出自http://cnki.hznet.com.cn/kcms/detail/detail.aspx?dbcode=CMFD&QueryID=0&CurRec=1&dbname=CMFDLAST2013&filename=1013172668.nh&uid=WHZtcUdqa1FqMHJsY2c9PQ==。

③ 参见《伊犁师范学院学报》2011年第2期。

族叙事在促进、实现各民族对现代国家的想象和认同中的积极作用。为了深入挖掘当代汉族作家民族叙事的审美价值，认识它们为当代中国文学在文学意识、想象方法和对象审视方面带来的新鲜刺激，本书选择王蒙、红柯、迟子建、范稳等四个作家为个案，对他们最具代表性的文本进行了细致深入的分析，并由此展示他们为中国多民族文学的健康发展增添的活力。

诚然，汉族作家的民族叙事作为一种介于主流文学和少数民族文学之间的文学形态，之所以能为中国文学的多元化提供一种独特的叙事形态与美学风范，与汉族作家的跨族别、跨地域、跨文化体验有着直接和密切的联系。汉族作家曾经游历、生活的西北新疆、西南滇藏，甚或东北的大兴安岭地区，都处于中国地理版图的边缘，属于经济文化相对滞后的区域，自古以来也是多民族混居之地。以文化地理学的视野考察，这些边缘地域的地理性、地缘性和社会性都异彩纷呈、生机盎然，充分显示了中华文化的多元性和兼容性。从80年代的马原笔下的西藏、王蒙笔下的伊犁到90年代末至21世纪红柯笔下的新疆大漠、范稳笔下的滇藏地区、迟子建笔下的额尔古纳河流域，包括伊斯兰教文化、藏传佛教文化、汉传佛教文化、东巴教文化和萨满教文化在内的各少数民族文化、儒家文化、道家文化等各种文化在这里交融碰撞，生活在这里的各少数民族人民的信念、意识、价值观和行为准则无不受到其他民族和各种外来文化的影响。仅就新疆而言，萨满教就是维吾尔族乃至整个阿尔泰语系诸民族信奉了很长一段时间的宗教，伊斯兰教传入之后，萨满教逐渐淡出了维尔族人的生活，但萨满教的自然神观念和一些文化禁忌依然保留在部分维吾尔族人的生活当中。佛教在新疆也有近一千年历史，[①] 对维吾尔族人的生活产生了极大的影响。伊斯兰教作为世界性的宗教之一，在公元10世纪传入新疆后，逐渐取代了其他宗教，深入新疆少数民族生活的各个领域。伊斯兰宗教典籍《古兰经》蕴含着丰富的自然生态观念，主张亲近自然而不崇拜自然的观念与其既珍惜现世美好生活，也倡导积德行善求得永生的追求是伊斯兰文化有别于其他宗教文化的精神特质之一，它从一个侧面反映了伊斯兰教"务实与皈依"相统一的哲学教理思想。此外，儒家思想、道家文化也都在西域广泛流传，与新疆少数民族人民的生活关系十分密切，对新疆维吾

---

① 参见《中国各民族宗教与神话大词典》，学苑出版社1993年版，第595页。

尔多元文化的构成起到了十分重要的作用。"文革"期间在新疆自我"放逐"了十六年的王蒙,得以进入少数民族人民生活的深处,所以他"一方面承受着政治阴影下的压力,但更多的还是在底层获得了生活的快意"。① 王蒙的民族叙事在艺术地展示新疆的地域文化景观时,也自然地凸显了维吾尔族人的民族精神,并"充满艺术智慧地巧妙规避了80年代初期主流文学过于政治化的创作倾向"。② 范稳多次沿着滇西北德钦穿越澜沧江峡谷、滇藏公路进入藏东南香格里拉藏区,在这样一个自然地理环境非常独特、文化传统极其丰富和多样的地区常年游历,他渴望"被滋养,甚至被它改变"。"藏地三部曲"就是一幅这片地貌险峻复杂又隐秘闭塞的地区民族历史百年变迁的画卷,范稳在藏文化给予他的想象空间里实现了对藏东南多元文化景观的文学表述。

在汉族作家跨地域、跨族群的文化体验中,不可避免地包含着他们对少数民族生存、命运以及民族文化的现代性反思,特别是在经济、信息、技术、文化全球化的当今世界,人类正迷失在自己所构建的文明之中,大自然从与人的平等关系中被剥离出来,处于被人类征服、利用的弱势地位。汉族作家们纷纷"不畏长途,上路寻找新的发展机遇"。③ 他们的民族叙事试图借助中国传统文化的"天人合一"理念和对少数民族人民自然生命形式的张扬,反思现代人类的历史和文化命运,不仅显示出多元文化共存共融的宏阔视野,也比80年代以来的反思文学、寻根文学等思潮具有更深长的延伸性。它从某种程度上促进了中华多民族文学内部的互动与对话,揭示了处于边缘状态的少数民族文化与主流汉儒文化的内在关联,从而成为我们从整体上认识中华民族文学与文化的一个窗口。当代文学的民族叙事作为与民族文化具有密切精神连接的叙事形态,必将立足民族"根"性,为中国文学注入新鲜活泼的生命血液,它的重要性将在未来文学的发展中被越来越多的人们所认识。

---

① 孙郁:《王蒙:从纯粹到杂色》,《当代作家评论》1997年第6期。
② 王春林:《被遮蔽的文学存在——重读王蒙系列小说〈在伊犁〉》,《中国作家》2009年第5期。
③ 杨义:《文学地理学的渊源与视镜》,《文学评论》2012年第4期。

后　记

又到深秋，这是杭城最美的季节。细碎的阳光洒在身上，空气里氤氲着桂花的幽香，让夏日的酸涩与疲惫戛然而止。只有不期而至的雾霾似乎在提醒人们——这才是秋天的开始：几分浑沌夹杂几分怅惘，如心底轻洄的微澜。这样的日子里，我喜欢凝望窗外，看花盆里一支纤弱的粉色月季从夏末一直开到现在，以柔韧的姿态绽放出生命的美丽。

三年前，也是秋天，我在电话里和师弟韩伟博士（西安电子科技大学人文学院教授）讨论关于教育部人文社科研究课题的申报选题，隔空对话犹在耳畔……他建议我以汉族作家的现代民族国家想象作为研究方向，并特别提到了已任陕西师大文学院教授的著名作家红柯，我当即表示赞同。一是因为在以往的王蒙研究中，我对他的少数民族创作情有独钟，隐约感觉到这是王蒙乃至当代文学研究中一块尚未深入开掘的宝地，但惰性使然迟迟没有动手。二是冥冥之中有一种力量牵绊我，让我身在江南，却注定要和曾经生活、成长的大西北展开一场持久的精神对话。在确定选题申报时，列入个案研究计划的只有王蒙、红柯和迟子建三位作家，但在立项之后的广泛阅读和资料搜集中，我越来越认识到范稳及其"藏地三部曲"在当代汉族作家民族叙事中的重要地位，于是又将范稳纳入了研究方案。

我的同门师妹宋洁博士（运城学院中文系教授）和师弟杨伦博士（郑州航空工业管理学院人文社会科学系副教授）欣然加入了课题团队，给予我极大的鼓励、支持和帮助，宋洁博士撰写的相关研究论文两年前已发表于《文艺争鸣》期刊，她的灵秀和才情是我所不及的。杨伦博士的睿智和豁达在我山重水复之时才会翩翩而至，我们偶尔在电话里恣意妄言，感受无拘无束的快乐。

本书的初稿在2014年已经完成，但到了今年五六月间，我又开始对上编做大幅度的调整与删减，原本绰绰有余的时间顿时变得紧张起来。这里不能不牵出我的大学同窗任明编审（中国社会科学出版社政治与法律出版中心主任），虽然母校一别，我们30多年没见面，可他总在我需要的时候帮助我。为了本书能如期出版，他再次伸出援手，为我安排、策划了整个出版流程。

感谢二字的分量实在是轻之又轻，让我不好意思说出口……

但我还是要感谢我的师弟韩伟、杨伦，感谢我的师妹宋洁，感谢老同学任明！

还有本书的责任校对，我们未曾谋面，但在每一个仔细圈改的文字和标点后面，我已然看到了求真的工作态度和严谨的职业操守。

回望过去，恍然意识到三年来坐在电脑前敲打键盘的状态多么让人留恋。

此刻，唯愿岁月静好，世道太平。

蔺春华
2015年10月26日于杭州